USA TODAY BESTSELLING AUTHOR

DALE MAYER

Une Dague dans les Dahlias

Jolis Jardins Maudits 4

Une dague dans les dahlias : Jolis Jardins Maudits, tome 4
Beverly Dale Mayer
Valley Publishing Ltd.
Traduit de l'anglais par Marie-Camille Brault et Valentin Translation.

Copyright © 2019

Il s'agit d'une œuvre de fiction. Les noms, les personnages, les lieux, les marques, les médias et les incidents mentionnés sont le produit de l'imagination de l'auteur ou utilisés de manière fictive. Toute ressemblance avec des événements, des lieux ou des personnes, existant ou ayant existé, est entièrement fortuite.

ISBN-13 : 978-1-773366-25-8
Format Print

Résumé du livre

Un nouveau polar « cozy mystery », par Dale Mayer, auteure de best-sellers au classement du USA Today. Suivez les aventures de Doreen Montgomery, jardinière et détective en herbe, et de ses adorables assistants (un chat, un chien et un perroquet) dans leurs enquêtes criminelles dans la jolie ville de Kelowna au Canada.

Du luxe à la misère... Le chaos s'apaise... Le crime rôde... Et les affaires classées ne sont jamais vraiment terminées...

Après avoir passé un mois dans la ville pittoresque de Kelowna, Doreen Montgomery n'arrive pas à se faire discrète et ne peut s'empêcher de mettre son nez dans ce qui ne la concerne pas. Maintenant, toutes les pauvres âmes ayant perdu un être cher viennent lui demander son aide. Si Doreen n'a aucune envie que les médias apprennent sa découverte d'une autre affaire classée, elle est déjà plongée dans l'enquête...

Mais ce n'est pas tout. La rumeur court selon laquelle la vieille maison de Nan regorgerait d'antiquités de valeur, des objets de collection qu'elle a légués à Doreen. Les résidents les plus cupides de leur adorable ville s'approchent déjà comme des vautours. Avec l'aide précieuse de ses animaux, Doreen doit mener l'enquête sur cette affaire, corriger les injustices du passé et protéger sa maison tout en échappant aux médias… et au brigadier Mack Moreau.

Inscrivez-vous ici pour être informés de toutes les nouveautés de Dale !
https://geni.us/DaleNews

Chapitre 1

DOREEN MONTGOMERY OUVRIT la porte d'entrée de sa maison, éloignant de l'entrée Mugs qui aboyait follement. Depuis qu'elle est arrivée à Kelowna pour vivre dans la maison de sa grand-mère, elle s'est adaptée, de son ancienne vie d'épouse d'un homme méga riche, à celle de femme seule vivant dans la pauvreté. Elle et son basset de race avaient été sauvés d'un mauvais mariage, où aucun d'entre eux n'avait été aimé, pour se retrouver dans sa nouvelle vie avec Goliath, un chat de race Maine Coon surdimensionné et un Gris du Gabon bavard – parfois trop bavard – nommé Thaddeus. Dès que l'on frappait à sa porte, c'était le chaos total. Comme maintenant...

Elle dévisagea l'étranger avec surprise. Il ne ressemblait pas à un journaliste, mais les camionnettes à l'extérieur, la foule avec les trépieds et les caméras disaient qu'il l'était très probablement. Mugs se calma légèrement mais il se mit à renifler le pantalon de l'étranger.

— Oui, puis-je vous aider ? demanda-t-elle avec suspicion.

L'homme en costume trois-pièces, extrêmement élégant et bien trop parfait pour la petite ville de Kelowna, en particulier pour sa maison négligée, sourit et tendit la main.

— Je m'appelle Scott Rosten, expert pour Christie's, la maison de vente aux enchères.

— Oh mon Dieu, dit-elle avec excitation, avant de lui serrer la main avec un peu trop d'enthousiasme. Je ne vous attendais pas avant cet après-midi.

Au ton de sa voix, Mugs commença à s'agiter. Elle le fit taire et reculer pour que monsieur Rosten puisse entrer à l'intérieur, loin des médias qui l'observaient avidement depuis le bord de sa propriété. Elle claqua la porte d'un air satisfait sur les flashs à l'extérieur. Elle se tourna avec un sourire éclatant vers monsieur Rosten.

— Désolée, s'excusa-t-elle en désignant les médias dehors. C'est la folie ici.

— Pas de problème. Nous avons atterri tôt, expliqua monsieur Rosten, le regard fixé sur Thaddeus, son perroquet jaco perché sur son épaule. Il ne semblait pas y avoir de raison d'attendre, alors, si je ne vous dérange pas, est-il possible de discuter maintenant ?

Il fit un signe en direction de Thaddeus.

— Wouah. Il est gentil ?

— Absolument. Voici Thaddeus.

— Bienvenue. Bienvenue, cancana Thaddeus.

— Merci, dit monsieur Rosten en gloussant. C'est un sacré personnage.

— En effet, et je suis contente que vous soyez là. Le plus tôt sera le mieux, en ce qui me concerne, déclara Doreen en désignant le désordre autour d'elle. Jetez un coup d'œil, monsieur Rosten.

— Appelez-moi Scott.

Il s'avança dans le salon, le regard fixé sur le meuble le plus proche.

— Wouah.

Elle le regarda avec anxiété.

— *Wouah ?* C'est un bon wouah ou un mauvais wouah ?

— Ça pourrait être un très bon wouah.

Sans hésiter, il se dirigea vers la première petite chaise, la ramassa, vérifiant la marque du fabricant.

— On voit des objets comme ceux-là en photo, mais ce n'est pas tout à fait la même chose que de les voir en vrai.

— Sans compter qu'il y a quelque chose de spécial quand on sent du vrai bois entre ses mains, répondit-elle en se penchant pour tirer légèrement Mugs vers l'arrière, afin qu'il ne soit pas dans le passage.

— Si vous êtes un amateur d'antiquités, il y a aussi une révérence pour l'histoire derrière chaque pièce, dit-il, ses doigts caressant doucement les pieds sculptés, puis les bords où les coussins se rejoignent. Ceux-ci sont absolument stupéfiants.

— Vous pensez que ce sont des vrais ?

Elle détestait demander si directement, mais ne trouvait pas d'autre façon de le dire.

L'expert en antiquités la regarda avec surprise.

— Oh, ce sont des vrais, c'est certain.

— Bien. OK. Donc je sais que c'est du vrai bois, et je sais que ce sont de vrais meubles, mais est-ce que ce sont de vraies antiquités ?

Elle grimaça. *Doreen, ressaisis-toi. Tu te comportes comme une idiote, une idiote avide.*

— Je ne m'explique pas très bien, dit-elle.

Il leva une main.

— Vous vous débrouillez très bien. Ce que vous demandez vraiment, c'est si ce sont les mêmes pièces rares que nous espérions. Et je peux vous dire, pour celle que j'ai en main, la réponse est oui.

— Et il y a celui-là, dit-elle en désignant le deuxième à l'autre bout de la pièce.

Immédiatement, Thaddeus descendit le long de son bras et s'assit sur son poignet. Elle gloussa et s'approcha pour le placer sur la cheminée.

Scott se dirigea vers le fauteuil assorti, le prit, l'étudia, le plaça à côté du premier fauteuil, puis tomba à genoux devant la table basse.

— Wouah. Regardez le travail que ça a nécessité.

— Wouah, wouah, s'écria Thaddeus en sautant de la cheminée au dossier de la chaise qu'ils regardaient.

— Ne faites pas attention à lui, dit Doreen alors que Scott fixait Thaddeus avec surprise. Il aime répéter nos mots.

— Il est incroyable.

Scott tendit un doigt en souriant et Thaddeus le caressa avec son bec.

— Il est adorable.

— Et il prendra toute votre attention si vous le laissez faire, le prévint-elle.

— Vous avez raison.

Scott reporta son attention sur les meubles.

— Pouvez-vous me donner un coup de main ?

Il leur fallut être deux pour retourner délicatement la table basse afin qu'il puisse voir la marque du fabricant et les chiffres sur le dessous.

— Ce sont trois pièces du même ensemble assorti, annonça-t-il en hochant la tête. J'espérais tellement que les photos ne mentent pas. Mais jusqu'à ce que je vienne vérifier par moi-même…

— Et le canapé ? demanda Doreen, d'un air dubitatif. Il est vraiment grand.

À ses mots, Mugs sauta sur le canapé et s'étira. Horrifiée, Doreen la déplaça rapidement.

— Mugs, descends ! s'écria-t-elle. Désolée, Scott.

— Ne le soyez pas. Le canapé a été bien entretenu. Ça fait partie de la vie. Et la taille du canapé est ce qui fait qu'il fait partie de cet ensemble très unique. Montague n'en a fait que deux comme celui-ci. Il était destiné à un grand coin salon dans une chambre. Il voulait qu'il soit assorti au lit.

Ensemble, ils retournèrent lentement le canapé, qui était au moins assez large pour recevoir six personnes. Il vérifia qu'il n'y avait pas d'éraflures, sourit quand il en vit quelques-unes, puis poussa un cri de joie quand il découvrit la marque du fabricant avant de dire :

— C'est le même ensemble.

— Cela signifie-t-il que vous pensez pouvoir les vendre aux enchères à un prix décent ?

— Absolument. Êtes-vous prête à les laisser partir ? interrogea-t-il en la regardant.

— C'est intéressant que vous demandiez cela. Avant de réaliser que ces meubles appartenaient à mon arrière-arrière-grand-mère, je n'avais aucun attachement. Maintenant que je sais qu'ils sont dans ma famille depuis un siècle, c'est un peu plus difficile, mais oui, dit Doreen en regardant son salon. Je ne peux même plus m'asseoir dessus, tant je suis pétrifiée à l'idée de les abîmer.

— Votre famille s'est assise dessus pendant des générations, la rassura Scott. J'entends que vous dites qu'ils étaient dans votre famille, et votre grand-mère est toujours en vie. Elle dit que ces pièces étaient en possession de sa grand-mère.

Avez-vous des papiers qui prouvent la provenance ?

— C'est un nouveau mot que je viens d'apprendre, dit Doreen avec un sourire. C'est Fen Gunderson qui m'a fait découvrir l'importance de ce mot. Ma grand-mère dit qu'il y a un dossier quelque part dans la maison, mais je ne suis pas sûre de l'endroit où il se trouve. J'espérais que nous pourrions déménager certaines de ces pièces, et alors potentiellement je pourrais le trouver.

— Bien, dit-il. J'ai cru comprendre que vous aviez aussi le lit assorti, exact ?

Doreen opina du chef et se dirigea vers le couloir. Mugs passa devant eux en courant.

— Un lit et deux tables de nuit, ajouta Doreen en se dirigeant vers l'escalier.

Scott eut l'air aux anges en entendant ses mots.

Elle le conduisit à l'étage, s'excusant à chaque pas, disant :

— Je suis désolée. Je ne vous attendais pas avant cet après-midi, alors je n'ai pas encore fait le ménage.

— Ça n'a pas d'importance. Pas le moins du monde.

Il gloussa quand Goliath accourut dans les escaliers, ses mouvements étaient rapides et légers.

Goliath était un énorme chat doré Maine Coon qui était venu en cadeau avec la maison de Nan. Il était de la taille d'un lynx, mais cela n'effrayait pas Scott, donc l'expert devait vraiment aimer les animaux. Elle savait qu'elle l'apprécierait. Et pas seulement parce qu'il était là pour ses antiquités.

— Les animaux sont curieux aussi, nota Scott.

— Curieux animaux. Curieux animaux, cria Thaddeus d'un air pitoyable depuis le couloir de l'étage.

— Et un perroquet qui parle, ricana Scott.

— En effet, il parle, et ils sont tous curieux, dit Doreen

en prenant Thaddeus dans ses bras.

Le grand et beau perroquet bleu gris avec de longues plumes rouges à la queue était aussi venu avec la maison de Nan. Doreen s'habituait à ses répétitions constantes. Et appréciait définitivement sa nature affectueuse.

Quand ils entrèrent dans la chambre principale, Scott s'arrêta, ravi. Alors qu'elle fronçait les sourcils. Goliath et Mugs s'étaient tous deux étendus sur la literie, ce qui la fit gémir. Heureusement, Scott ne semblait pas s'en soucier. Il se tenait debout, fasciné.

— Nous avons envoyé des photos des meubles de cette pièce à Christie's, expliqua-t-elle en plaçant Thaddeus sur le rebord de la fenêtre. Je suppose que vous les avez déjà vues.

— Et encore une fois, les photos ne rendent pas justice à cet ensemble, dit-il avec un sourire.

Il caressa avec amour l'un des grands montants.

— Absolument magnifique.

— Si vous le pensez, déclara Doreen. Honnêtement, c'est mon lit. Donc ça ne semble pas sortir de l'ordinaire. J'ai dormi dedans.

— Montague a toujours conçu deux petits tiroirs dans la tête de lit. Puis-je regarder ?

— Absolument, dit-elle, en le regardant avec surprise. Pourquoi a-t-il fait ça ?

— Parce qu'il voulait un endroit pour mettre ses lunettes et pour les pilules qu'il devait prendre la nuit. Montague a construit ces petits tiroirs pour répondre à ses besoins. Comme je l'ai dit, il a construit deux ensembles complets. C'était sa façon de couvrir ses frais. Un ensemble pour lui et un ensemble à vendre.

Scott s'assit sur le côté du lit et inspecta délicatement la tête de lit. Et, bien sûr, il ne fallut que quelques minutes pour qu'elle entende un léger cliquetis, et qu'un tiroir s'ouvre. Scott se retourna pour la regarder.

— Ils sont là, dit-il. Et maintenant je suis sûr que c'est son œuvre.

Doreen regarda dans le tiroir, mais il était vide. Elle détesta le sentiment de déception qu'elle ressentit alors qu'elle ne s'était même pas rendu compte qu'un tiroir se trouvait là.

Goliath se déplaça sur le lit à côté d'eux et se mit sur le dos, sa queue battant la mesure tandis qu'il observait Scott attentivement. Thaddeus sauta sur le matelas et s'approcha de Scott.

— Bienvenue, Scott. Bienvenue, Scott.

— C'est un sacré numéro, n'est-ce pas ? gloussa Scott.

— Vous n'avez pas idée, marmonna Doreen.

Elle vit Thaddeus s'approcher encore plus près de Scott. Il semblait très intéressé par leur visiteur. D'habitude, il ne se souciait pas de qui était là.

Scott se leva et marcha jusqu'à l'autre côté avant de demander :

— Vous voulez voir comment ils s'ouvrent ?

Doreen hocha la tête et se pencha sur son épaule tandis qu'il appuyait sur un tout petit bouton. Bien sûr, le deuxième petit tiroir secret s'ouvrit.

— Nan a dit que sa grand-mère avait l'habitude de cacher des friandises pour elle dans beaucoup de meubles, alors Nan courait partout et cherchait des choses tout le temps.

— Eh bien…

Il souleva un chocolat emballé dans une feuille d'or. Thaddeus s'approcha en se dandinant, la feuille brillante attirant son attention.

— Nous savons ce que c'est, alors. Peut-être que vous devriez le remettre à Nan. Bien qu'il soit probablement trop tard.

Scott repoussa gentiment Thaddeus et tendit la friandise à Doreen.

— Ce n'est pas pour toi, mon grand.

La crête de Thaddeus se releva et sa tête bougea.

— Cadeau pour le grand. Cadeau pour le grand.

Scott gloussa.

— Vous feriez mieux de prendre ça avant qu'il décide que c'est à lui.

Doreen tendit la main, complètement enchantée à l'idée de sa grand-mère, petite fille, courant dans la maison à la recherche de chocolats.

— C'est un moment très spécial, chuchota-t-elle. Ça vous dérange si on le remet dans le tiroir ? Je voudrais prendre une photo pour lui montrer.

— Si vous êtes toujours prête à vendre, commença Scott, je dois m'occuper de l'expédition. Et ça va prendre quelques jours. Chaque pièce doit être emballée correctement avant d'être déplacée.

— Compris, répondit Doreen.

Mais elle n'avait pas vraiment envisagé ce que serait le processus. Au fond de son esprit, elle pensait qu'en une heure, ils auraient terminé. Mais… Curieusement, elle en doutait.

Il la regarda.

— Mais ça veut dire que vous n'aurez plus de lit.

Elle lui sourit.

— Je suis aussi affamée. Je n'ai pas de travail, et j'essaie de garder un toit sur ma tête. Je peux trouver un autre lit pour dormir.

Il hocha la tête en signe de compréhension.

— Bien, dit-il avant de regarder les tables de nuit. Trouver à la fois l'ensemble du salon et l'ensemble de la chambre à coucher est absolument merveilleux. Le deuxième ensemble est séparé.

— Y a-t-il d'autres pièces qui vont avec l'ensemble, autres que celles que nous avons trouvées jusqu'à présent ?

— Trois commodes – une grande, une petite, et une coiffeuse, expliqua-t-il puis il scruta la pièce, avant que ses yeux ne s'éclairent en se posant sur la coiffeuse.

Elle n'avait jamais vu un homme adulte pleurer. Mais il se tenait debout, tremblant devant elle, comme si c'était la meilleure chose qu'il ait jamais vue de sa vie.

— C'est la coiffeuse ? demanda Doreen en se levant.

Il hocha simplement la tête. Complètement incapable de parler.

— Je suppose que c'est l'une des pièces alors. Je n'ai pas encore eu l'occasion de fouiller dans ce meuble, continua-t-elle en ouvrant les tiroirs.

— Nous devrions le faire maintenant, déclara-t-il, car je dois vérifier l'étiquette en dessous, pour confirmer qu'il fait partie du même ensemble. Et ce miroir a l'air d'être très fragile.

Elle avait peur de le bouger, mais ils le traînèrent en avant, avec Mugs qui s'interposait à chaque pas et Thaddeus qui insistait pour grimper sur son épaule. Finalement, Scott put se glisser derrière et trouver les marques qu'il cherchait, une sur le miroir et une sur la coiffeuse elle-même.

Quand il se leva, un sentiment de paix apparut sur son visage. Il continua à caresser le bord du miroir.

— C'est certainement l'une des pièces. Deux tiroirs cachés devraient également y figurer.

— Où ça ? s'enquit-elle en le regardant avec surprise.

Scott gloussa.

— Et si je vous donnais quelques minutes pour voir si vous pouvez les dénicher vous-même ?

Elle ne vit pas de tiroirs comme ceux de la tête de lit. Alors que Thaddeus sautillait puis marchait sur la surface de la commode, ses doigts glissèrent sur le dessus puis sur le côté. Elle haussa les épaules et le regarda.

— Je n'en ai pas la moindre idée.

— C'est une des raisons pour lesquelles il faut vider les tiroirs. Parce que l'un des tiroirs secrets est derrière l'un des grands tiroirs.

Elle attrapa des boîtes vides et un panier à linge à proximité, puis elle ouvrit les tiroirs, et en glissa délicatement le contenu dans les boîtes. Tout, des papiers, des cahiers, du parfum et quelques bijoux, avait été rangé dans la vanité. Il allait falloir du temps pour faire le tri et ce n'était manifestement pas le moment.

Il y avait sept tiroirs – trois de chaque côté et un grand au centre. Une fois tous les tiroirs sortis, assis sur le tabouret de la coiffeuse, Scott poussa un renfoncement sur le panneau intérieur où se trouvaient les tiroirs, et un tiroir sortit tout au fond. Il le retira. À l'intérieur se trouvait une petite enveloppe de velours rembourrée. Il la prit et la tendit à Doreen. Thaddeus émit un drôle de croassement.

— Ce n'est pas à toi non plus, objecta affectueusement Doreen. Peu importe ce que tu penses.

Elle souleva le rabat et versa dans sa main ce qui semblait être un médaillon. Elle l'ouvrit, et elle eut le souffle coupé.

— Oh mon Dieu.

À l'intérieur se trouvait l'image d'une femme qui avait peut-être cinquante ans et de l'autre côté, un bébé.

— Vous connaissez ces gens ?

— Je crois que c'est ma grand-mère, répondit-elle en

tapotant le visage de la femme. Et je dirais que c'est moi.

— Eh bien, voilà. La famille est la famille, dit Scott avant de replacer le tiroir. Est-ce votre mère ou votre père qui est l'enfant de Nan ?

— Mon père, déclara-t-elle, et il est mort, après une vie sauvage et insouciante, d'une overdose de drogue il y a de très nombreuses années. Ma mère est restée amie avec Nan pour mon bien et parce que Nan nous a beaucoup aidés quand j'étais petite.

Doreen ferma soigneusement le médaillon et le remit dans la pochette de velours. Ne voulant pas le perdre, elle le glissa dans sa poche.

— Je vais demander à Nan ce qu'elle en pense.

— Vous ferez ça. Maintenant, trouvons l'autre tiroir.

Il était sur le côté droit. Il ouvrit l'autre tiroir secret et y trouva à nouveau un autre chocolat doré. Doreen rit de plaisir et prit une autre photo, ramassa le chocolat et le posa à côté du premier qu'elle avait posé sur le rebord de la fenêtre. Thaddeus s'y envola immédiatement.

— Thaddeus, prévint-elle, ne t'avise pas de…

Avec un étrange grognement, Thaddeus ébouriffa ses plumes et lui lança un regard blessé. Elle le surveilla d'un œil méfiant puis reporta son attention sur Scott.

— Vous êtes sacrément chanceuse, dit-il en admirant la coiffeuse.

— Et je ne savais même pas ce que j'avais, répliqua Doreen avec un sourire.

— Vous ne semblez pas posséder les deux autres commodes.

— Une commode se situe au fond du placard, dit-elle. Je ne peux pas l'atteindre.

Scott regarda ledit placard, en se frottant presque les

mains, et dit :

— Ce serait vraiment bien si on pouvait le voir.

Elle ouvrit les portes pour qu'il puisse voir le calvaire qui se trouvait à l'intérieur. En effet, ce furent les vêtements rembourrés qui firent claquer les portes sur les côtés. Tout ce qu'ils pouvaient voir était les cintres remplis de vêtements.

Scott sursauta, puis gloussa.

— Votre grand-mère est une accro du shopping.

— À l'évidence.

Doreen repoussa certains des objets suspendus pour qu'il puisse voir au fond du placard.

— Il y a la commode. Mais elle est petite.

Il s'enfouit dans le placard avec elle.

— Nous devons l'extraire, dit-il, excité.

Ce fut compliqué, mais petit à petit, ils dégagèrent un chemin et firent avancer la commode. Lorsqu'elle fut enfin libérée du désordre du placard, Doreen comprit qu'elle semblait faire partie du même ensemble.

— Cela vous prouve comment ces pièces ont été traitées, déclara-t-elle en secouant la tête. Au lieu d'être chérie, celle-ci s'est transformée en stockage supplémentaire.

Scott l'examina attentivement.

— Sommes-nous sûrs que cette commode fait partie de l'ensemble ? interrogea Doreen, attendant avec impatience sa réponse.

Il poussa un cri de joie et dit :

— Venez voir par vous-même.

Elle se pencha derrière lui pour le voir caresser doucement la marque sous ses doigts.

— C'est vraiment le cas, n'est-ce pas ?

— C'est la petite, en effet. C'est un des meilleurs jours de ma vie. Maintenant, êtes-vous sûre que vous êtes prête à laisser tous ces meubles partir ?

— Absolument.

— Pouvons-nous jeter un autre coup d'œil et voir si vous avez la grande manquante ?

— Ça ressemble à quoi exactement ? demanda Doreen, quand il se redressa.

Il désigna sa poitrine.

— À peu près de cette hauteur, dit-il en désignant son torse, et à peu près la largeur d'un buste, en général ce sont les hommes qui l'utilisent.

— Donc ce serait la commode pour une femme ? s'enquit-elle en montrant la commode qui avait été tirée du fond du placard.

Une commode que Thaddeus revendiquait à présent en faisant les cent pas. Au moins, il laissait les chocolats tranquilles.

— Oui, acquiesça-t-il. Et il est logique qu'elle soit avec la coiffeuse et le lit. Mais je ne vois aucun signe de la grande commode. Si vous l'aviez, ce serait un énorme atout. Et, si vous êtes vraiment prête à les vendre, je m'occuperai du transport.

— Vous me donnerez des reçus pour chacun d'entre eux, n'est-ce pas ? demanda-t-elle avec hésitation.

— Absolument. Il y aura *beaucoup* de paperasse pour documenter cette transaction.

Soulagée, elle prit quelques boîtes vides dans la chambre d'amis et vida les tiroirs de la petite commode qui se trouvait dans le placard.

— Vous ne vérifiez même pas ce qu'il y a là-dedans ? interrogea-t-il de derrière elle.

— Je vais tout passer en revue, répondit-elle, mais de toute évidence, nous n'avons pas le temps maintenant.

Tout le tiroir du haut semblait occupé par des écharpes et des accessoires. Et le deuxième par des bas. Elle souleva une paire.

— C'est de la soie, indiqua l'expert, une très belle soie.

Elle secoua la tête.

— Ma grand-mère avait des goûts de luxe, apparemment.

Elle ramassa plusieurs autres objets, les plaça tous dans une boîte et, lorsqu'elle arriva au tiroir du bas, en sortit un énorme dossier en accordéon rempli de paperasse. À ce moment-là, elle s'agita.

— C'est peut-être *ça*.

Scott était à ses côtés.

— Peut-être que c'est quoi ?

— Le dossier avec la provenance, expliqua-t-elle. Il faudra un certain temps pour tout parcourir. Il est plein à craquer.

Elle fit un geste vers la commode.

— Pouvez-vous jeter un coup d'œil et vous assurer qu'il n'y a absolument rien d'autre là-dedans ?

— Sortons tous les tiroirs, proposa-t-il, parce que, oui, deux tiroirs secrets doivent aussi se trouver dans cette commode.

Une fois les quatre tiroirs sortis, ils purent voir que plusieurs objets avaient été coincés dans le fond. Après les avoir récupérés, Scott appuya sur les mêmes boutons que sur la coiffeuse, ouvrant ainsi les deux tiroirs secrets de la commode. L'un d'eux contenait une paire de boutons de manchette. Thaddeus étira son cou pour les voir. Les deux autres animaux étaient étendus sur le lit, les ignorant tous les deux.

Doreen les regarda avec étonnement.

— Elles ont l'air précieuses, évalua Scott. Mais je ne suis pas un expert en pierres précieuses.

— Grenats ou rubis ? demande Doreen en admirant les pierres rouges.

— Des rubis, sans hésiter, répondit-il avec un sourire.

Elle secoua la tête et les déposa dans la même petite enveloppe de velours que le médaillon.

Dans l'autre tiroir secret, se trouvait une photo. Elle la retourna dans tous les sens.

— Ça, c'est Nan quand elle était petite fille, déclara-t-elle en regardant le cliché, avant de sourire en la lui tendant. Il s'agit du vrai nom de Nan au dos, Willa Montgomery. J'adore ces petits tiroirs secrets.

Scott scruta la chambre et demanda :

— Serait-il possible que vous dormiez ailleurs ce soir ? Nous avons mis un sacré bazar dans votre chambre.

— Je peux dormir dans la chambre d'amis, annonça Doreen.

Il zieuta le grand placard.

— Je suis désolé, mais ça vous dérange si je fouille pour m'assurer qu'il n'y a rien d'autre ?

— Je vous en prie. Je sais qu'il y a aussi des étagères à l'arrière. Je ne sais pas pourquoi Nan a suspendu les vêtements devant les étagères.

— Je pense qu'une fois que vous aurez débarrassé tout ça, vous trouverez un espace entre les deux parties suspendues pour marcher. C'est une adaptation d'un dressing.

— C'est le chaos, renchérit Doreen en gloussant.

— En effet, dit Scott avec un sourire éclatant.

C'est alors qu'elle entendit le postier ouvrir la boîte aux lettres de sa porte d'entrée. Mugs aboya comme un fou et se précipita hors de la pièce. Goliath le suivit et sur ses talons,

Thaddeus décolla de la commode et s'envola dans le couloir. Elle soupira.

— Je dois descendre et récupérer le courrier. Mon chien a décidé que c'était quelque chose dont il devait me défendre.

— Oh, mon Dieu, s'exclama-t-il. Allez-y, vite.

Elle descendit les escaliers jusqu'à la porte d'entrée, et Mugs était là avec une lettre dans la gueule. Alors qu'il passait devant Goliath, le chat lui donna une tape sur le visage. Mugs grogna et laissa tomber la lettre. Thaddeus accourut entre les deux, attrapa la lettre, et s'enfuit dans la cuisine.

Doreen leva les deux mains en signe de frustration.

— Qu'est-ce qui vous prend, les gars ? Arrêtez ça.

Elle coinça Thaddeus, qui traînait toujours l'enveloppe en sautant sur la table de la cuisine. Elle la prit de son bec et la tint en l'air.

— Arrêtez ! C'est ma lettre, pas la vôtre.

En entendant tout ce raffut, l'expert descendit pour voir si elle allait bien. Il entra dans la cuisine et sourit.

— Il est vraiment étonnant que vous viviez dans cette maison merveilleusement chaotique.

— Ce n'est pas très bon pour les antiquités, rétorqua-t-elle en levant les yeux au ciel, ce qui fit glousser Scott.

Elle ouvrit l'enveloppe.

— Intéressant. Il n'y a pas l'adresse du destinataire, ni de timbre.

— Quelqu'un l'a déposé dans votre boîte aux lettres directement à ce moment-là, dit-il.

Elle hocha la tête et l'ouvrit, trouvant une seule feuille de papier.

— *Chère Bone Lady.* Oh oh, chuchota Doreen.

Je vois que vous vous intéressez beaucoup aux affaires clas-

sées et que vous avez un grand talent pour les résoudre. Même celles d'il y a vingt-neuf ans. C'est pourquoi je vous contacte. Je me demandais si vous pouviez m'aider avec mon affaire personnelle. Mon beau-frère a disparu il y a vingt-neuf ans, au mois d'août, et nous n'avons plus jamais entendu parler de lui depuis. Je sais que je n'ai aucun droit de vous le demander, mais, si un mystère vous intéresse, appelez-moi. J'ai quelques preuves, un poignard de Johnny que j'ai trouvé enterré à l'endroit où il a été vu pour la dernière fois. Je l'ai trouvé il y a quelque temps quand je suis allée planter un nouveau lit de dahlias, mais je ne sais pas si c'est suffisant pour commencer votre enquête. J'ai de l'espoir. S'il vous plaît, appelez-moi.

Après cette demande se trouvait un numéro de téléphone ; la lettre était signée par Penny Jordan.

Doreen la regarda avec surprise.

— Eh bien, que pensez-vous de ça ? On dirait que nous avons notre prochain mystère à résoudre. Une dague dans les dahlias !

Ça semblait parfait.

Chapitre 2

Mercredi, fin de matinée...

DOREEN RACCOMPAGNA SCOTT Rosten jusqu'à la porte d'entrée. Dès qu'elle ouvrit la porte et que celui-ci sortit, Mugs en profita pour se glisser dehors lui aussi. Il se dirigea vers la pelouse de l'entrée et commença à s'y rouler. Doreen sourit de ses pitreries mais reporta son attention sur Scott.

— N'oubliez pas, dit l'expert. Je vais faire venir l'équipe en début de semaine prochaine pour qu'ils puissent emballer tout ça correctement. Je vous informerai de la date et de l'horaire quand je les aurai.

Elle acquiesça mais ne put s'empêcher de penser qu'il était un peu trop tard pour se préoccuper d'emballer correctement ces meubles, alors que toutes ces pièces avaient été si bien utilisées pendant des décennies.

— Le plus tôt sera le mieux. J'ai peur d'utiliser quoi que ce soit maintenant, avoua-t-elle.

Il lui sourit.

— Il est évident que nous ne voulons pas que quoi que ce soit soit détruit ou cassé entre-temps, mais nous devons également tenir compte du fait qu'ils ont été précieusement utilisés au fil des ans. Il y aura de l'usure. Oui, cela dépréciera leur valeur, mais ce sont des pièces spéciales, et vous avez été très chanceuse de les posséder, alors profitez du temps que vous pouvez passer avec elles.

Il s'arrêta en hésitant, son regard fouillant le salon.

— Avez-vous eu réussi à trouver la grande commode ?

— Pas encore, désolée, dit-elle avec regret. Mais je vais continuer à chercher. Je suppose que l'emballage prendra un peu de temps.

— Oui, sûrement, mais ces hommes sont des professionnels.

Il haussa les épaules, presque philosophiquement, et émit un léger rire.

— Ne les abîmez pas entre-temps, d'accord ?

Doreen lui répondit par un grand sourire.

— Je vais les couvrir de papier bulle juste après.

— C'est la fin d'une époque, déclara Scott. Et ce qui est bien, c'est que lorsqu'une ère se termine avec vous, elle s'ouvre pour quelqu'un d'autre, alors ne vous sentez pas mal. Le monde des antiquités sera absolument ravi de votre décision de vous en séparer.

Dès qu'il quitta son allée, se frayant facilement un chemin à travers la presse, qui heureusement s'était réduite à une seule équipe de tournage, elle rappela Mugs dans la maison et ferma la porte. Ses doigts se dirigèrent instinctivement vers sa poche pour y trouver l'étrange lettre qu'elle avait reçue. Elle avait été si occupée qu'elle ne l'avait pas lue une seconde fois, et au fond cela l'inquiétait.

Sa vie avait dérapé, mais dans le bon sens. Tout l'après-midi d'hier et aujourd'hui, elle avait affiché un sourire heureux. Elle avait survécu à une vilaine attaque de Cecily, retrouvé le petit garçon qui avait disparu depuis presque trois décennies. Et Doreen avait blanchi le nom du bricoleur de toutes sortes d'accusations qui avaient dû blesser tous ceux qui l'avaient aimé. Cependant, sa femme était décédée avant que ce mystère ne soit résolu, mais au moins le reste de sa famille savait maintenant qu'il n'avait pas essayé de faire du mal au petit garçon ni de commencer une nouvelle vie avec lui. Au lieu de cela, ils s'étaient tous deux noyés à cause des inondations records de cette année-là. Un événement malheureux et triste, mais un accident quand même.

Hier, alors que Doreen rentrait chez elle, le commandant de police du détachement de Kelowna l'avait vue dans la rue. Il s'était arrêté, était sorti et était venu lui serrer la main. Elle avait été touchée.

— Nous avons besoin de gens comme vous, avait-il dit avec un grand sourire.

Elle avait gloussé.

— Je ne suis pas sûre que Mack soit d'accord avec vous.

Les yeux du commandant avaient scintillé comme des cloches de Noël dans la lumière du soleil, puis sa voix était devenue plus grave en disant :

— Oh, je suis sûr que Mack est également satisfait du scénario.

Dans l'ensemble, ce fut un événement très spécial et apparemment, un point sensible avait été touché chez quelqu'un, si l'on en croit la lettre dans sa poche. Pas d'adresse de retour sur l'enveloppe, pas de timbre, juste un appel à l'aide à l'intérieur. Doreen voulait aider. Elle aimerait vraiment aider, mais la chance du débutant ne lui permettrait pas toujours d'être à la hauteur.

Elle prit la lettre une fois de plus pour en relire les détails. Ils étaient sommaires, mais cet appel à l'aide lui fit mal au cœur. Et la femme avait dit qu'elle avait trouvé une dague à la racine des dahlias dans le jardin où elle avait vu son beau-frère pour la dernière fois.

Le problème étant que la dague était restée si longtemps exposée aux intempéries avant d'être trouvée. Doreen doutait fortement qu'il reste des preuves médico-légales dessus à ce stade. Pourtant, comme elle le savait déjà, l'ADN *pouvait* durer éternellement, et peut-être qu'il y en aurait dans la jointure où le manche du couteau rencontre l'acier ? Mais cela ne signifiait pas qu'elle pouvait convaincre qui que ce soit de tester la dague. En particulier Mack.

Elle dut admettre qu'elle devenait accro aux affaires classées. Comme c'était triste. Mais les énigmes la fascinaient.

Qui aurait pu savoir que Kelowna était un tel repaire de malfaiteurs ? Cela la faisait presque sourire, mais, bien sûr, il n'y avait rien de drôle à cela. Pourtant, elle résolvait des dossiers rapidement. Elle aimait ce qu'elle faisait. Mais combien de temps sa veine pouvait-elle durer ?

— C'est devenu un hobby à plein temps, marmonna-t-elle.

Elle replia la lettre et l'enfouit dans sa poche. Elle se dirigea vers la cuisine, où Goliath était allongé sur la table.

— Goliath, que fais-tu ? demanda-t-elle. Descends de la table. Nous avons déjà eu cette discussion.

Il la regarda, remua la queue et glissa, comme désossé, jusqu'à la chaise la plus proche de cette table, où il se pelotonna. Mais il le fit si lentement et de sa propre prérogative qu'elle sut que c'était un cas de « *je fais ça parce que je le veux et pas parce que tu m'as dit de le faire* ».

— Qui aurait cru que s'occuper d'un chat serait si difficile ? s'enquit-elle à voix haute. Qui aurait cru que s'occuper d'un chat…

Elle s'arrêta, et sourit, puis ajouta :

— … Serait une expérience si réconfortante.

Elle se pencha et gratta Goliath derrière ses oreilles, appréciant la douceur de sa fourrure.

Dès qu'elle retira sa main, il la frappa, ses griffes s'enfonçant légèrement pour ramener sa main vers le bas.

Elle gloussa et s'accroupit devant lui.

— Tu es totalement à l'aise dans ta nouvelle vie, n'est-ce pas, mon pote ?

Il n'eut pas besoin de répondre. Alors qu'il roulait sur le dos, lui offrant son ventre, puis s'étirait en avant et en arrière, le faisant paraître encore plus monstrueux en taille, il était évident qu'il était un chat heureux. Elle lui avait donné à lui, ainsi qu'à Thaddeus, une bonne vie, au moins.

Et en parlant de ce dernier, où était-il ? Parce que, où qu'il soit, les problèmes étaient sûrs de suivre. Il y avait quelque chose à propos de cet oiseau.

Elle retourna dans le salon.

— Thaddeus ? Où es-tu, mon grand ?

Mais elle n'obtint aucune réponse.

Doreen traversa le rez-de-chaussée, puis se dirigea vers les escaliers.

— Je sais que tu étais là tout à l'heure parce que, quand le type de la salle des ventes était là, tu étais tout le temps sur lui. Maintenant, où es-tu ? … Oh, c'est vrai. La dernière fois que j'ai vu Thaddeus, il s'enfuyait avec la lettre…

Quand elle ne vit aucun signe de lui dans sa chambre, elle redescendit les escaliers et, sur une intuition, ouvrit la porte d'entrée. *Peut-être qu'il a suivi Scott dehors.*

— Thaddeus, cria-t-elle. Thaddeus ?

Et, sans surprise, il sortit de dessous les buissons et leva son regard vers elle.

— Qu'est-ce que tu fais dehors ? dit-elle en marchant

vers lui et en se penchant pour le prendre dans ses bras. Tu ne dois pas t'éloigner de moi.

— Pas s'éloigner. Pas s'éloigner.

— Oui, Thaddeus, ne pas t'éloigner de moi. Maintenant répète après moi, *Thaddeus, ne t'éloigne pas. Ne t'éloigne pas.*

Il la regarda fixement et ne dit pas un mot, ce qui fit grommeler Doreen.

— Je ne comprends pas. Tu dis ce que tu veux, quand tu veux, mais tu ne veux pas t'entraîner à dire ce que je veux que tu dises.

— Pas s'éloigner. Pas s'éloigner, marmonna-t-il.

Il s'étira autant que possible et frotta sa tête contre sa joue.

Son cœur fondit à nouveau.

— Vous avez tellement enrichi ma famille, murmura-t-elle en fermant les yeux et en le serrant contre elle.

Elle retourna dans la cuisine en portant Thaddeus.

— Mais honnêtement, c'est l'heure du thé.

— Thaddeus aime le thé. Thaddeus aime le thé.

— Je sais, dit Doreen.

Malheureusement, elle le savait parce qu'il avait l'habitude de boire dans sa tasse à thé.

— Je vais t'en servir dans un petit bol. Ça te va ?

Même si elle aurait dû probablement vérifier sur internet si le thé était bon pour lui. Puis elle rit.

— Évidemment que ce n'est pas bon pour lui. Il vole déjà partout dans la maison comme s'il était fou. Ça va probablement le faire voler plus vite. Ou s'écraser sur des objets plus souvent.

Enfin, Thaddeus ne volait pas bien, pour commencer.

Elle le posa sur la table de la cuisine, et Goliath lui lança un regard mauvais. Bien. Les règles n'étaient pas les mêmes pour tous les animaux.

— Regarde, Goliath. Tu es trop grand pour la table. Thaddeus est à la bonne taille.

Ce fut alors que Mugs se mit sur ses pattes arrière et dévisagea Goliath sur la chaise, et elle réalisa que son chien n'était pas autorisé à monter sur les chaises.

— Tu vois ? dit-elle à Goliath en désignant Mugs. Chacun a ses propres règles.

Elle espérait que cela mettrait fin à la discussion.

Au lieu de cela, Thaddeus la regarda et dit :

— Thaddeus a faim. Thaddeus a faim.

Elle grogna, prit un bol qu'elle gardait avec un couvercle, comme un sucrier, en sortit une pincée de graines de sésame et les posa devant l'oiseau, qui se mit à manger.

Goliath se leva, mit son nez dans les graines et renifla, les faisant voler, puis il recula, jetant un autre regard mauvais à Doreen, suivi d'un miaulement plaintif.

Elle râla, attrapa le sac de friandises pour chat et lui en donna deux.

— Tu te souviens que tu es au régime ?

Mugs aboya à ses pieds.

N'ayant d'autre choix que d'être équitable, elle prit les friandises pour chiens et lui en donna.

— Toi aussi tu es au régime, lui expliqua-t-elle.

Les trois animaux étant satisfaits de leur collation matinale ; elle brancha la bouilloire et attendit qu'elle bouille. Pendant ce temps, elle relut la lettre à nouveau.

— Tu sais quoi ? En t'engageant dans cette voie, Doreen, tu risques fort de te retrouver en situation d'échec. Si la police n'a pas résolu l'affaire depuis tout ce temps… Mais bon, ça ne veut pas vraiment dire grand-chose non plus, n'est-ce pas ? interrogea-t-elle, contrant immédiatement son argument. Parce qu'ils font de leur mieux. Mais ils ont beaucoup d'affaires en cours, et ils manquent de temps. Ils n'ont pas la possibilité de s'asseoir ici avec une tasse de thé et de parcourir les dossiers d'affaires classées, un par un.

Sur cette pensée, elle s'assit sur une chaise à côté de Goliath et ouvrit son ordinateur portable. Le nom figurant au bas de la lettre était Penny Jordan. Elle tapa *Penny Jordan à Kelowna,* et plusieurs articles sur les marchés de Noël d'une église apparurent. Penny était apparemment une grande bénévole. Mais les dates de ces articles remontaient à au moins huit ans. Doreen continua de lire les articles qui mentionnaient le nom de la famille Jordan, mais ils étaient rares.

Doreen grogna, ferma l'ordinateur portable, se leva et se prépara un thé en réfléchissant à cette information.

— La seule façon d'en savoir plus est de la contacter directement et de lui demander. Il y avait un numéro de téléphone dans la lettre. Mais rien d'autre.

Hmm.

— Alors, on s'y met ? demanda-t-elle à son trio.

Ils la regardèrent tous.

Puis Thaddeus hocha la tête ; Mugs, probablement à cause de la tête de Thaddeus, aboya. Goliath donna un coup de patte et frappa Mugs à la tête.

Elle prit tout ça comme un oui commun.

— OK, ça suffit. Nous allons appeler Penny et voir de quoi il s'agit. Mais rien n'est certain. Ce n'est pas parce que nous avons eu de la chance que cette affaire va se terminer de la même façon, prévint-elle.

Chapitre 3

Mercredi midi...

— BONJOUR. JE m'appelle Doreen, commença-t-elle la conversation téléphonique, un bloc-notes et un stylo devant elle.

Les animaux l'entouraient, détendus.

— Je souhaiterais parler à Penny Jordan.

— C'est moi, répondit une femme. *Doreen ? Doreen.* Oh, mon Dieu. Vous êtes la dame des os.

— Eh bien, c'est comme ça que certaines personnes m'appellent, dit Doreen. Il semble que je me sois fait cette réputation depuis mon arrivée.

— Tout le monde vous connaît aussi comme la petite-fille de Nan, répliqua Penny en riant. Je ne sais pas ce que vous préférez.

— Pourquoi pas juste Doreen ? dit-elle avec un sourire. Bien que ma grand-mère soit un amour et ait une réputation bien à elle.

— En effet, déclara Penny avec douceur. Vous avez reçu ma lettre alors ?

— Oui. Oui, je l'ai reçue. Mais vous ne m'avez pas donné beaucoup d'informations. Donc votre beau-frère a disparu ?

— Oui, le frère cadet de mon mari. Il avait vingt et un ans à l'époque. Le fait est que la police a pensé qu'il avait choisi de partir sans nous le dire. Il est parti vers l'Ouest, faisant ce que font tous les jeunes hommes. J'admets qu'il avait de mauvais amis qui se droguaient, mais je pense qu'il s'agissait de choses plus légères, comme la marijuana, expliqua Penny nerveusement. Je ne veux pas que vous pensiez que Johnny était un cocaïnomane qui est devenu SDF.

— Ce qui arrive, dit Doreen tranquillement.

— Je sais, intervint Penny. Et honnêtement, pendant des années, mon mari a fait le tour de cette ville et des villes voisines, cherchant à savoir si Johnny était simplement assis dans la rue, sans abri, mais nous n'avons plus jamais entendu parler de lui.

— Votre mari est-il d'accord pour que vous me contactiez ?

Il y eut un silence à l'autre bout du téléphone, puis Penny répondit tristement :

— Il est mort d'une crise cardiaque l'année dernière, et son dernier souhait était que je trouve des réponses avant de mourir moi aussi. Je garde son urne sur la cheminée en souvenir de sa dernière volonté.

— Je suis désolée, s'excusa Doreen, en grimaçant. Quel âge avait son frère déjà quand il a disparu ?

— Vingt et un ans, répéta-t-elle. Nous avons accepté le fait qu'il soit probablement mort parce que lui et son frère étaient très très proches, et il est impossible qu'il ne l'ait pas appelé pendant tout ce temps. Donc je n'ai absolument aucun doute que quelque chose de grave lui soit arrivé. Mais ce serait bien de retrouver un corps auquel je pourrais offrir des funérailles et un enterrement pour le bien de mon mari. Cela comptait pour lui.

Doreen hocha la tête, même si Penny ne pouvait pas la voir.

— Votre beau-frère s'appelait Johnny ?

— Oui. Ils n'étaient que deux frères, Johnny et George Jordan, répondit Penny. Johnny a disparu il y a vingt-neuf ans, c'est-à-dire la période sur laquelle vous enquêtez. C'est pourquoi je vous ai contactée.

— Intéressant, dit Doreen, en considérant le cadre temporel des autres affaires classées qu'elle a aidé à résoudre. Pensez-vous que cela a un rapport avec les autres cas de personnes disparues à l'époque ?

— Non, non, non, non, appuya Penny. Je ne le pense pas du tout. Je pense que Johnny s'est retrouvé avec de mauvaises fréquentations, et beaucoup de ces personnes sont décédées depuis. C'est donc une tâche très lourde que je vous ai demandé d'examiner, mais, pour le bien de mon mari et pour pouvoir tourner la page, ce serait bien de faire toute la lumière sur cette affaire.

— Et c'est quoi cette histoire de dague ?

Doreen posa son stylo et prit son thé pour en boire une gorgée.

Penny soupira.

— La dernière fois que nous avons vu Johnny, il était assis sous une pergola dans le jardin. Je regardais par la fenêtre, je parlais à mon mari, et nous riions et souriions à Johnny. Il avait une bière à la main et un grand sourire. Il l'a soulevée, comme pour trinquer, et a bu une grande gorgée. Je suis allée à la cuisine pour la nettoyer un peu avant de préparer le dîner. Mon mari est retourné dans son bureau. Nous n'avons jamais revu Johnny. Nous l'avons cherché. La police est venue. Ils l'ont cherché. Environ dix ans plus tard, nous avons décidé de déplacer cette pergola car, chaque fois que nous la voyions, ça nous faisait souffrir. Nous l'avons donc déplacée dans un coin éloigné du jardin. J'ai décidé de planter des dahlias là où se trouvait le banc de la pergola, pour changer l'atmosphère de l'endroit.

— D'accord, dit Doreen. Eh bien, les dahlias sont magnifiques, et cela permet de garder un beau souvenir de Johnny.

— Exactement, déclara Penny. On a trouvé cette dague quand on a creusé la zone. Le sol n'était pas très bon, puisqu'il était sous le banc depuis le début. Nous avons rajouté de la terre, légèrement enrichie avec une partie de terre végétale que nous avions achetée pour regarnir le jardin de devant.

— OK, donc la dague n'était pas dans les tubercules de dahlias, reformula Doreen, passant son téléphone portable d'une oreille à l'autre. Elle a été enterrée dans le lit de dahlias ou ce qui est devenu un lit de dahlias après. Est-ce correct ?

— Oui, et, jusqu'alors, ce n'était rien d'autre qu'un espace vide sous le banc parce qu'évidemment rien ne pouvait y pousser.

— Non, c'est difficile de faire pousser quoi que ce soit sans soleil. Cependant, je parie que vous avez eu beaucoup de mousse.

— Oh, oui, s'esclaffa Penny. La mousse se plaisait vraiment dans ce coin.

— Alors, qu'avez-vous fait de la dague ?

— J'ai appelé la police et je leur ai dit. Ils étaient compréhensifs, mais ont dit qu'il y avait des chances que rien ne se passe. Mais je ne pouvais pas laisser passer ça. J'ai emballé la dague et je la leur ai apportée. Je leur ai demandé s'ils pouvaient la tester, et ils m'ont répondu que le budget était si serré qu'ils ne testaient que les objets sur lesquels ils avaient une vraie chance de trouver de l'ADN. Bien sûr, un couteau trouvé plusieurs années après la disparition de mon beau-frère, sans aucune trace de sang pour dire qu'il provenait de la scène du crime, était absurde à leurs yeux.

— Ah, dit Doreen. C'est exactement la question qui se pose. Cela n'avait aucun sens, car absolument aucune preuve médico-légale n'a été trouvée à l'endroit où il a disparu. Donc vous n'avez pas fait tester le couteau, n'est-ce pas ?

— Non, et je l'ai toujours, il attend ici.

Doreen ajouta cette anecdote à son bloc-notes.

— Aviez-vous déjà vu cette dague auparavant ?

— C'est ça qui est amusant. Elle appartenait à Johnny, indiqua Penny. C'est une autre raison pour laquelle la police n'était pas trop intéressée, parce que je leur ai raconté comment Johnny s'asseyait sur ce banc et prenait une bière, et comment il la faisait tourner d'avant en arrière entre ses mains, comme beaucoup de jeunes hommes le faisaient à l'époque. C'était juste ce mouvement cool qu'ils essayaient de faire, et, parfois, il la plantait dans le sol, presque comme s'il jouait aux fléchettes, mais avec des cibles imaginaires sur la pelouse.

— Donc la police a supposé que Johnny l'avait plantée dans le sol à côté de lui une fois quand il avait bu quelques bières et l'avait oubliée. Puis, avec le temps, elle s'est enfoncée dans le sol. Ou quelqu'un a marché dessus sans le savoir, ne l'a pas reconnue, les feuilles se sont empilées, le paillis, etc...

Elle écrivit une nouvelle note à ce sujet.

— Ça n'aide en rien, mais, en même temps, c'est un lien dont je ne peux pas me défaire mentalement.

— Je voudrais bien jeter un coup d'œil à la dague, à moins que vous ayez des photos de celle-ci.

— Si vous preniez la dague, je serais très heureuse, dit Penny. Je sais qu'elle n'a probablement rien à voir avec l'affaire, mais, chaque fois que je la vois, elle me donne des frissons.

— D'accord, je la prendrai, déclara Doreen. Où habitez-vous ?

— À environ un kilomètre de chez vous. En haut du ruisseau.

— Ça ne m'aide pas beaucoup, plaisanta-t-elle. Je n'ai pas eu l'occasion d'explorer beaucoup la ville.

— Bien. J'ai prévu d'aller faire du shopping plus tard dans la journée, indiqua Penny. Vous voulez que je passe chez vous pour la déposer ?

— Ce serait charmant, dit Doreen. Si ça ne vous dérange pas. Et déposez toutes les informations que vous avez – tous les rapports de police dont vous pourriez avoir une copie, tous les entretiens, toute personne qui a été témoin. Tout ce que vous avez sera utile.

— J'ai un dossier d'informations que nous avons collectées au fil des ans, mais il est très mince.

— Ça m'ira, répondit Doreen. Ça m'aidera à comprendre ce qui s'est passé.

— Je vais faire une copie pour moi et vous apporter les originaux. Que diriez-vous dans quelques heures, vers 15 heures ? C'est bon pour vous ?

Doreen vérifia sa montre.

— Vers 15 heures, c'est noté. C'est parfait.

Elle raccrocha et fixa les animaux, sans vraiment les voir. Son esprit était focalisé sur un jeune homme de vingt et un ans, fort, en bonne santé, qui avait disparu en une fraction de seconde.

— C'est horrible, Mugs. Tu vois un membre de ta famille assis sur un banc dehors dans ton jardin, et puis tu ne le revois plus jamais.

Elle était heureuse que le jeune homme, Johnny, ait levé sa bière dans un demi-salut de « hé, c'est un bon moment » parce qu'au moins, c'était un bon souvenir de la dernière fois où Penny et son mari avaient communiqué avec Johnny. Tant de gens se sont disputés avant de partir au travail pour au final mourir dans un accident de voiture. Le dernier souvenir que le survivant garde de l'être aimé est celui de la dispute. Ce n'est pas la façon dont on veut qu'on se souvienne d'eux.

Elle fit le tour de la maison en réfléchissant, époussetant les meubles que Scott allait bientôt récupérer. Elle avait tellement peur qu'il arrive quelque chose à ces pièces. Elle avait plaisanté sur le fait de les protéger avec du papier bulle, mais elle était à moitié sérieuse. Elle voulait juste que rien n'arrive à ces antiquités de prix au cours des prochains jours.

Elle monta dans sa chambre, se souvenant de la tonne de vêtements qu'elle devait encore trier. Et que son lit serait déplacé la semaine prochaine. Elle n'avait pas demandé à Scott pour le matelas. Peut-être que le matelas pourrait rester, et qu'elle pourrait dormir dessus, à même le sol. Ce serait une solution facile pour savoir où elle dormirait ce soir. Peut-être pas une réponse aussi royale à son dilemme, mais certainement une solution viable.

Elle avait les coordonnées de Scott et lui envoya un SMS concernant les matelas. Sa réponse fut rapide. Comme il s'agissait de matelas récents, ils étaient à elle. C'était donc bien, mais il n'y avait pas beaucoup de place pour mettre les matelas sur le sol à côté du grand lit à baldaquin. Il pourrait y avoir de la place cependant, si elle réussissait à ranger ce coin. Si elle réorganisait certaines choses ici et en déplaçait beaucoup d'autres dans la chambre d'amis, ça pourrait marcher. Ou bien elle pourrait s'installer dans ladite chambre d'amis jusqu'à ce que le lit disparaisse ; alors elle pourrait décider de ce qu'elle ferait du matelas et du sommier.

Sur cette note, elle entra dans la chambre d'amis pour y jeter un coup d'œil. Mugs la suivit en faisant le tour de la pièce, reniflant le vieux plancher. La chambre n'était meublée que d'un seul lit, mais qui grinçait comme un fou, encore plus bruyamment que le grand lit de la chambre principale. Elle savait qu'essayer de dormir sur ce lit d'appoint la rendrait folle. Chaque fois que l'un des animaux se roulait ou se déplaçait, elle se réveillait aussi. Alors quelle était la solution ? Elle devait faire de la place sur le sol de sa chambre. Avant de se coucher ce soir.

Elle y retourna. Doreen avait beaucoup de vêtements de Nan à donner au magasin de Wendy. Avec cette idée en tête, Doreen mit en sac les piles destinées au dépôt-vente et les descendit dans le couloir de l'entrée. La prochaine fois qu'elle irait en ville, elle pourrait les déposer et voir ce que Wendy voudrait garder.

Doreen avait décidé de garder une grande partie des vêtements de Nan. Elle en prit une brassée, toujours sur leurs cintres, et les emmena dans la chambre d'amis, les suspendant dans ce placard. Au moins, cela l'aidait à séparer le vieux du neuf, ce qu'elle gardait et ce qu'elle ne gardait pas, ce qu'elle avait trié de ce qu'elle n'avait pas trié.

Il lui fallut plusieurs voyages pour suspendre tous les vêtements à garder. Mais elle avait l'impression qu'un peu d'espace s'était libéré dans sa chambre. Sachant que le cadre du lit ne partirait pas avant quelques jours, elle se dit qu'il n'y avait pas vraiment d'intérêt à retirer les matelas pour le moment. Pourtant, une partie d'elle se dit qu'elle devrait tout démonter et inspecter les pièces avant de perdre cette opportunité. Et si quelque chose d'autre avait été caché dans le lit ? De plus, elle avait aussi besoin de changer les draps.

Sauf que… Tous les animaux l'avaient abandonnée, évanouis sur la literie. Eh oui, ils s'étaient entortillés dans d'étranges contorsions dans le désordre qu'ils avaient placé sur le lit plus tôt. En les réveillant doucement un par un, elle retira la couette, la jeta sur le côté, puis s'attaqua aux draps. Un grand et épais couvre-matelas était également sous les draps. Elle l'enleva pour le laver aussi, quelque chose qu'elle n'avait pas fait depuis qu'elle avait emménagé. Elle put constater que le matelas, bien que plus ancien, était encore en excellent état. Il n'y avait aucune déchirure, ni tache. Tout cela était de bon augure.

Elle alla de l'autre côté du lit, et souleva le matelas maladroitement. Elle se mit debout sur le sommier pour pouvoir en retirer complètement le matelas, en s'assurant que rien ne se trouvait en dessous.

Puis elle souleva le sommier du grand cadre de lit en bois et inspecta en dessous. S'assurant qu'aucune enveloppe n'était scotchée et qu'aucune liasse de billets n'était cachée sous le lit, elle s'immisça dans le cadre du lit et fit glisser le sommier sur le côté, au sol. Maintenant, elle faisait vraiment du désordre.

C'était sa première occasion de voir le lit à baldaquin sans les matelas. C'était incroyable. Absolument incroyable. Le sommier était dans un angle bizarre, appuyé contre l'un des coins du lit à baldaquin, vacillant, mais cela lui donnait l'opportunité de vérifier avec ses mains sous le cadre du lit lui-même, tout autour des côtés, bien qu'elle ne puisse pas voir l'arrière de la tête de lit.

Elle avait tout mis en désordre, alors elle pouvait aussi bien continuer. Et elle avait encore ce dossier en accordéon à examiner. Doreen grimaça. Scott lui avait expressément demandé de le faire, et elle avait promis de s'y atteler. Et la voilà partie dans une tout autre direction.

Elle s'occuperait de ces papiers dès qu'elle en aurait la possibilité, car ils pourraient faire une énorme différence en termes de valeur des pièces. Elle glissa ses mains sous et autour du cadre du lit, en vérifiant, mais absolument rien n'était là. Les balustres ne se détachaient même pas des quatre colonnes.

Elle tira le lit vers elle, suffisamment pour qu'elle puisse voir qu'il n'y avait rien derrière la tête de lit non plus.

— Ça ira, dit Doreen.

Elle poussa le lit à baldaquin vers la porte, et le sommier s'effondra sur le sol. Elle le regarda, fronça les sourcils, puis haussa les épaules.

— Eh bien, tu allais finir là de toute façon, continua-t-elle. Alors, tant pis. Autant y rester.

Elle réorganisa rapidement ce coin de la pièce et, avec un petit effort, déplaça le gros matelas lourd et le sommier à côté du grand cadre de lit.

Mugs sauta immédiatement au milieu des lattes du grand lit et aboya, renifla, son nez allant sans cesse en dessous. Comme il ne voulait pas s'arrêter, Doreen le scruta.

— Sérieusement, Mugs ?

Il aboya à nouveau, son nez touchant la latte centrale. Elle n'avait pas vérifié sous toutes les lattes, alors elle se pencha pour le faire tout de suite. En arrivant à la latte où se trouvait Mugs, elle put sentir quelque chose de collé dessous. Excitée, elle ne voulait pas simplement l'arracher – elle n'osait pas arracher ce qui était ici. Quelqu'un avait dû avoir une raison de faire ça, mais comment pouvait-elle soulever le cadre massif du lit ?

Quand on sonna à sa porte, elle gémit et dit :

— Ça devra attendre un moment, Mugs.

Sauf que celui-ci était déjà en bas en train d'aboyer à tue-tête.

Chapitre 4

OREEN DESCENDIT LES escaliers en courant, passant devant tous les sacs de vêtements. Elle ouvrit la porte et vit une charmante femme âgée à l'extérieur, tenant nerveusement une grande enveloppe brune format A4 dans sa main. Mugs se précipita dehors et fit le tour de leur visiteuse. Au moins, il était silencieux à présent.

La femme leva les yeux vers Doreen et sourit.

— C'est bien vous ! Vous êtes partout dans les médias, s'exclama-t-elle avant de sourire à Mugs. Et bien sûr, votre trio d'animaux.

À ce moment-là, Mugs aboya une fois comme pour dire « *évidemment* ».

Doreen leva simplement les yeux au ciel.

— Et vous devez être Penny. Entrez. Voyons ce que vous avez là. Désolée, continua-t-elle quand la femme entra. Veuillez excuser le désordre. Je fais du tri dans les affaires de Nan et je nettoie beaucoup de choses.

— Je n'en doute pas, dit Penny. Nan a toujours été une collectionneuse d'antiquités. Mon mari l'était aussi.

Cela stoppa Doreen en plein milieu du salon.

— Vraiment ?

Penny hocha la tête.

— Nan et lui ont eu toutes sortes de discussions. Il aimait cet ensemble, mais Nan ne voulait pas le vendre. Elle disait que c'était son fonds de retraite.

— Et maintenant qu'elle est à la retraite, elle n'en a pas besoin.

— C'est la meilleure chose qui soit, dit Penny avec un sourire, en désignant la pièce. Pensez-y. Nan n'a pas besoin de l'argent qu'elle a mis de côté. Je pense que c'est un succès en soi.

Doreen rit.

— Puis-je voir votre dossier ?

— Oh. Je suis désolée.

Penny lui remit l'enveloppe.

— Le couteau est là-dedans aussi. Et j'ai gardé une copie numérique de tout. J'aurais dû le faire il y a longtemps. J'aurais pu tout vous envoyer par courriel.

— Si vous pouviez faire ça aussi, ce serait génial, déclara Doreen, parce que je pourrais faire plus de recherches de cette façon.

— Bien sûr. C'est déjà numérisé de toute façon. J'ai besoin de votre adresse e-mail, dit-elle, et je peux vous l'envoyer en rentrant chez moi.

Doreen lui donna l'adresse e-mail.

— Maintenant vous comprenez que… Je ne peux pas garantir que ça mènera quelque part, n'est-ce pas ?

— Je sais, dit Penny, en entrant les coordonnées de Doreen dans son téléphone. Je me sens presque coupable de vous demander ça. C'est juste que la police n'a rien pour avancer. Personne à qui j'ai parlé au fil des ans n'a la moindre idée de ce qui est arrivé à Johnny. C'est très frustrant. Je suppose que j'espère qu'une autre paire d'yeux trouvera un angle de recherche différent. Vous semblez voir les choses sous un angle différent, finit-elle en souriant.

Doreen fit de même.

— Apparemment, j'ai une perspective différente qui bouleverse un peu les choses. Vous êtes toujours dans la même maison où vous viviez quand Johnny a disparu ?

Penny hocha la tête.

— Oui, mais plus pour très longtemps. Je suppose que c'est une autre raison pour laquelle je ressens la pression du temps pour résoudre cette affaire. Je vais bientôt mettre la maison en vente et j'espère emménager dans un appartement plus proche de celui de ma fille aînée dès que j'aurai vendu ma maison.

— Cela pourrait donc être dans les deux semaines, ou dans les deux mois, conclut Doreen.

— Ou deux ans. En fonction du marché. Mais c'est une belle maison de famille.

— D'accord. Cela vous dérangerait-il que je vienne jeter un coup d'œil moi-même, pour voir le jardin et me faire une idée de l'endroit d'où il a disparu ?

— Bien sûr, répondit Penny. Je vous donnerai mon adresse en même temps que le fichier numérique.

— Excusez mon inconvenance, s'exclama Doreen. Voulez-vous vous asseoir ?

— Non, mais merci quand même. Je ne veux pas vous déranger plus que nécessaire, et je dois y aller. Si vous êtes dans le coin, passez me voir. Ce qu'il faut retenir, c'est que je ne sais pas où se trouve la scène du crime, s'il y en a eu une — s'il est allé se promener ou s'il a rencontré ses copains derrière la clôture arrière parce qu'un parc jouxte notre propriété, ou encore où il a pu aller depuis notre maison.

— Le parc se trouve derrière votre propriété ?

— Oui, et, pour ne rien arranger, il utilisait cette porte tout le temps. Je pense qu'il allait et venait la plupart du temps par là.

— Donc, si quelqu'un l'appelait du parc ou lui envoyait un texto, il serait allé à sa rencontre, en utilisant cette porte, correct ?

— À l'exception du fait que nous ne pouvions pas nous permettre d'acheter un téléphone portable à l'époque, et que les textos n'existaient pas, dit Penny avec un sourire.

— Bien sûr que non, continua Doreen en secouant la tête. Mais ça ne veut pas dire qu'il n'y a pas eu quelqu'un qui a passé la tête par-dessus la porte et l'a appelé.

— Nous voyions ses amis le faire souvent. À un moment donné, nous avons dû l'empêcher d'acheter de la drogue de cette façon.

En entendant ceci, Doreen arqua les sourcils, et Penny acquiesça.

— Mais qu'est-ce que nous pouvions y faire ? Il avait juste George dans sa vie. Leurs parents étaient morts quelques années plus tôt. Johnny était alors un adolescent, et George lui avait offert un foyer, l'aidant à grandir. Mais Johnny se battait contre ça. Il travaillait à la quincaillerie. Il avait une petite amie, mais cette relation n'était pas stable. En fait, la petite amie a dit, à l'époque, qu'ils n'avaient rien eu à faire ensemble pendant deux mois avant sa disparition. Elle n'a pas mentionné de raison derrière leur rupture. Juste qu'elle avait trouvé quelqu'un d'autre peu après.

— Son nom et d'autres informations personnelles pertinentes figurent-ils dans le dossier ?

— Je pense que oui, répondit Penny en fronçant les sourcils. Elle s'appelait Susan Robinson. Elle est morte d'un cancer du sein il y a environ un an.

— Oh, wouah, s'exclama Doreen. Donc tous ceux qui l'entouraient ne sont plus là ?

— C'est exact. Les deux copains de Johnny et sa petite amie. Ils étaient tout le temps ensemble. Ils ne fréquentaient pas vraiment d'autres personnes. Du moins pas à ma connaissance. Et, oui, ils sont tous morts maintenant. Tout ce que vous avez, ce sont les déclarations des témoins dans la plupart des cas. Et je n'ai pas de copies de toutes ces déclarations.

Penny hésita, puis regarda Doreen de travers.

— Je sais que c'est très inapproprié et insistant, continua-t-elle, mais j'espérais que vous auriez des contacts avec Mack, et que vous pourriez peut-être obtenir les autres informations que je n'ai pas.

— Je ne suis pas sûre qu'il puisse faire ça, objecta Doreen.

Ce fut alors que Mugs s'effondra au sol, à moitié sur son pied. Elle s'accroupit pour le gratter derrière l'oreille.

— Je ne sais pas quelles sont leurs règles et règlements, mais je peux lui demander.

— D'accord. Je suis certaine que toutes sortes de formalités administratives l'empêchent de vous fournir trop d'informations, soupira Penny. À quel point ça peut être frustrant ! Tout ce que je veux savoir, c'est ce qui est arrivé à Johnny.

— Vous n'avez eu aucun contact depuis, et c'était un jeune homme en bonne santé ?

Penny acquiesça.

— Il était en bonne santé. Il était libre de ses mouvements et de ses fantaisies. C'était un jeune homme, mais il n'avait pas vraiment de but. Il ne savait pas vraiment ce qu'il voulait faire. Il n'aimait pas travailler à la quincaillerie. Il s'imaginait un style de vie beaucoup plus grand, plus grandiose, mais honnêtement, il n'avait pas atteint le point où il voulait travailler pour que cela se produise.

— Oh. Un jeune homme ordinaire, donc, dit Doreen avec un sourire en coin.

— Exactement, convint Penny. George était vraiment frustré face à lui, et c'était difficile parce que j'en entendais toujours parler. Mais, en même temps, je ne pouvais rien faire ou dire pour que ça aille mieux.

— Non. Les jeunes hommes restent des jeunes, et ils grandissent à leur propre rythme, conclut Doreen.

— Avez-vous des enfants ? demanda Penny.

— Non, répondit Doreen. Pas encore. Et à mon âge, ça ne risque plus d'arriver.

— Nous avons deux filles, ajouta Penny. Et je dois admettre que c'était beaucoup plus facile d'avoir des filles que de regarder un fils en se demandant si la même chose allait lui arriver. Nous avons gardé un œil très attentif sur les filles en grandissant, mais je pense qu'elles ont compris à quel point la perte de leur oncle avait été dévastatrice pour nous. Pourtant, bien sûr, les jeunes savent tout et ont toutes les réponses. Ce n'est qu'en vieillissant qu'ils comprennent qu'ils ne sont pas nés avec la sagesse.

Elle fit un sourire en coin, et Doreen opina du chef.

— OK, je vais passer ça en revue. S'il vous plaît, ne vous attendez pas à ce que je trouve quelque chose.

— Non, acquiesça Penny. Bien sûr que non.

Elle tendit une main et serra celle de Doreen.

— Je suis juste heureuse de savoir que quelqu'un va s'en occuper et que Johnny ne sera pas oublié à jamais.

— Je vous comprends, dit lentement Doreen. Je pense

que c'est l'une des raisons pour lesquelles je poursuis ces affaires. Parce que les familles attendent des réponses. Les gens ont besoin de tourner la page. Certaines personnes passent leur vie à s'inquiéter et à se demander ce qui s'est passé. Je ne peux pas imaginer quelque chose de pire.

Mugs se leva et s'approcha pour renifler la jambe de Penny. Il frotta sa tête contre son mollet.

Celle-ci se pencha pour le caresser.

— Eh bien, il est nouveau celui-là.

— Il l'est, en effet, répondit Doreen. Mugs est arrivé avec moi. Goliath est toujours là. Thaddeus aussi.

Penny hocha la tête, comme si les noms ne lui disaient rien, et il vint à l'esprit de Doreen qu'elle ne savait pas depuis combien de temps Nan avait Thaddeus et Goliath, un nom que Doreen avait donné au chat. Il y avait donc de fortes chances que Penny n'ait jamais rencontré l'un d'entre eux.

Cette dernière se retourna et marcha vers la porte d'entrée, souriant face aux sacs de vêtements.

— Vous avez beaucoup d'affaires à donner à Goodwill.

— Oui. Honnêtement, je vais probablement emmener une partie de tout ça au dépôt-vente. Nan avait des vêtements de très bonne qualité.

— Oh, c'est une très bonne idée, s'exclama Penny. J'y fais pas mal de shopping. Wendy a un beau magasin.

Il fut intéressant de noter qu'elle n'avait pas eu l'air d'avoir honte ou d'être gênée de dire à quelqu'un qu'elle faisait son shopping dans un magasin de seconde main.

— Il faudrait que j'y jette un œil, dit Doreen. J'ai déjà déposé quelques vêtements, mais j'ai été tellement occupée que je n'ai pas eu l'occasion de chercher quoi que ce soit pour moi.

— Wendy propose une grande sélection de vêtements.

Regardez-y la prochaine fois que vous irez déposer tout ça.

Penny franchit le porche et descendit les marches en saluant Doreen d'un geste de la main.

Une fois de plus, Doreen se tenait sous le porche d'entrée, attendant que quelqu'un s'en aille. Elle ne savait pas pourquoi elle avait besoin de s'assurer que les gens partent. Cela avait probablement à voir avec le fait qu'elle accumulait encore toutes ces antiquités coûteuses dans la maison.

Dès que Penny eut descendu le cul-de-sac, Doreen retourna à l'intérieur, emmenant Mugs avec elle, remit l'alarme en marche car il était presque 16 heures, et se dirigea vers la cuisine.

— Maintenant, je vais vérifier l'alarme à l'arrière, puis monter à l'étage pour vérifier ce lit, dit-elle.

Son téléphone se mit à sonner au même moment. Elle gémit en voyant le numéro de Mack.

— Comment tu fais pour toujours savoir quand je suis prête à faire quelque chose ?

— Qu'est-ce que tu fais ? demanda-t-il directement.

Elle leva les yeux au ciel.

— J'essaie de comprendre ce qui est scotché sous le cadre du lit dans ma chambre, répondit-elle. Les emballeurs viendront en début de semaine prochaine. Avec un peu de chance, lundi. J'ai besoin de savoir si quelque chose est caché dans les meubles avant qu'ils ne les prennent. Et nous avons trouvé quelque chose, mais je ne peux pas soulever le cadre de lit massif.

— Connaissant ta mentalité, je comprends. Mais qu'est-ce qu'il y a en dessous ?

— Je ne sais pas, c'est ce que j'essaie de trouver. J'ai mis le sommier et le matelas sur le sol, parce que les déménageurs ne les prennent pas. Mais le cadre du lit lui-même est très lourd. Mugs ne veut pas le laisser tranquille. Il n'arrêtait pas d'aboyer sur l'une des lattes, alors j'ai vérifié, et, bien sûr, quelque chose est scotché en dessous.

— Mugs, hein ?

— Exact. C'est pourquoi j'essaie de comprendre. Pour autant que je sache, ce n'est rien. Mais le lit est lourd. Comment puis-je le soulever et vérifier les lattes ?

Doreen fit une pause.

— Tu rentres chez toi ?

— Oui. Je quitte le bureau dans cinq minutes. Pourquoi ?

— Eh bien, tu pourrais passer, dit-elle d'une voix enjouée, ajoutant : tu pourrais soulever le lit, et je pourrais regarder en dessous ?

— *Mmm...*

Elle pouvait presque le voir hausser mentalement les épaules.

— Oui, je peux. Je serai bientôt là.

Et il raccrocha.

— C'est parfait, dit-elle à Mugs.

Celui-ci se contenta de la fixer. Elle gloussa et retourna dans sa chambre.

Dès que son chien fit de même, il sauta au milieu des lattes, ce qu'elle trouva étonnant car il était plutôt potelé. Il se posa là où se trouvait le morceau de papier, ou quoi que ce soit. Ça ressemblait plus à du plastique qu'à du papier. Elle ne savait pas ce que cela signifiait.

Elle continua à déplacer des affaires de la chambre principale vers le placard de la chambre d'amis. Elle repositionna certains des meubles de sa chambre pour que les déménageurs puissent facilement démonter le lit à leur arrivée. Puis elle mit de nouveaux draps sur le matelas. Le temps qu'elle rembourre les oreillers et les mette sur son lit de fortune, il avait l'air presque normal sur le sol. Puis elle entendit Mack arriver en voiture.

Mugs aboya, à plat ventre. Il se glissa sous le bord du lit et descendit les escaliers. Il savait que c'était Mack. Le contraire était-il possible ?

Elle le suivit pour éteindre l'alarme de la porte d'entrée et le fit juste à temps.

Chapitre 5

Mercredi en fin d'après-midi…

MACK DEVISAGEA DOREEN quand elle ouvrit la porte.

— Pourquoi es-tu si agitée ?

Il se pencha pour caresser Mugs et Goliath à ses pieds.

— Les alarmes étaient en marche, répondit-elle. J'ai dû courir en bas et les éteindre avant d'ouvrir la porte.

Les sourcils de Mack se levèrent.

— Tu les mets en marche, même quand tu es à la maison ?

Il semblait un peu inquiet.

— Je le ferai jusqu'à ce que les antiquités soient récupérées, répliqua Doreen. Je ne peux pas prendre le risque que quelque chose arrive à ces pièces.

— Je comprends, dit-il en hochant la tête.

Elle le guida jusqu'aux chambres, les animaux se précipitant devant eux.

Quand il entra dans la chambre principale, il siffla.

— Wouah. Ce lit est encore plus grand que dans mon souvenir.

— Tu trouves aussi ? J'ai déplacé les matelas au sol et maintenant ça a l'air encore plus encombré. Regarde la taille de ce cadre de lit.

— C'est énorme, dit Mack en secouant la tête. Je ne suis même pas sûr de savoir comment ils vont le démonter.

— Eh bien, quelqu'un l'a fait entrer ici d'une manière ou d'une autre, argumenta Doreen. Bien que je doive poser la question à Nan à ce sujet.

— En effet. Elle pourrait avoir un tour ou deux, dit-il. Qu'est-ce que tu veux soulever ?

Elle désigna le lit. À ce moment-là, Mugs se glissa à nouveau sous le cadre, sur la même latte, s'y assit et grogna. Goliath sauta sur lui et lui donna une tape. Thaddeus était perché en haut du montant du lit et les regardait.

— Quelque chose est sous le lit, à côté de Mugs, expliqua Doreen en pointant du doigt.

Mack gémit, se baissa à l'aide d'une main, puis plia les genoux, avant de soulever le cadre du lit.

Doreen plongea à côté de Mugs qui tendit son museau vers elle. Elle vérifia d'abord toutes les autres lattes.

— Il n'y a rien d'autre ici, mais, quoi que ce soit, je ne sais pas si je pourrai l'enlever.

Il souleva le cadre un peu plus haut.

— Pourquoi ne pas sortir et attraper ces deux chaises ou les boîtes que tu as ici, et nous allons y déposer le cadre dessus. Le plafond et les quatre pieds de ce lit ne me permettront pas de le soulever plus haut.

Suivant ses instructions, Doreen soutint le cadre avec les boîtes qu'elle collectait pour Goodwill et le dépôt-vente.

Mack soupesa le poids.

— Ce n'est pas extrêmement sûr, mais ça ira pour quelques minutes.

Puis il s'accroupit sous le lit et jeta un coup d'œil.

— On dirait qu'une lettre a été collée sur la latte dans du

plastique. Sûrement pour protéger le papier au fil des ans.

Il sortit un canif de la poche de son pantalon et le glissa avec précaution dans la couche supérieure de plastique, juste assez pour pouvoir sortir la lettre. Une fois la lettre libérée, il la lui tendit. À ce moment-là, Mugs s'allongea sous le lit, Goliath avait planté ses griffes dans le bois et avait glissé jusqu'à ce qu'il soit complètement allongé.

Elle l'ouvrit et fut surprise.

— C'est de mon arrière-arrière-grand-mère. C'est une lettre pour la mère de Nan. Je pense. Nan a été nommée d'après sa mère, alors elles partagent toutes deux le prénom de Willa. Une autre chose que je devrai clarifier avec Nan.

— *Ma très chère petite-fille Willa*, lut Doreen à haute voix. *J'espère que tu auras ma passion pour les antiquités. Je ne sais pas pourquoi tant de gens n'aiment absolument pas les choses anciennes et bien-aimées. Cet ensemble est pour toi. Je sais ce qu'il vaut, et toi aussi. Je sais aussi que ça n'a pas d'importance pour toi. Apprécie-le dans l'esprit pour lequel il a été conçu et sache qu'il est inscrit dans mon testament. Mais, en cas de litige, garde cette lettre avec le lit pour que tous sachent qu'il est à toi. Avec tout mon amour et l'espoir que tu aies une vie absolument merveilleuse et épanouissante, Nan.*

Les yeux de Doreen étaient embués de larmes quand elle arrêta de lire. Elle mit sa main sur sa bouche et leva son regard vers Mack.

— Ça veut dire que tu ne veux plus le vendre maintenant ? demanda-t-il avec humour.

Doreen secoua la tête.

— Non, ce n'est pas ce que je veux dire. Évidemment, je ne suis pas en mesure d'argumenter sur la nécessité de la vente, et les meubles ne sont vraiment pas mon style. Mais penser qu'un morceau de mon histoire personnelle est ici, c'est tellement important.

— Et regarde ça, dit-il en montrant la date.

— Wouah, 1909, lut-elle. Nan n'était même pas encore née.

Mack haussa les épaules.

— C'est logique pour moi.

— Wouah, répéta Doreen. Et elle l'a transmis à ma Nan. Juste wouah.

Elle secoua la tête.

— Je veux des photos de cette lettre.

— Prends des photos, et, si tu peux les scanner, fais-le aussi.

Doreen descendit à son imprimante et scanna la lettre, puis la photographia avec son téléphone. Elle remonta à l'étage en souriant.

— C'est vraiment génial. C'est aussi énorme pour prouver la provenance, déclara Mack.

— Oui, dit Doreen avec un sourire. Nan a environ soixante-quinze ans, et sa mère devait avoir au moins vingt ou trente ans de plus.

— Je ne sais pas si tu as eu l'occasion de trouver la paperasse pour tout cela, mais cela te donne une date précise à prendre en compte.

Mack se retourna pour regarder le cadre du lit.

— Tu es prête à ce que je remette la lettre à l'intérieur ?

Doreen opina du chef.

Il la réinséra soigneusement dans la pochette en plastique, où elle avait été gardée en sécurité pendant toutes ces années.

— Maintenant, tu peux dire au gars de la salle des ventes que tu as cette lettre. Peut-être lui envoyer une copie par mail.

Elle acquiesça et envoya immédiatement un SMS. Puis, grâce à la fonction de messagerie de son téléphone, elle joignit une copie de la lettre et l'envoya aussi.

— J'ai hâte de montrer ça à Nan, s'exclama Doreen en reniflant.

— On dirait que *Nan* a toujours été utilisé comme le nom des grands-mères dans ta famille, n'est-ce pas ?

Doreen hocha la tête.

Avec l'aide du policier, elle retira les boîtes qui soulevaient le cadre du lit et l'aida à abaisser le cadre massif du lit sur le sol. Elle remit les boîtes à l'endroit où elles se trouvaient.

Mack la regarda.

— Qu'y a-t-il dans toutes ces boîtes ?

Elle fit un geste vers l'armoire, dont les deux portes étaient ouvertes, révélant le désordre à l'intérieur.

— Je suis lentement en train de trier tous les vêtements de Nan. Les affaires emballées ici iront à Goodwill. J'ai tous les sacs de vêtements en bas qui iront au dépôt-vente. Les articles que je garde actuellement sont dans le placard de la chambre d'amis.

Mack acquiesça.

— Cela semble être une bonne combine avec tout le tri à faire ici. Et je suis heureux d'apprendre que tu gardes aussi certains des vêtements de Nan. Tu pourrais aussi bien les porter, puisque ça coûte cher de tout remplacer.

Il désigna l'armoire surchargée.

— Il en reste quand même une tonne dans cette seule armoire.

— En parlant de ça, dit-elle, se souvenant soudain de ce qu'elle avait vu d'autre au fond du placard. Une vieille bibliothèque se trouve dans le placard. Elle est coincée au fond. Qui aurait cru qu'un placard pouvait être aussi profond ?

Mack la regarda avec surprise.

Elle poussa tous les cintres d'un côté et la montra du doigt.

Il secoua la tête.

— Tu veux que je te la sorte ?

Doreen le regarda avec plaisir.

— Absolument.

— Tu devrais envoyer des photos à l'expert. Tu ne lui as pas montré cette pièce ?

— Non, ce n'est pas une des pièces qu'il cherchait.

Elle retira d'autres vêtements suspendus pour lui donner accès. Puis elle entra et jeta rapidement le contenu de l'étagère sur le sol, sous les cintres. Une solution temporaire au mieux.

— Je vais envoyer des photos à Scott. Et il pourra vérifier quand il reviendra pour emballer tout ça.

Il fallut quelques manœuvres, mais finalement Mack traîna l'étagère le long de la moquette jusqu'à ce que Doreen puisse y accéder. Elle ne ressemblait en rien aux autres pièces. Elle était aussi un peu rayée et abîmée.

— Tu imagines, commença-t-elle, qu'elle est là depuis probablement cinquante ans ?

— Probablement depuis que Nan a emménagé. Et avec le passage du temps et trop de possessions, elle a été enterrée au fond. Pourtant, elle est tout à fait utilisable.

— C'est assez incroyable, dit Doreen. Nan semble ne pas réfléchir à laisser toutes ces choses derrière elle.

— Je pense qu'elle l'a laissée derrière elle pour une raison très précise, et elle était plus qu'heureuse de la partager avec toi, déclara Mack, ce qui fit sourire Doreen.

— Peut-être. Mais je ne m'y attendais pas.

— Non, dit-il, mais c'est tant mieux. Je pense que tu fais ce qu'il faut.

Elle apprécia cela.

— Je dois admettre que ça me réveille la nuit. J'ai l'impression de laisser tomber ma famille.

— Pas du tout, objecta-t-il. Je pense que la pire chose que tu puisses faire est de t'accrocher à des choses par culpabilité ou parce que tu penses que c'est la bonne chose à faire. Je pense qu'il est temps pour toi de faire ce qui est bon pour toi.

Doreen sourit à l'agent.

— Tu sais quoi ? Honnêtement, ça a été une très bonne semaine jusqu'à présent.

— Sans blague. La journée d'hier a certainement fait de cette semaine une grande semaine. C'est une très bonne chose que tu as faite.

— Mais ce n'est pas forcément ce que j'ai fait.

Elle détestait se sentir coupable de ça.

— Je veux dire, vraiment n'importe qui aurait pu régler ça.

— La différence, commença-t-il, c'est qu'à l'époque, nous ne disposions pas de la plupart des technologies dont nous disposons aujourd'hui. Et cette affaire classée n'avait pas été rouverte parce que rien de nouveau n'avait été ajouté en termes de faits, de preuves ou de déclarations de témoins. Nous l'aurions éventuellement réexaminée avant de la mettre en boîte et de la mettre de côté, mais c'est la réalité. Tu l'as abordée sous un angle très différent, et tu l'as résolue.

— C'était la plaque d'immatriculation, expliqua-t-elle, et Mack acquiesça.

— C'est logique. Et c'est à ce moment-là que nous avons

eu l'élément déclencheur nécessaire dans l'affaire. Cependant, nous n'avons pas eu le temps de jeter un autre coup d'œil parce que tu as déjà résolu l'affaire.

— Un compliment venant de toi est un grand compliment, en effet.

— Tu as refait une omelette ?

— Je n'ai pas eu le temps, avoua-t-elle. Et j'ai peur de le faire. Je me suis dit que c'était la chance du débutant.

Il gloussa.

— Je n'ai pas dîné. Si tu n'as pas touché aux ingrédients, il y en a probablement assez pour en préparer une autre. Je te suggère de réessayer, et nous partagerons à nouveau.

Elle le regarda avec surprise, puis l'horloge toute proche. C'était vraiment l'heure du dîner.

— Je n'ai rien touché. Tu crois que tout est encore bon ?

Elle le dévisagea avec anxiété.

— C'est une autre chose à laquelle je ne connais rien. Combien de temps la nourriture se conserve-t-elle ?

— Quatre à cinq jours, c'est sûr, dit-il. Viens. Allons jeter un coup d'œil.

De nouveau en bas, ils allèrent dans la cuisine, et Mack ouvrit le frigo. Il en sortit le bacon en premier.

— Tu vois ici ? Une date de péremption est imprimée sur l'emballage, et c'est encore dans quatre jours. Et les épinards, c'est bon. Ils sont un peu flétris, mais ils feront une bonne omelette aux épinards. Et les œufs…

Il sortit le carton, vérifia la date de péremption dessus, hocha la tête, et posa le tout sur le plan de travail. Puis il s'appuya dessus et croisa les bras sur son torse.

— Vas-y.

— Je ne me suis pas préparée, répondit-elle nerveusement.

— Aucune préparation requise. Pas de vidéos à regarder. Rien que de la mémoire.

Elle fronça le nez en faisant un pas en avant.

— Tu essaies de me poser une colle ?

— Non. J'essaie de trouver de la nourriture. Ça a été une très longue journée.

Elle rit et se mit au travail. Puisqu'il était passé pour soulever son cadre de lit – et qu'il avait fini par déplacer la bibliothèque – c'était le moins qu'elle pouvait faire.

Chapitre 6

Mercredi soir...

ALORS QU'ILS S'ASSEYAIENT pour manger – et, bon sang, elle était fière que son deuxième essai soit aussi parfait que le premier – Mack regarda la grande enveloppe de format professionnel à côté de leurs assiettes.

— Johnny Jordan ? interrogea-t-il en fronçant les sourcils. Pourquoi ce nom me semble-t-il familier ?

Zut.

— Je ne sais pas, marmonna Doreen. Tu connais ce nom ?

Il lui lança un regard en coin en prenant une bouchée de l'omelette.

— D'abord, l'omelette est divine. Tu as fait un excellent travail.

Elle lui sourit.

— Ce n'est pas aussi difficile que je le pensais.

— Rien ne l'est, répliqua-t-il. Tu dois juste apprendre.

Elle l'espérait. Mais elle n'avait pas encore la confiance nécessaire pour faire ce discernement.

— Et, deuxièmement, tu mijotes quelque chose, continua-t-il.

Doreen s'assit en soupirant.

— Comment le sais-tu ?

Mack ricana.

— Parce que tu as cette petite lueur bizarre dans le regard et une ride sur le front quand tu fronces tes sourcils. Et c'est presque toujours dirigé vers moi, comme pour dire, *je ne sais pas de quoi tu parles.*

Elle le regarda fixement mais pouvait sentir les rides se former entre ses sourcils. Elle leva le bras et les ramena en arrière.

Le sourire de l'agent s'élargit.

Elle le regarda fixement une fois de plus.

— Je ne mijote rien du tout.

— Pourtant, tu viens de l'admettre.

— Pas vraiment, rétorqua-t-elle. Mais j'ai une drôle de demande.

Elle tapota sa poche et en sortit une lettre qu'elle lui tendit.

En enfournant une autre bouchée, il la prit et la lut. Ses sourcils s'élevèrent vers la racine de ses cheveux.

— Wouah. Maintenant ils contournent la police et viennent directement à toi ? s'enquit Mack en secouant la tête. Qu'est-ce que tu vas faire avec ça ? Tu te rends compte du danger que ça peut représenter pour toi ?

Il regarda de nouveau la lettre, puis l'enveloppe.

— Elle t'a envoyé ça aussi ?

Doreen gémit et se rassit.

— Non, je ne savais pas quoi faire, dit-elle, alors je l'ai appelée. Le résultat final est qu'elle était ici cet après-midi et a déposé cette enveloppe. Je l'ai prévenue que je ne pourrais probablement rien lui dire, car non seulement c'était il y a longtemps, mais aucune scène de crime n'a été trouvée. Et le jeune homme n'a plus donné signe de vie depuis toutes ces années… Pour ce que nous en savons, il est possible qu'il se soit noyé, mais il a été porté disparu *après* les fortes inondations de cette année-là. Il est donc peu probable qu'il ait fini dans le lac.

Elle laissa Mack réfléchir à cela pendant un moment, puis ajouta :

— La dague dont Penny s'inquiétait est dans la plus grande enveloppe qu'elle m'a laissée plus tôt aujourd'hui.

Elle tapota la grande enveloppe sur la table de la cuisine.

— Oui, pendant un certain temps, commença-t-il, ils faisaient des trucs du genre « l'enfoncer dans le sol aussi fort que possible ». Comme des fléchettes, mais vers le sol avec des couteaux. C'était un mouvement cool mais ce n'était pas très bon pour les lames. Tu ne l'as pas encore ouverte ? demanda-t-il en regardant l'enveloppe.

Doreen secoua la tête.

— Mugs venait de trouver ce qui était sous le lit quand elle est arrivée. J'ai dû descendre en courant, et, après son départ, j'ai mis l'alarme et suis remontée. Puis tu es arrivé.

— Tu sais quoi ? Pour quelqu'un qui n'a rien à faire, dit-il, un peu sarcastique, tu es bien occupée.

— Presque trop occupée, acquiesça-t-elle. Mais ce n'est pas grave, car c'est assez difficile de ne pas aimer la vie en ce moment. Le truc, c'est qu'il n'y a aucun moyen de savoir ce qui est arrivé à ce pauvre Johnny ?

— Je ne connaissais pas bien la famille. Je ne me souviens pas de grand-chose sur l'affaire classée. Je me souviens l'avoir ouverte à un moment donné, mais il n'y avait rien de nouveau pour avancer.

— En effet, admit-elle, et je ne suis pas sûre qu'il y en ait maintenant non plus. C'est une affaire difficile. Je ne suis pas non plus certaine des indices que l'on pourrait trouver dans les déclarations des témoins. Tant de témoins sont morts. Je ne peux pas lire les déclarations dans le dossier de la police, n'est-ce pas ?

Mack secoua la tête et Doreen opina du chef.

— Je m'y attendais. Sa petite amie de l'époque est morte d'un cancer du sein l'année dernière. Et son frère est décédé lui aussi.

— C'est triste parce que son frère n'a jamais pu tourner la page, et même la petite amie a dû se poser des questions jusqu'à la fin.

— En tout cas, elle n'a laissé aucune confession disant qu'elle l'avait tué, déclara Doreen avec humour.

— À ce jour, nous n'avons aucune raison ni aucune preuve de penser que Johnny a été assassiné, annonça Mack. C'était une excellente omelette.

Il fit glisser la dernière bouchée dans sa bouche, posa sa fourchette et repoussa son assiette.

— Le jeune homme a pu simplement se lever et s'en aller.

— Je comprends, dit Doreen. Mais qu'est-ce qui pousserait un jeune homme à faire ça ? Qu'est-ce qui fait que quelqu'un, qui est proche de son frère – et nous n'avons que la parole de la femme de son frère à ce sujet – mais supposément proche de son frère et de sa belle-sœur, se lève et s'en aille pour toujours ?

— Je pense qu'au moment où ils partent, ils prévoient de revenir, de surfer sur une future grande vague de succès. Quand cela n'arrive pas, ils ne veulent pas que la famille sache qu'ils ont échoué. Beaucoup de gens, après que trop de temps s'est écoulé, ne savent plus quoi dire, alors ils ne disent jamais rien. Ce qui signifie qu'ils ne reviennent pas non plus.

— C'est très triste, déclara-t-elle. Quelqu'un doit savoir ce qui est arrivé à Johnny.

— Il y a toujours une autre option, proposa-t-il tranquillement. Tu dois prendre en compte que, même si nous avons des statistiques beaucoup plus élevées aujourd'hui, il y avait encore énormément de suicides de jeunes hommes à l'époque.

— Son corps n'aurait-il pas été retrouvé ?

Mack fronça les sourcils. En y pensant, il repoussa sa chaise et la regarda.

— Ça te dérange si je fais du café ?

— Je t'en prie.

Doreen ramassa les assiettes et se dirigea vers l'évier.

— Quand même, s'il s'était tiré une balle, avait sauté du pont, ou je ne sais pas – je suppose que l'une des façons préférées est l'overdose de drogue ou même le fait de percuter un semi-remorque sur l'autoroute ou autre – il y aurait un corps. Évidemment, je n'y connais rien en matière de suicide, mais il y a toujours un corps à retrouver.

— Il y a *presque* toujours un corps, corrigea Mack. Mais on ne retrouve pas toujours tous ceux qui sont perdus en mer, comme on ne retrouve pas toujours ceux qui se sont perdus dans le lac.

— D'accord, répondit-elle.

— Et, si l'on pense à toutes les routes de campagne que nous avons ici, il existe toutes sortes d'endroits où Johnny a pu faire une virée et se retrouver dans un ravin.

Elle s'arrêta dans son élan, se retourna et scruta le policier.

— Tu crois que, même après vingt-neuf ans, ça pourrait se vérifier ?

— Bien sûr que oui. Pense aux kilomètres de routes autour d'ici. Et ce qui aurait été vu à l'époque ne le serait pas forcément aujourd'hui, compte tenu de la croissance naturelle qui s'est produite depuis. La maturation des arbres et des buissons peut cacher beaucoup de choses.

— Mais nous avons la vision satellite maintenant, argumenta-t-elle. Les gens ont des drones qui volent partout.

— Bien sûr. Ça ne veut pas forcément dire qu'ils savent ce qu'ils regardent, car un morceau de métal brillant ne signifie pas qu'un véhicule est coincé là-dessous. D'ailleurs, Johnny avait-il son propre véhicule ?

— J'ai oublié de demander à Penny, admit Doreen. Elle va m'envoyer tous les fichiers numériques sur mon mail aussi.

— Transmets-les-moi aussi, ordonna-t-il. Je vais regarder à nouveau ce qu'il y a dans les dossiers de la police. Je ne promets rien, mais, si quelque chose surgit, c'est peut-être dû à une erreur de communication. Malheureusement, nous avons vu cela se produire avec des affaires non résolues aussi.

— Que veux-tu dire par *erreur de communication ?*

— Les différents départements ne partagent pas leurs informations. Surtout à l'époque. Et si Johnny était allé à Vancouver et avait été absorbé par la vie de la grande ville ? Il pourrait être SDF. Il aurait pu être un inconnu à la morgue. Nous n'avions pas de moyen automatique de vérifier les différentes juridictions. Il fallait le faire manuellement.

— Et si on avait quelque chose qui appartenait à George ? On pourrait faire un test ADN et vérifier dans une base de données si son frère est apparu ailleurs ?

— Nous pourrions, mais il n'y a pas d'argent dans le budget pour ce genre de choses, déclara Mack. Dans un monde parfait, nous aurions beaucoup d'argent et nous pourrions faire des tests ADN pour chaque membre de la famille disparu. Et, même s'il existe encore quelque chose de l'ADN du frère à vérifier, parfois ce n'est pas une correspondance assez proche pour identifier un frère ou une sœur.

Doreen soupira.

— Je sais que Penny espère mettre sa maison en vente, mais elle n'a pas encore fait un grand ménage. Peut-être, si elle a gardé un médaillon avec des mèches de cheveux de son mari, nous devrions lui demander de le préserver, juste au cas où.

— À l'époque, l'ADN devait être prélevé directement sur la personne disparue. Donc certaines preuves de l'ADN de Johnny pourraient attendre en lien avec son dossier de personne disparue.

— Ce serait une preuve, n'est-ce pas ?

— Évidemment, répondit Mack. Mais malheureusement, des choses disparaissent. Donc, quand je retournerai au bureau demain, je jetterai un coup d'œil et verrai si nous avons quelque chose dans le dossier. Et tu pourrais envoyer un courriel à Penny, pour lui demander si elle a quelque chose qui appartenait à son mari. Une brosse à cheveux serait l'idéal.

— Bien. Tu en as besoin de beaucoup ?

— Pas tellement, dit-il. Mais nous avons besoin de quelque chose. Cheveux, ongles, peau, sang, tissus, os. Des choses comme ça.

Elle fronça le nez en le regardant.

— Et s'il a été incinéré ? Je doute qu'il en reste beaucoup dans ce cas.

— Peut-être pas. Ça dépend si elle a gardé les cendres.

— C'est le cas. L'urne est sur sa cheminée. Peut-on récolter de l'ADN à partir des cendres ?

Mack haussa les épaules.

— Je ne suis pas sûr. J'ai entendu dire que les fragments d'os restent, même avec des crémations à haute température. Les os conservent l'ADN. Cependant, dans la plupart des cas, ces fragments restants sont réduits en cendres avant d'être remis. Je ne sais pas si les cendres peuvent être testées pour l'ADN. Il semble que les tests d'ADN progressent à pas de géant, et personne ne sait ce qu'on peut en tirer tant que le test n'a pas été effectué. Aujourd'hui, ils font de l'ADN d'ascendance, et cela apporte d'énormes changements dans les affaires classées.

— Mais, dans ce cas, nous n'avons pas de soupçon d'acte criminel. Donc nous n'avons pas de suspects à poursuivre, comme un tueur.

— Si tu veux dire que nous n'avons pas d'ADN d'un tueur sur une scène de crime, tu as tout à fait raison. Nous n'avons même pas de scène de crime. Tout ce que nous avons, c'est que ce jeune homme s'est levé un jour et est parti.

— Supposément. Et la dague ?

— Même problème. Trouvée des années plus tard, enterrée dans le sol. Quand nous avons ouvert le dossier de la personne disparue, aucun test ADN n'a vraiment été fait à l'époque. De grands progrès ont été faits, alors qui sait ce que ça va nous apprendre maintenant ? C'est un couteau que Johnny possédait, avec lequel il jouait tout le temps. Il s'est forcément coupé avec. Tout le monde se serait coupé au moins une fois.

Doreen soupira.

— Je m'en doute, mais il me semble que si quelqu'un l'avait assassiné avec la dague, il y aurait des cellules de peau de celui qui l'a tué.

— Peut-être. Mais j'en doute après tout ce temps.

— D'accord, mais peuvent-ils tester d'autres tissus ?

— Les tests de laboratoire peuvent sans doute séparer l'ADN de différentes personnes, ainsi que le type de tissu trouvé pour chaque personne, expliqua-t-il, comme le sperme, l'épithélium ou les cheveux, par exemple.

Elle acquiesça.

— Je n'en sais tout simplement pas assez, mais au moins j'ai le couteau, et, non, je sais qu'il ne sera pas d'une grande valeur. Je pense que ce que Penny espère vraiment, c'est que son beau-frère ne sera pas oublié.

— C'est la chose la plus difficile pour tout dossier d'affaire classée. C'est une affaire classée pour le public. Mais ce n'est jamais classé pour la famille. Ça reste là pour toujours.

— C'est pourquoi elle s'est rattachée à la dague. C'est un souvenir. Pas seulement de Johnny, mais de sa vie et probablement de sa mort. De tout ce qui a pesé sur sa vie pendant tout ce temps.

Mack la dévisagea.

— Et sérieusement ? Une dague dans les dahlias ?

— Ils avaient un banc dans le jardin, où Johnny a été vu pour la dernière fois. C'est devenu quelque chose qu'ils trouvaient très difficile à regarder. Alors ils l'ont déplacé et étaient en train de creuser un nouveau lit et de mettre des dahlias quand ils ont trouvé sa dague.

— Ce qui est logique, s'il s'asseyait toujours à cet endroit.

— Je suis d'accord, dit-elle en haussant les épaules. Je n'ai pas d'angle d'attaque pour continuer. Et il y avait autre chose… Penny espérait que grâce à notre association – comment tout le monde est au courant de ça ? – elle espérait que j'aurais accès au dossier d'affaires classées de Johnny.

Mais…

— Que tu sais que je ne peux pas te donner, répliqua Mack fermement.

— Je lui ai dit. J'ai expliqué que je ne pouvais pas faire grand-chose, continua Doreen. Elle semble penser que je peux faire plus que je ne peux.

— Mais te connaissant, tu feras quand même de ton mieux, conclut-il.

Chapitre 7

Jeudi, tôt le matin…

DES QUE DOREEN eut pris son petit déjeuner le lendemain matin, elle débarrassa la table de la cuisine, à l'exception de sa tasse à café, sortit la grande enveloppe de Penny, l'ouvrit, et étala soigneusement tout ce qu'elle contenait. La dague était petite mais était dotée d'une lame mortelle avec une pointe très fine. Elle la posa sur le côté.

Elle lut ensuite le recueil de documents. Il n'y avait pas grand-chose : quelques articles de journaux sur la disparition de Johnny, une affiche demandant à quiconque de se manifester s'il savait quelque chose sur l'endroit où se trouvait Johnny, et quelques déclarations avec une chronologie que la famille avait donnée à la police. Ils n'offraient rien de nouveau.

— Il n'y a rien pour continuer, dit-elle en fronçant les sourcils. Je suis désolée, Penny, mais je n'ai aucune idée de ce que je suis censée faire avec ça.

Alors qu'elle était assise là à réfléchir, elle reçut un courriel de l'expert au sujet de la lettre qu'elle avait trouvée sous le lit de Nan.

« *C'est charmant, et c'est une preuve de provenance.* » avait-

il écrit.

Elle sourit. En poursuivant sa lecture, elle se rendit compte qu'il voulait qu'elle continue de fouiller dans la chemise accordéon de documents pour trouver d'autres papiers relatifs aux antiquités. Elle ne savait pas pourquoi elle hésitait, mais elle devait faire le tri.

Remettant tout dans l'enveloppe que Penny lui avait donnée, Doreen s'inquiétait de ne rien pouvoir faire pour celle-ci. Tout ce que Doreen pouvait espérer, c'était que Mack lui envoie quelque chose d'intéressant du dossier de la police quand il en aurait le temps.

Après un passage dans sa chambre, elle entra dans le salon avec la chemise en accordéon qu'elle avait trouvée dans le tiroir du bas de la commode. Elle s'assit sur le canapé et en sortit les enveloppes qui s'y trouvaient, chacune portant une étiquette manuscrite de son contenu. Il y avait de tout là-dedans : des testaments, des certifications personnelles et des dossiers médicaux. C'étaient des documents importants, mais rien à voir avec les antiquités.

La toute dernière enveloppe qu'elle sortit était deux fois plus petite que les autres. Elle étala lentement son contenu sur la table basse. Les reçus étaient vieux ; certains étaient écrits à la main et difficiles à lire. Elle n'arrivait pas à comprendre grand-chose à tout cela. Peut-être que cela aurait un sens pour l'expert, mais elle n'avait aucune raison de croire que ces reçus avaient quelque chose à voir avec ce qu'elle et Scott recherchaient précisément.

Elle remit le tout dans l'enveloppe, puis décida que le seul moyen de s'en sortir était d'ignorer la désignation de l'enveloppe et de trier le contenu lui-même. Elle sortit tout de la chemise accordéon et les posa un par un sur la table basse.

Elle ne trouva pas ce qu'elle espérait – une preuve confirmant une mine d'or d'antiquités valant des millions de dollars – mais Doreen déterra quand même une mine d'or d'informations familiales.

Elle dégagea le dossier médical et l'ouvrit, tomba sur une copie de son propre certificat de naissance, ce qui n'était pas surprenant, jusqu'à ce qu'elle voie un certificat d'ADN qui la fit se figer. Nan avait fait comparer l'ADN de Doreen à celui de son fils pour s'assurer que Doreen était bien sa petite-fille de sang. Doreen grimaça en voyant cela. Mais elle ne pouvait pas vraiment blâmer sa grand-mère parce que sa mère était loin d'être le genre de femme à fréquenter un seul homme.

Elle posa ce certificat avec celui de sa naissance et passa lentement en revue tout ce que contenait la première enveloppe. C'était un dossier hétéroclite de tout ce que sa mère avait envoyé à Nan au fil du temps. Cela lui rappela des souvenirs, mais c'était aussi triste.

Doreen remit tout dans l'enveloppe appropriée, se remémorant une enfance dont elle se souvenait à peine. De toute évidence, Nan avait gardé des souvenirs de tout ça. Et au moins l'ADN avait confirmé qu'elle était vraiment sa petite-fille. Elle n'était pas sûre de ce que Nan aurait fait si elle avait découvert qu'elles n'étaient pas liées par le sang, Doreen et elle. Cela aurait été dur aussi. Surtout avec la mort de son père, ça aurait été dévastateur pour Nan d'apprendre le contraire. Et penser que sa grand-mère avait des raisons de faire tester Doreen était tout simplement triste.

Elle ressassa les autres affaires, mais ne trouva rien de la provenance supplémentaire qu'elle cherchait. Une copie du testament de Nan était là, mais elle était scellée. Puis les papiers de la maison, ce qui était bien parce que maintenant Doreen avait un endroit où déposer les nouveaux actes quand ils arriveraient. Nan avait gardé des copies de reçus pour des travaux effectués sur la maison il y a des années, comme le fait que le toit avait quinze ans. C'était aussi bon de savoir qu'elle en tirerait au moins cinq ou dix ans de plus, avec un peu de chance.

D'autres reçus remontaient encore plus loin, mais rien concernant les antiquités en question. Une autre enveloppe était pleine de correspondance. Doreen la sortit et regarda toutes les cartes et les lettres ; certaines d'entre elles étaient écrites sur du papier de soie très fin. Elle les parcourut avec soin, souriant devant certaines qui semblaient provenir d'amants dont Nan s'était éloignée. La vieille femme avait mené une vie sauvage et colorée.

Doreen attrapa un morceau de papier, et reconnut l'écriture. En vérifiant la signature en bas, elle vit qu'il était adressé à Penny par Nan. Doreen le lut rapidement : Nan envoyant ses condoléances pour la disparition de Johnny et espérant une résolution rapide du problème. *Cela ressemble beaucoup à Nan*, pensa Doreen. La lettre était datée d'il y a vingt-neuf ans. Alors pourquoi était-elle en possession de Nan et non de Penny ? Peut-être que Nan l'avait écrite mais ne l'avait pas envoyée ? Doreen allait lui demander. Elle mit ça de côté pour s'en occuper plus tard, mais… Elle devait savoir *maintenant*.

Elle téléphona à sa grand-mère. Quand celle-ci répondit, Doreen dit :

— Bonjour, Nan. Comment vas-tu aujourd'hui ?

— Ça irait mieux, répondit Nan d'une voix irritée, si tu venais m'exposer clairement tous les faits.

C'était inhabituel pour Nan d'être de mauvaise humeur. Doreen n'était pas sûre de ce qui se passait.

— Quels faits ?

— Les corps que tu as trouvés dans le lac, répliqua-t-elle.

— Oh, s'exclama Doreen en fronçant les sourcils. Tu veux parler de la découverte de Paul Shore ?

— Nous savons ce que les nouvelles ont rapporté et que tu es celle qui a fait le lien.

Sa voix se réchauffa quand elle ajouta :

— Évidemment que c'était toi. Tu es le plus grand amour du monde.

— Et pourtant, tu as l'air un peu grincheuse, dit Doreen avec humour.

— Eh bien, tout le monde ici était en colère contre moi parce que je n'avais pas toutes les informations.

— Oh mon Dieu. Je n'ai même pas pensé à t'informer du reste. La journée d'hier a été assez éprouvante et très émouvante. Je suis rentrée à la maison, et je ne voulais pas avoir affaire aux curieux. Bien que Mack soit venu pour le dîner.

Puis elle se souvint de ce qu'elle avait trouvé plus tôt.

— Bizarrement, je viens de trouver une lettre de toi à Penny Jordan, mais il semble que tu ne l'aies jamais envoyée.

— *Hmm*, dit Nan pensivement. Cela n'a pas de sens.

— C'est à propos de Johnny, son beau-frère qui a disparu.

— Oh, oui, oui, oui, s'agita Nan. J'étais en train d'écrire la lettre, de lui présenter mes condoléances, puis j'ai compris qu'on aurait dit que Johnny était mort. Je ne voulais pas qu'elle pense que Johnny était mort. Nous espérions tous que le jeune homme était parti faire fortune et qu'il reviendrait en ville comme le grand costaud qu'il pensait être.

Le ton dans sa voix donnait l'impression qu'elle connaissait Johnny mieux que Doreen ne l'avait soupçonné.

— Tu connaissais Johnny ?

— Il avait l'habitude de ratisser mon jardin de temps en temps, mais, comme beaucoup d'enfants, il pensait qu'il devait être payé beaucoup plus pour le peu de travail qu'il faisait, répondit Nan en reniflant. Mais il était assez agréable. Il traînait en ville avec de mauvaises fréquentations, ce qui a rendu les choses difficiles quand il a disparu.

— Quand tu parles de *mauvaises fréquentations ?* Qui ?

— Eh bien, Freddy Black n'était pas fréquentable à l'époque. Et Thomas Burgess. Je ne me rappelle plus qui d'autre. Mais ils avaient toujours des ennuis avec la police. Ils jetaient des pierres sur les voitures et causaient des problèmes. Du vandalisme. Puis ils ont commencé à se droguer. Mais je ne pense pas que c'était si mauvais. Du moins, je n'en ai pas trop entendu parler.

— Alors tu connaissais assez bien Johnny ?

— Suffisamment pour que, lorsqu'il a été porté disparu, j'aie de la peine pour la famille. Quand je pense que ça fait presque trente ans maintenant, c'est tellement triste.

— C'est vrai, n'est-ce pas ? déclara Doreen avec sympathie. Penny m'a demandé si je pouvais me pencher sur l'affaire.

Au début, il n'y eut que du silence à l'autre bout du fil, puis Nan se mit à rire.

— Oh là là, dit-elle. C'est fantastique.

— Non, ça ne l'est pas, grommela Doreen. Je n'ai absolument rien pour avancer. Toutes les affaires sur lesquelles j'ai travaillé jusqu'à présent avaient des liens et des pistes, des choses que je pouvais suivre. Que suis-je censée faire avec un jeune homme qui a quitté le jardin familial il y a vingt-neuf ans, pour l'amour du ciel ?

— Eh bien, tu ne peux pas parler aux deux personnes que j'ai mentionnées parce qu'elles sont toutes deux mortes.

Ils ont été tués dans un accident de voiture peu de temps après la disparition de Johnny.

— Oh.

Doreen entra dans la cuisine et nota cette information sur un bloc-notes.

— Je me demande si ça a quelque chose à voir avec la disparition de Johnny ?

— Tu veux dire qu'ils se sont peut-être suicidés à cause de ce qu'ils ont fait à Johnny ? s'enquit Nan avant de baisser d'un ton. Tu sais quoi ? Je n'ai jamais pensé à ça. Tu as une perspective différente de la plupart des gens. Je suis contente que tu t'intéresses à ça. Maintenant c'est un grand mystère que je veux vraiment que tu résolves.

— J'essaierai de résoudre l'affaire pour le bien de Penny, dit Doreen, mais il n'y a rien ici qui me permette de travailler. Sinon, je suis sûre que la police en aurait fait quelque chose.

— Les affaires non résolues avant l'utilisation généralisée d'internet, des téléphones portables et de l'ADN, n'étaient pas les mêmes types d'enquêtes. Nous avons tellement plus d'outils disponibles maintenant.

— Bien sûr, mais il n'y avait pas de corps, pas de scène de crime, répliqua Doreen. Nous ne savons même pas s'il est mort ou non. Il y avait tellement de fugues d'enfants à l'époque que personne ne les traquait. Je jure qu'il y en a des milliers chaque année maintenant.

— Je pense que c'est probablement plus que cela, ajouta Nan. Mais, à l'époque, nous n'avions aucun moyen de maintenir la communication ou de partager des bases de données entre les provinces. Si ça se trouve, Johnny est parti en Ontario et s'y est construit une vie.

— Sais-tu s'il possédait un véhicule ? demanda Doreen.

— Oui, répondit Nan. C'était une vieille voiture. Je ne sais pas quel genre, mais je me souviens que c'était la voiture dans laquelle les deux types se sont tués.

Doreen se redressa.

— Ses amis conduisaient *sa* voiture ?

— Oui. Nous nous posions tous la question, mais la police n'a pas eu l'air de s'en soucier. Quand Johnny a disparu, sa voiture aussi, alors on a pensé qu'il rentrerait à la maison à tout moment. Mais il ne l'a pas fait et les garçons sont morts en la conduisant.

— Je soupçonne qu'ils en ont pensé *quelque chose*, dit sa petite-fille, mais, si la voiture n'a révélé aucune preuve, alors je ne suis pas sûre qu'ils aient eu quelque chose à se mettre sous la dent.

— C'est vrai. Mais tu pourrais recouper leur affaire avec celle de Johnny.

— Bien sûr. Quels étaient leurs noms déjà ?

— Burgess et Black.

— OK. C'est noté, dit Doreen en s'exécutant. Je vais envoyer un e-mail à Mack, pour lui demander s'ils sont mentionnés dans les dossiers.

— Ah ! Il est une grande source d'information pour toi.

— Je n'en sais rien, déclara Doreen avec un sourire. Il n'a pas le droit de me dire grand-chose. Mais, fait inhabituel, le commandant de police m'a arrêtée hier en rentrant chez moi après que nous avons trouvé les deux corps dans le lac. Il m'a serré la main et m'a remerciée.

— Oh, mon Dieu. N'est-ce pas charmant ? Peter Cochran est un type bien, s'extasia Nan. Il était un peu jeune pour moi, mais, pour un week-end ou deux, il était très amusant.

Doreen écarquilla les yeux.

— Tu es en train de dire que tu as eu une liaison avec le commandant ?

— Il y a très longtemps, répondit Nan avec un rire délicieux. Il voulait plus, mais je n'étais pas la bonne personne pour lui. Il avait besoin d'une femme, de trois enfants, de deux chiens, d'un chat et d'une maison parfaite avec une clôture blanche. Mais ça ne change rien au fait qu'il est doué dans son travail, et je suis très heureuse qu'il se soit bien comporté avec toi.

Doreen était encore frappée par l'aveu de Nan et de sa liaison avec un commandant de police.

— Si tu connais quelqu'un à la maison de retraite qui a des informations sur la disparition de Johnny, fais-le-moi savoir, d'accord ?

— Pourquoi ne viendrais-tu pas prendre le thé ? demanda Nan. Je te demanderai plus de détails à propos d'hier aussi.

C'est alors que Doreen se souvint de la lettre qu'elle avait trouvée sous le lit.

— Nan, c'est une excellente idée. J'ai quelque chose à te montrer de toute façon.

— Je vais mettre la bouilloire à chauffer. Tu prends les animaux et tu viens. Je dois admettre que j'aurais bien besoin d'un câlin aujourd'hui, conclut-elle en soupirant avant de raccrocher.

Chapitre 8

Jeudi, fin de matinée...

IL FALLUT QUELQUES minutes à Doreen pour rassembler les animaux. Mugs était bien élevé, jusqu'à ce qu'il entende le cliquetis de la laisse ; alors il aboya partout, poursuivant Goliath, qui sembla être profondément offensé et coinça Mugs dans la cuisine, le frappant deux fois. Essayer de séparer les deux n'était pas amusant.

Finalement, elle réussit à les calmer avec une ou deux friandises et prépara une autre poche pleine de friandises à avoir à portée de main. Avec Thaddeus sur son épaule, elle ouvrit la porte de la cuisine, et tous les quatre se dirigèrent vers la maison de Nan, en passant par le ruisseau. Il n'y avait pas d'autre chemin pour elle. Dès qu'elle en avait l'occasion, elle choisissait de marcher au bord de l'eau. De plus, elle voulait éviter son jardin avant et les curieux qui voulaient lui parler.

Tant de choses avaient changé depuis qu'elle avait emménagé ici. Les animaux n'en étaient qu'une partie. Elle avait l'habitude de bien s'entendre avec les gens, surtout parce qu'elle avait un ton agréable, ne cherchant à vexer qui que ce soit ou elle-même, un peu comme si elle était morte à l'intérieur. Et maintenant, ici, elle faisait tout ce qu'elle pouvait pour éviter les gens, du moins certaines personnes.

Elle était heureuse de voir le soleil briller. Elle aimait la façon dont les longues ombres des bras du soleil touchaient les feuilles vertes qui ondulaient doucement dans le vent. C'était une des particularités de sa maison au bord du ruisseau : elle était située dans une vallée et le vent sifflait avec une telle douceur qu'il la faisait toujours sourire. Écouter l'eau, le vent et les oiseaux, c'était incroyablement paisible.

Elle n'était pas sûre d'avoir eu l'occasion de profiter autant de Mère Nature depuis qu'elle était ici. Et qui aurait su que c'était quelque chose dont elle tomberait amoureuse, sans avoir à jardiner. Ici, elle pouvait écouter les oiseaux pendant des heures, simplement assise au bord du ruisseau, trempant ses orteils dans l'eau glacée, même si elle savait ce qui en était sorti ces deux dernières semaines. Le ruisseau était resté spécial. Il la faisait se sentir connectée.

Elle était profondément jalouse de tous ces gens qui vivaient à la campagne. Non pas qu'elle veuille traire des vaches ou élever des poules pour leurs œufs, mais elle aspirait à posséder un véritable espace pour se promener sans être encombrée par des maisons ou des gens. Pourtant, ce qu'elle avait ici était un grand premier pas dans cette direction. Elle aimait tremper ses doigts dans le ruisseau, pour sentir cette connexion, ce sentiment de paix, cette unité. Comme c'était fantaisiste de sa part ! Pourtant, si elle avait appris une chose avec tout ce chaos récent, c'était que la vie était courte, trop courte. Ce qu'elle devait vraiment faire, c'était trouver un moyen de tirer le meilleur parti du temps qu'elle avait. Elle avait perdu tellement avec son divorce en cours, et pourtant, elle avait déjà gagné tellement plus. Si elle avait eu la moindre idée qu'une vie comme celle-ci existait en dehors de son mariage, elle serait partie depuis longtemps.

Bien sûr, elle n'était pas vraiment partie de son propre gré. Elle avait été remplacée. Elle s'était battue contre cela en se débattant et en criant ; c'était à cause de la peur – la peur de ce qui se passait, la peur de ce qui lui arriverait après, la peur de l'endroit où elle vivrait, la peur de l'avenir. Ces pensées étaient si mauvaises, si préjudiciables pour elle. Parce que son avenir était absolument merveilleux, même cette première version de celui-ci.

Elle ouvrit grand les bras en souriant et sautilla, dansa et virevolta sur le chemin.

— Je sais, Mugs. Je fais la folle, dit-elle gaiement. Mais la vie est belle. Comment peut-on ne pas l'apprécier ?

Mugs aboya, sautant partout avec elle. Elle gloussa et reprit sa marche, d'un pas léger, et le cœur encore plus léger.

— Allons rendre visite à Nan, déclara Doreen. Contrairement à nous, elle n'a pas passé une bonne journée.

En fait, sa grand-mère inquiétait Doreen. Nan alternait entre absence et présence. Maintenant que Doreen avait enfin retrouvé sa grand-mère dans sa vie, elle ne voulait pas la perdre. Elle aurait fait n'importe quoi pour donner à cette femme spéciale vingt années de plus sur terre avec elle.

Dans l'état actuel des choses, il était difficile de savoir comment l'aider. Nan avait des amis et une vie bien remplie. Elle semblait aussi apprécier son mode de vie actuel.

Doreen avait la photocopie de la lettre qu'elle avait prise sous le lit. Elle ne savait pas si cela ajouterait au découragement de Nan ou si cela la ferait se sentir mieux. Doreen voulait évidemment que sa grand-mère se sente mieux.

Elle faisait resurgir de puissants souvenirs. Elle ne voulait pas contrarier sa grand-mère plus qu'elle ne le devait. Elle était la plus gentille des vieilles femmes. Bon, elle avait cette habitude de jouer. Mais ce n'était pas vraiment *elle* qui jouait en ce moment, c'était Nan qui poussait les autres à jouer.

À ce moment-là, elle rit aux éclats.

— Nan, tu ne laisses aucun répit à Mack. Ça ne peut pas être une mauvaise chose.

Elle tourna à l'angle, en regardant la circulation lorsqu'ils traversèrent la route. Ils n'étaient pas très loin de la maison de retraite. En s'approchant, elle vit le jardinier devant, en train de parler à quelqu'un. Dès qu'il vit Doreen, il posa ses mains sur ses hanches et la pointa du doigt.

Elle s'arrêta et demanda :

— Et qu'est-ce que vous voulez que je fasse ? Je ne peux pas emmener les animaux dans le bâtiment. Alors, si je ne coupe pas à travers la pelouse, comment puis-je me rendre chez Nan ?

— Vous venez sans les animaux, rétorqua-t-il d'une voix bourrue. C'est déjà suffisant que vous marchiez sur l'herbe, mais maintenant il y a tous les animaux dessus aussi.

Il croisa les bras, sans bouger d'un pouce.

Ne se laissant pas décourager, Doreen se dirigea vers le coin de la rue où Nan était assise avec sa théière sur un ensemble bistrot. Quand elle leva le regard et vit Doreen, la vieille dame fit un signe de la main.

— Oh, tu es là, s'exclama-t-elle.

Doreen hocha la tête en désignant le jardinier.

— Il ne me laisse pas traverser la pelouse.

— De quoi je me mêle, dit Nan avant de lever un doigt. Oh, c'est vrai. J'avais oublié tout ça.

Curieuse de savoir ce qu'elle avait en tête, Doreen regarda Nan se pencher, puis se lever, tenant quelque chose de lourd dans sa main. Du moins, cela semblait lourd car les bras de sa grand-mère étaient tendus. Elle regarda la vieille dame étudier le patio, puis l'herbe menant au trottoir, puis elle plaça très soigneusement une pierre sur l'herbe. Puis elle répéta l'opération jusqu'à ce qu'il y en ait cinq, menant du trottoir à son patio.

Le jardinier rugit et courut vers elle. Mais il était trop tard. Doreen sauta facilement de l'une à l'autre jusqu'à ce qu'elle se trouve dans le petit jardin de Nan. Mugs et Goliath marchèrent sur l'herbe. Le chat s'arrêta devant le patio, se coucha et remua la queue.

— C'est parfait.

Doreen se pencha pour enlacer sa grand-mère.

— C'est parfait. C'est parfait, répéta Thaddeus.

Mais le jardinier n'en avait cure, il ramassait l'une des pierres.

Nan l'arrêta en s'écriant :

— Laisse-les là. Tu ne la laisses pas traverser cette pelouse parce que ça va abîmer ton gazon. Alors maintenant, on a trouvé la solution. Remets ça en place.

— Je ne peux pas, rugit-il à nouveau.

Thaddeus poussa un cri fort.

— La tondeuse à gazon s'y accrochera à chaque fois.

— Alors enterrez-les dans la pelouse, proposa Doreen. Il suffit de découper dans le gazon tout autour de chacune des pierres, de soulever le gazon et de poser les pierres. Ce n'est pas grand-chose pour un *jardinier*.

Elle termina sa phrase avec un haussement d'épaules, et il lui lança un regard noir.

— C'est ce qu'on verra, cingla-t-il.

Il ramassa la première pierre et la porta à l'intérieur de la maison de retraite.

Nan soupira et s'assit, tendant la main pour calmer

Thaddeus, dont les plumes étaient ébouriffées par les voix élevées.

— Maintenant, il va aller se plaindre au directeur.

— Et que va faire le directeur ? demanda Doreen avec curiosité.

— Ça dépend si c'est une bonne ou une mauvaise journée, répondit Nan avec un sourire en coin. S'il s'est amusé avec sa copine la veille, je m'en sortirai probablement. Mais s'ils se sont disputés, comme c'est souvent le cas, il va se fâcher.

Doreen secoua la tête, s'assit sur la chaise de bistrot et sourit à sa grand-mère.

— On dirait que tu as eu une dure journée aujourd'hui, Nan.

— En effet, acquiesça-t-elle en hochant la tête. Je me suis légèrement disputée avec une vieille amie. On va s'en remettre. On s'en remet toujours. Mais cela nous rappelle que la vie est courte et que ceux d'entre nous qui sont là depuis longtemps devraient être mieux informés, mais nous restons humains.

— Je suis vraiment désolée.

Doreen tendit une main et serra doucement celle de sa grand-mère. Sa peau translucide inquiétait Doreen.

— Est-ce que tu manges suffisamment ? interrogea-t-elle. As-tu déjeuné ?

Nan rit nonchalamment.

— Je mange et j'ai déjeuné. À propos, est-ce que toi tu manges ? As-tu déjà déjeuné ?

— Je mange, et je n'ai pas encore faim, mais merci, la rassura Doreen.

— Dis-moi quand tu seras prête pour un sandwich. J'ai du bon jambon et du pain au levain fait maison.

Doreen hocha la tête, le sourire sombre.

— Je suis désolée pour ton amie. C'est difficile d'être en froid.

— Et tu en connais un rayon, n'est-ce pas ? Je suis désolée que tes amis se soient éloignés de toi quand tu as quitté ton mari.

— Ça signifie simplement qu'ils n'étaient pas amis, du moins pas les miens, déclara Doreen avec un sourire. Et c'est ce dont je dois me souvenir. Je voulais juste qu'ils soient mes amis, et je pensais qu'ils l'étaient, mais on comprend vraiment ce qu'est un ami tant qu'on n'est pas dans une mauvaise passe et qu'on n'a pas besoin de quelqu'un pour nous soutenir. Et ça s'appelle la vie.

Elle haussa les épaules.

— Je ne renoncerais à ce que j'ai actuellement pour rien au monde. Je suis vraiment désolée d'avoir manqué toutes ces années avec toi.

— Ne t'inquiète pas, dit Nan. Pense juste à comment tout est bien maintenant pour nous. Il faut parfois attendre ce que l'on peut vraiment apprécier. Si je peux vivre toutes mes années restantes avec toi à mes côtés, je serai au paradis.

Doreen gloussa.

— Sur cette note, laisse-moi te montrer ce que j'ai trouvé sous le grand lit.

Elle fouilla dans sa poche, en sortit la photocopie de la lettre qu'elle déplia. Elle la tendit à sa grand-mère.

Quand celle-ci la lut, les larmes lui montèrent aux yeux.

Doreen regretta immédiatement de la lui avoir apportée, mais Nan sourit à travers ses larmes.

— J'avais oublié que c'était là, expliqua-t-elle. Quelquefois dans nos vies, il y a de véritables tournants, et, avec la mort de *ma* Nan, ma vie a définitivement changé aussi.

— Tu es toujours d'accord pour que je vende ce lit ? demanda Doreen. J'ai peur que tu me détestes à cause de ça.

— Bien sûr que ça ne me dérange pas, répondit Nan en levant la tête. Je sais que la maison est pleine de choses, mais honnêtement les *choses* ne sont pas ce qui m'importe. Et plus je vieillis, plus je m'en rends compte. Pendant longtemps, j'ai valorisé mon indépendance. Maintenant, je valorise la famille, et c'est toi. Le lit représente une vie entière de souvenirs pour moi, mais il ne fait que les représenter, ce n'est pas le souvenir lui-même. Et en vendant le lit, ça n'emportera pas les souvenirs avec lui.

Doreen était ravie d'entendre ça.

— Eh bien, j'ai séparé les matelas du cadre aujourd'hui. J'attends un coup de fil pour savoir quand ils vont tout emballer. J'ai trouvé des papiers dans un dossier dans le tiroir du bas de la commode.

Nan fronça les sourcils, puis versa le thé dans les deux tasses.

— Je pense que c'est toute la paperasse, dit-elle, perplexe. Tu n'as rien trouvé sur les pièces ?

— Non. Oh, attends, on a trouvé quelque chose…

Elle sortit les deux chocolats emballés dans du papier aluminium et tendit la main.

— Tu te souviens de ceux-là ? On les a trouvés dans les tiroirs secrets.

Le visage de Nan s'illumina de joie.

— Oh là là, chuchota-t-elle, en regardant les chocolats. Je me souviens de ceux-là. Ma mamie avait l'habitude de les cacher tout le temps pour que je les trouve.

Elle leva les yeux vers Doreen.

— Je suis ravie que tu les aies apportés. De si merveilleux souvenirs sont stockés dans ces meubles.

Doreen fut assaillie par la culpabilité.

Et cela dut se voir sur son visage lorsque Nan tendit un bras fin et serra le poignet de Doreen.

— Et, non, cela ne veut pas dire que tu ne devrais pas le vendre. Ce sont mes souvenirs, pas les tiens, la rassura-t-elle d'une voix si ferme que Doreen se détendit.

— Si je n'avais pas trouvé cette lettre, commença Doreen à voix basse, il n'y aurait aucune preuve du temps où nous l'avons eu.

Elle sortit ensuite le médaillon et les menottes.

— Nous avons trouvé ça aussi.

— Oh là là, dit Nan en les tenant avec précaution, avant de l'ouvrir.

Un sourire chaleureux se dessina sur son visage.

— C'est agréable de retrouver ça.

— Oui.

Doreen accepta le cadeau de sa grand-mère et l'empocha.

— Je n'ai toujours pas trouvé les documents sur les antiquités.

Nan tapota ses doigts sur la table.

— *Hmm*, je suis presque sûre que d'autres papiers se trouvent quelque part. En nettoyant la maison, tu trouveras de plus en plus de pièces.

Doreen fronça les sourcils.

— Tu parles des antiquités ou de la paperasse ?

— Les deux ? s'enquit sa grand-mère en clignant des yeux.

— Je sais que tu as hérité de la chambre, mais as-tu investi dans toutes les autres pièces avec ton argent ? demanda Doreen, à moitié avec plaisir et à moitié avec indignation. Pourquoi as-tu fait ça ?

En règle générale, elle était curieuse car, si *les choses*

n'avaient pas d'importance pour Nan, pourquoi se donner la peine de mettre de l'argent dans des antiquités de valeur ?

— Ce n'est pas que les choses avaient de l'importance, expliqua-t-elle. C'est l'histoire d'une pièce qui importait. Une fois que j'ai compris qui pouvaient être les anciens propriétaires et pourquoi ils l'avaient, c'est ce qui m'a fascinée. Mais c'était à une époque où je me sentais seule. Et qu'est-ce qu'on est censé faire quand on se sent seul ? Eh bien, tu trouves des choses pour remplir ton temps. Tu trouves des choses qui te rendent heureux. J'ai toujours été très intéressée par les histoires des autres. Et c'est ce que sont les antiquités. C'est du bois qui a absorbé les histoires de tous ceux qui l'ont possédé. Tu trouveras donc un mélange éclectique de pièces dans la maison. Et, non, ça ne me dérange pas si tu les vends toutes.

— J'ai peur que tu n'aies pas assez d'argent, dit Doreen doucement. Ça me dérangerait de penser que tu as investi tout ton argent dans toutes ces choses. Puis je les vends, et je reçois l'argent, et pourtant, tu souffres.

Nan écarquilla les yeux et tapota la main de sa petite-fille.

— Tu es vraiment un amour, mais je ne souffre *pas*, dit-elle fermement. J'ai beaucoup d'argent sur mes comptes. J'espère que tu feras quelque chose avec les antiquités, pour que tu aies un revenu et que tu ne sois pas affamée.

— Et en parlant de mourir de faim, s'enquit Doreen en se redressant sur sa chaise, j'ai fait des omelettes l'autre jour.

Nan claqua des mains et gloussa.

— Wouah ! Je suis si heureuse d'entendre ça. C'est ce que Mack et toi mangiez ?

Doreen fronça les sourcils.

— En effet, mais je ne veux pas que tu en fasses trop.

— Pas du tout. Et si Mack t'apprend à cuisiner, alors je suis doublement ravie. Si j'étais encore là, je t'aiderais moi-même.

Elle se pencha en avant et murmura :

— Mais ça donne à Mack une bonne raison de passer tout le temps, non ?

— Je ne pense pas qu'il ait besoin d'une raison en ce moment, admit Doreen. Il se passe tellement de choses dans nos vies et qui ne cessent de se croiser. Je ne pense pas que ce soit un gros problème.

— Je suis contente que tu sois venue aujourd'hui. Ma bonne humeur est revenue.

Doreen gloussa.

— Idem. J'aime bien qu'il n'y ait qu'une courte distance à pied pour te rendre visite.

Elle souleva sa tasse de thé, en but une gorgée et, après l'avoir reposée, dit :

— As-tu noté tes recettes préférées ?

Nan opina du chef.

— Elles sont toujours à la maison. Je ne cuisine plus beaucoup maintenant. Mais je ne prépare que ce que je connais par cœur.

— Ce serait charmant. J'ai hâte de pouvoir cuisiner sans recettes.

— Tu fais beaucoup de choses, s'exclama Nan. Ce que tu as fait pour la famille de Paul était formidable. Sans parler du pauvre homme à tout faire qui était accusé d'avoir volé ce pauvre petit garçon.

— Je suppose que tout le monde parle de ça aussi maintenant, n'est-ce pas ? interrogea Doreen.

— C'est exact, répondit Nan. Penses-y. Regarde tout ce que tu as fait pour les familles.

— Beaucoup moins pour le centre de planning familial cependant.

— Cette Cecily était un problème dès le départ, décréta Nan. J'ai prévenu mes voisins à son sujet il y a longtemps. Elle n'était qu'un problème. Très stricte, très obstinée, cette femme. Je suis désolée que les deux autres aient été tués, mais je voyais vraiment sa vie se terminer mal.

— Eh bien, elle sera en prison pour un long moment, conclut Doreen.

— Alors dis-m'en plus. J'ai besoin de tous les détails sur la façon dont tu as trouvé Paul et l'homme à tout faire. N'oublie rien. Les résidents ici sont extrêmement curieux.

Nan sourit en attendant, et Doreen soupira.

Impossible de persuader Nan du contraire. Pour ce que Doreen en savait, Nan agissait comme preneur de paris pour de nombreux paris entre les personnes âgées sur ce cas particulier. Soupirant à nouveau, Doreen commença son histoire. Nan avait beaucoup de questions. Sa petite-fille pensait que chacune d'entre elles avait un rapport avec les jeux d'argent de la vieille dame. Secouant la tête, Doreen répondit à chacune d'elles. Une heure plus tard, Doreen avait faim.

— Tu sais quoi ? Ce sandwich au jambon me fait plutôt envie à présent. Je vais en faire un, à moins que tu veuilles le partager avec moi ?

Nan secoua la tête et se leva d'un bond.

— Je m'occupe de ça. Reste assise et repose-toi.

Nan revint rapidement avec un sandwich et des carottes.

— Alors, sur quoi travailles-tu maintenant ? demanda sa grand-mère.

Doreen se retint de lui dire tout ce qu'elle savait et se contenta d'une simple vérité.

— Juste le cas de Johnny Jordan, qui a disparu.

— Je pense que c'est fascinant que Penny t'ait contactée. Et j'aime que tu sois venue ici pour m'en parler. C'est comme si nous étions des conspiratrices ou quelque chose comme ça, plaisanta Nan.

— Nous le sommes, potentiellement, dit Doreen en riant. Parce que tout le monde ici est une telle source d'information que ce serait absolument incroyable si je pouvais trouver plus de choses sur qui était Johnny, comment étaient ses amis. Penses-y. Je veux dire, il y a tout un monde auquel je ne peux accéder parce que je ne vivais pas ici à l'époque, mais ceux d'entre vous qui étaient là, c'est énorme. Vous avez tous d'énormes banques de mémoire que je ne peux même pas imaginer.

— C'est plutôt vrai, admit sa grand-mère. Et nous avons beaucoup de gens ici qui étaient là à l'époque.

Elle pinça les lèvres en réfléchissant.

— Je vais devoir parler à certaines personnes ici. Je connais la voisine de Penny. Je crois qu'elle s'appelle Ginger. Elle vivait là à l'époque où Johnny a disparu. Elle pourrait se souvenir de quelque chose à ce sujet.

— Cela aiderait si ce n'était pas un membre de la famille, dit Doreen, car les membres de la famille ont toujours tendance à se souvenir du défunt avec un œil bienveillant mais pas nécessairement honnête. Personne ne veut penser que les membres de sa famille sont autre chose que charmants. Mais la vérité est que, comme toi et moi le savons, tout le monde n'est pas toujours aussi charmant que les membres de la famille veulent s'en souvenir.

Nan gloussa.

— Eh bien, Ginger est ici, et elle n'était pas de la famille, alors je vais lui parler. Si je peux la coincer, bien sûr. Elle bouge beaucoup.

— Ce serait génial. Je n'ai vraiment rien pour avancer. Un grand jeune homme costaud se lève un jour et s'en va. Fin de l'histoire.

— Pas nécessairement, dit Nan. Nous savons que son véhicule a été impliqué dans un accident qui a tué deux de ses copains peu de temps après sa disparition. On s'est toujours demandé s'ils avaient quelque chose à voir avec la disparition de Johnny. De plus, comment se sont-ils retrouvés avec son véhicule ?

— Je vais demander à Penny, indiqua Doreen. J'ai l'intention de faire le tour de sa propriété pour avoir une idée du dernier emplacement connu de Johnny et de l'endroit où sa dague a été trouvée.

— Si tu rentres par l'autre côté du ruisseau, tu y seras en deux fois moins de temps. Ce n'est probablement qu'à dix ou quinze minutes de marche.

La vieille dame jeta un coup d'œil à sa montre.

— Tu pourrais passer chez elle après le thé.

Doreen adora cette idée. Elle termina son thé et la dernière petite carotte, avant de dire :

— Dans ce cas, je vais peut-être y aller maintenant.

Elle embrassa Nan et lui laissa la copie de la lettre, puis elle repartit avec les animaux.

Elle s'arrêta un moment pour s'orienter, et, en utilisant les pierres, bien qu'il en manquât une, elle traversa le trottoir, descendit et fit le tour, puis passa derrière la maison de retraite. Elle pouvait traverser le ruisseau de ce côté et se rendre chez Penny en quelques minutes. Du moins, d'après Nan.

Lorsque Doreen tourna à l'angle, Mugs renifla toute l'herbe, comme s'il s'agissait d'une allée commune pour les chiens. Elle fut obligée de le tirer un peu vers l'avant car elle ne voulait surtout pas que le jardinier pense que Mugs urinait sur son gazon parfait. Elle ne pouvait même pas imaginer si Mugs avait laissé une crotte quelque part à proximité. Le jardinier aurait probablement eu une attaque. Elle guida sa ménagerie vers le trottoir en souriant.

Chapitre 9

DOREEN TRAVERSA LE pont et marcha joyeusement, tout en profitant du soleil de la fin d'après-midi. Elle n'était pas restée très longtemps chez Nan, même si les heures étaient vite passées. Elle aurait quand même le temps de passer chez Penny et de trouver où le jeune homme disparu avait pu aller.

Elle ne tarda pas à arriver à la rangée de maisons décrite par Nan. Doreen voulait voir le parc derrière elles.

Elle prit le chemin d'accès au grand espace vert ouvert. Goliath alternait entre la distraction et la course. Mugs, lui, se contentait de flâner, reniflant avec son gros museau, et Thaddeus ronronnait sur son épaule. Elle remarqua quelques poteaux de but, comme pour des parties de football occasionnelles. Un monticule de lanceur se trouvait de l'autre côté du parc. Les maisons voisines étaient toutes clôturées par des portes donnant sur le parc – construites à la chaîne, conformément aux directives du parc pour un aspect cohérent et symétrique. Donc, si Johnny l'avait voulu, il aurait certainement pu ouvrir la porte et entrer dans le parc, où tout aurait pu arriver.

Thaddeus atterrit au sol et marcha le long de la clôture.

Ils errèrent tous les deux, réfléchissant à la croissance des arbres et arbustes de ces vingt-neuf dernières années. Beaucoup de propriétés voisines étaient arborées des haies de cèdres, certaines étaient très épaisses. À l'époque, elles auraient été plus petites, et toute personne se trouvant de l'autre côté de la clôture aurait été visible.

Quelqu'un aurait pu appeler Johnny. Il serait allé de son plein gré vers cette personne. Il était peu probable que quelqu'un soit allé dans le jardin, l'ait frappé à la tête, pris sur son épaule avant de transporter un homme de quatre-vingts kilos à travers le parc sans être vu. Il avait disparu une fin d'après-midi ensoleillée. Quelqu'un aurait sûrement vu une telle altercation.

Ses amis auraient aussi pu lui demander d'aller chercher de l'alcool ou d'aller à une fête. Le fait étant que Doreen ne savait pas ce qu'il était devenu, ni ce qu'il était advenu de sa voiture entre le moment où Johnny avait disparu, il y a a vingt-neuf ans, et celui où ses amis étaient morts dedans, quelques semaines seulement après sa disparition. Tout n'était que supposition à ce stade. Et elle savait ce que Mack en pensait…

En se redressant, elle entendit quelqu'un l'appeler. Elle se retourna et vit Penny regarder par-dessus sa porte.

— C'est *vous* ! déclara Penny avec joie.

Doreen se dirigea vers elle.

— Je voulais voir à quoi ressemblait la zone, avoua-t-elle.

Penny lui ouvrit.

— Je suis si contente que vous preniez ça au sérieux. Je sais que George sourit au paradis en ce moment.

Doreen l'espérait. Mais c'était un peu effrayant de penser à tous ces visages là-haut, souriant aux autres pauvres gens qui vivaient leur vie sur terre. Elle fit le tour du jardin arrière, étudiant l'emplacement de la fenêtre de la cuisine et la vue qu'elle offrait.

— Eh bien, je doute que quelqu'un soit venu sur votre propriété pour l'assommer, le ramasser et l'emporter, dit-elle, surtout si vous regardiez.

— Bien que nous ne regardions pas nécessairement tout le temps, admit Penny. Nous nous sommes souvent demandé ce que nous avions manqué.

— C'est plus logique de l'appeler depuis le parc, bien que n'importe qui ait pu le voir là aussi.

— Bien sûr, mais personne n'a déclaré l'avoir vu à cette heure-là, ce jour-là.

— Qu'est-il arrivé à son véhicule ? J'ai cru comprendre qu'il avait une voiture ?

— Oui. Il avait la vieille voiture de George. Les deux travaillaient dessus constamment.

Avec l'aide de Penny, elles reconstituèrent l'endroit où se trouvait le banc et où le couteau avait été trouvé. Avec son téléphone portable, Doreen prit plusieurs photos, dont une de l'entrée du parc.

Elle nota aussi que, si Johnny l'avait voulu, il aurait pu faire le tour de chaque côté de la maison pour aller à l'avant.

— Savez-vous comment ses amis ont eu les clés ?

Penny secoua la tête.

— J'ai supposé qu'ils les avaient volées. Johnny pouvait très bien avoir les clés sur lui, ou il a pu laisser le véhicule déverrouillé. Si ça se trouve, ils étaient partis faire une virée, ils l'ont tué et se sont enfuis avec sa voiture. Je ne sais pas. J'ai compris que, pendant un moment, ils se sont tous amusés à être capables de faire démarrer les voitures en les court-circuitant. Ils auraient très bien pu penser à faire cette farce avec son véhicule. Mais Johnny et George avaient fait beaucoup pour l'améliorer. Johnny était assez satisfait des modifications qu'ils lui avaient apportées. Il voulait vraiment s'acheter une grosse cylindrée. Mais George a mis en garde Johnny contre le fait de se débarrasser trop tôt de cette voiture. Même si Johnny voulait la vendre, George ne voulait pas qu'il le fasse.

— Il est tout à fait possible que l'un de ses amis ait décidé qu'il devait la vendre de toute façon, et, s'il ne la vendait pas, qu'il devait la leur donner, qu'il l'aime ou non. Donc, quand il a disparu, ils ont pu le prendre comme leur dû.

— C'est une possibilité, dit Penny. Je sais qu'on a échafaudé beaucoup de théories à l'époque. Je ne sais pas si on a évoqué celle-là en particulier, mais d'une certaine manière, ça a du sens. Mais je sais qu'il ne l'aurait pas vendue à bas prix. Les améliorations après-vente coûtaient des milliers, même à l'époque.

Les deux femmes discutèrent un moment. Quand Doreen sentit qu'elle n'apprendrait rien de plus, elle commença à partir, mais fit demi-tour.

— Vous souvenez-vous de quelque chose concernant le véhicule ? Plaque d'immatriculation, modèle ?

— Non, répondit Penny en secouant la tête, mais je suis sûre que Mack peut l'obtenir à partir des fichiers.

Doreen hocha la tête.

— En effet. Mais ça ne veut pas dire qu'il va le partager avec moi.

Elle fit un léger signe de la main et elle repartit par où elle était venue, les animaux sur ses talons.

Penny l'appela une dernière fois.

— Si vous longez le ruisseau, vous arriverez sur le côté nord de votre maison.

Doreen la regarda avec surprise, puis essaya de se réorienter par rapport à l'endroit où elle se trouvait.

— Merci. Je vais essayer ça, dit-elle et elle se dirigea vers la droite.

Le soleil se couchait, il commençait à faire sombre. C'était un peu inquiétant. Il commençait aussi à faire plus frais. C'était le printemps, mais une brise s'était levée. Faisant confiance à Penny, Doreen continua d'avancer jusqu'à ce qu'elle arrive au ruisseau.

Elle s'arrêta, l'étudia, puis comprit que Penny avait raison. Doreen était plus loin de l'endroit où se trouvait sa propriété. Maintenant, si elle pouvait trouver un moyen de rejoindre son chemin familier le long du ruisseau, elle pourrait traverser le petit pont jusqu'à sa maison.

Mugs aboya puis renifla en traversant les buissons en direction du chemin. Thaddeus se rapprocha d'elle de plusieurs pas, et elle ne savait pas si cela signifiait qu'il était nerveux ou s'il pensait qu'ils allaient dans l'eau. Goliath semblait n'avoir aucun problème dans les deux cas et il passa en courant devant Mugs, qui voulait poursuivre le chat.

Tirée par le basset, Doreen se mit à courir sur le chemin et prit à droite.

— Eh bien, c'est clairement un chemin différent pour rentrer à la maison.

Elle jeta un œil en arrière mais ne vit aucun signe de Thaddeus, alors elle tira sur la laisse de Mugs pour le ralentir tout en appelant l'oiseau. Thaddeus apparut à l'angle, puis s'envola, manquant son épaule et heurtant sa tête. Elle cria et l'attrapa avant qu'il ne tombe.

— OK, tu restes avec moi, mon grand. Alors plus de crise de panique. D'accord ?

— D'accord, d'accord, cancana Thaddeus, puis il se

blottit contre sa poitrine.

Elle poursuivit son chemin pour rentrer chez elle, s'émerveillant des ombres qui s'allongeaient autour d'elle. La lune se levait, mais il restait encore assez de lumière pour y voir clair. Elle n'avait pas peur dans le noir, mais il était difficile de discerner le chemin. Il était nettement plus caillouteux que ce à quoi elle était habituée de son côté — comme si peu de gens marchaient ici, ce qui était également logique car elle n'avait pas vu beaucoup de personnes descendre le ruisseau devant chez elle non plus.

Finalement, elle arriva à son petit pont, d'environ six mètres de long, et sa maison était facilement visible de l'autre côté. Elle avait laissé des lumières allumées à l'intérieur, et cela créait une ambiance de conte de fées.

— Non, peut-être plus conte de Noël, dit-elle en gloussant.

Puis elle se figea, sûre d'avoir vu une ombre passer devant la fenêtre. *À l'intérieur.*

Son cœur battait la chamade car elle avait oublié de régler les alarmes avant de sortir avec les animaux.

Avec ses compagnons, elle traversa le pont en courant, se faufila sur le côté de la clôture, contourna la façade et se figea de nouveau. La voiture de Mack était dans son allée. Elle râla, prit son téléphone et l'appela.

— Où es-tu ? répondit-il d'une voix furieuse.

— Peut-être que la question à poser serait plutôt, où es-*tu* ? contra-t-elle ironiquement en ouvrant la porte d'entrée.

Elle pouvait le voir dans la cuisine. Mugs aboya et se précipita pour l'accueillir.

Il se retourna et rangea son téléphone, avant de se pencher pour caresser Mugs.

— J'ai essayé de t'appeler pendant une heure, et tu ne

répondais pas. Je suis venu ici pour m'assurer que tu allais bien et j'ai trouvé la maison vide et les alarmes *non* enclenchées, cingla-t-il de manière accusatrice. Tu n'as même pas fermé la porte d'entrée *ni celle* de derrière.

Elle déposa Thaddeus sur la table de la cuisine. Il poussa un cri de protestation, puis inclina la tête avant de dire :

— Mack est là. Mack est là.

— Oui, il est là, dit Doreen.

Elle vérifia son téléphone, et, effectivement, il était en silencieux.

— J'ai longé le ruisseau et j'ai vu une ombre à l'intérieur. Je pensais que tu étais quelqu'un après mes antiquités. Et le son était coupé, expliqua-t-elle en agitant le téléphone.

— J'aurais pu être un intrus, accusa-t-il d'un ton sévère. Quel est l'intérêt de mettre en place un système de sécurité si tu ne l'utilises pas ?

Elle leva les deux mains en signe de frustration.

— OK, OK, OK. C'était stupide de ma part. Nan avait l'air seule, alors j'ai pris les animaux et je suis allée la voir.

— Alors pourquoi es-tu rentrée par l'autre bout du ruisseau ? demanda-t-il en fronçant les sourcils.

Doreen fronça le nez en le regardant.

— Tu m'as vue, n'est-ce pas ?

— Non, répondit-il, mais ensuite il haussa les épaules. Enfin, il se peut que je t'aie vue tourner à l'angle.

Elle lui lança un regard noir.

— Tu m'as vue entrer dans le jardin, et il fallait quand même que tu me demandes où j'étais, hein ?

Il lui lança un sourire penaud.

— Je me demandais si tu allais me dire la vérité.

— Bien sûr que je t'ai dit la vérité, dit-elle en levant les yeux au ciel. Quel est l'intérêt de mentir ?

— Je te l'accorde. Dans ton cas, tu n'es pas une bonne menteuse de toute façon.

— Non, je ne le suis pas. Mais je ne suis pas terrible non plus, rétorqua-t-elle.

Elle entra et vérifia l'heure.

— Je n'avais pas réalisé qu'il était si tard. J'espérais boire une tasse de thé avant de me coucher, mais la caféine risque de me tenir éveillée.

— Prends donc quelque chose à base de plantes, suggéra-t-il. Surtout si tu as quelque chose qui t'aide à t'endormir.

— Comme ? s'enquit-elle en se dirigeant vers le tiroir des thés. Regarde tout ça. Je n'ai aucune idée de leurs propriétés.

— Si c'est écrit *Sommeil*, dit-il d'un ton ironique, je suis sûr que ce n'est pas fait pour te donner de l'énergie pendant la journée.

— Ah, ah. Camomille, racine d'achillée, et pissenlit. Est-ce qu'on croit sérieusement qu'il y a des feuilles de pissenlit dans ces paquets ?

Elle ouvrit une des petites boîtes jaunes avec une image de pissenlits partout, et en sortit les petits sachets de thé.

— Si, je ne serais pas du tout surpris, dit le policier.

Elle secoua la tête.

— Le seul que je considère comme sûr à boire le soir est le *Sommeil*.

— Ce qui ne serait pas une mauvaise idée, conseilla-t-il. Tu vas dormir sur le sol ce soir, et ça va être très différent. Quelque chose pour t'aider à t'endormir sera sûrement nécessaire.

— C'est une bonne idée, admit-elle.

Elle se dirigea vers l'évier, remplit la bouilloire et l'alluma. Puis elle s'appuya contre le plan de travail.

— Tu veux une tasse ?

— Non. Maintenant que je sais que tu es en sécurité, je vais rentrer chez moi.

Il se dirigea vers la porte d'entrée.

— Attends. Pourquoi m'as-tu appelée tout à l'heure ?

Il hésita un moment.

— Pour pas grand-chose.

Il continua à marcher vers la porte d'entrée.

— Eh bien, si c'était suffisant pour m'appeler, dit-elle en le suivant, c'est suffisant pour me le dire maintenant.

— C'est l'affaire classée sur laquelle tu travailles. Deux de ses amis ont été tués dans un accident au volant de sa voiture.

— Oui. Je le sais. Ce que nous ne savons pas, c'est comment ils ont eu sa voiture.

— Selon le père d'un des enfants, son fils l'a achetée à Johnny.

— Cela avait-il un sens à l'époque ? demanda-t-elle. Avait-il de l'argent pour faire une telle chose il y a vingt-neuf ans ?

— Le père a dit qu'il avait payé deux cents dollars. Il avait économisé pour ça.

Elle secoua la tête.

— Il a peut-être économisé pour ça, mais Johnny n'aurait jamais accepté cet argent.

Sur le seuil de la porte, Mack se tourna vers elle.

— Comment tu sais ça ?

— Parce que Penny disait justement que George et Johnny ont passé des heures à travailler sur ce truc. Bien sûr, Johnny voulait un autre engin. Il voulait une grosse cylindrée, peu importe ce que c'est, dit-elle d'un geste de la main. Mais le fait est que les deux frères ont amélioré cette voiture, et elle valait beaucoup plus.

— C'était il y a vingt-neuf ans, lui rappela Mack. On pouvait s'offrir beaucoup plus à l'époque avec deux cents dollars.

— Mais ils avaient investi beaucoup d'argent dedans, argumenta-t-elle. D'après Penny, ils ont fait beaucoup d'améliorations après-vente. Ils en ont fait un vrai bolide pour le gamin.

Mack croisa les bras sur son torse et s'appuya contre la porte.

— Et ça peut coûter un paquet, admit-il. À quel point Johnny désirait-il un autre véhicule ?

— Énormément. Mais ce qu'il voulait était hors de sa gamme de prix, expliqua-t-elle, et je doute que quelques centaines de dollars pour sa voiture auraient fait l'affaire. En plus, ça ne remboursait même pas George pour l'argent qu'il avait investi dans la voiture. Et il ne voulait pas que Johnny vende la voiture. N'hésite pas à contacter Penny et à lui demander toi-même.

— Non. Mais, si tu veux lui demander ce que le véhicule pouvait valoir à l'époque, ça ne ferait pas de mal de le découvrir. Même si je doute que sa valeur ait eu un aspect financier pour les deux hommes qui y ont tant travaillé.

— Bien vu, dit Doreen en levant les yeux vers l'horloge. Je lui poserai la question mais je suis trop fatiguée pour le faire maintenant. Elle a parlé de milliers de dollars dans ces améliorations, donc quelques centaines de dollars n'ont pas de sens. Je vais nourrir les animaux, puis peut-être prendre un bain chaud avant de me coucher tôt.

— Exactement. Va te coucher et repose-toi, acquiesça-t-il.

— Oui. Demain est un autre jour, gémit-elle lourdement.

— Qu'est-ce qui ne va pas avec demain ? demanda-t-il.

— Demain, nous sommes vendredi, répondit-elle. J'attends toujours ce coup de fil de chez Christie's, mais j'irai chez ta mère pour passer quelques heures à désherber, comme prévu.

— Ah oui, le coup de fil à propos des antiquités. J'ai encore oublié.

Il regarda le salon, secoua la tête et dit :

— Je n'ose pas imaginer à quoi ressemblera cet endroit quand ces énormes pièces auront disparu.

— Je sais. Mais je cherche toujours les papiers que Nan dit avoir. Apparemment ceux que j'ai trouvés n'étaient pas les bons.

— Je ne suis pas sûr de savoir ce que tu cherches, mais il est difficile de trouver quoi que ce soit ici.

— Je sais, soupira-t-elle. Et un de ces jours, je m'aventurerai dans le garage. J'ai ouvert la porte intérieure de la buanderie finalement, mais ensuite j'ai eu un mal fou à la refermer. Le garage est plein à craquer. Je ne sais pas à quoi Nan pensait.

— Je suppose que, comme beaucoup de personnes âgées, elle avait du mal à se défaire de certaines choses, déclara-t-il doucement.

Cette remarque fit sourire Doreen.

— Ça pourrait très bien être le cas. C'était vraiment agréable de la voir aujourd'hui. Je détesterais la perdre de sitôt.

— Je détesterais ça aussi, renchérit Mack.

Il ouvrit la porte et s'avança sur le perron.

— Et qu'est-ce que tu vas faire dès que je serai parti ?

Elle fronça les sourcils en le regardant.

— Je monte avec une tasse de thé.

Il cogna légèrement sa tête contre le chambranle.

— Non. Tu vas verrouiller cette porte et enclencher les alarmes.

— Eh bien, c'était sous-entendu. Allez, allez, allez, allez ! Plus tôt tu pars, plus tôt je peux aller me coucher, conclut-elle en le repoussant.

Il pouffa.

— Maintenant, si tu avais quelqu'un avec qui y aller, ça aurait du sens. Sinon, je ne sais pas.

Sur cette remarque énigmatique, il se retourna et marcha vers sa voiture.

Doreen ferma la porte délicatement derrière lui, réinitialisa l'alarme et vérifia la porte arrière. Elle nourrit les animaux, tout en grignotant du fromage et des crackers. Avec ses compagnons sur ses talons, elle prit son thé, éteignit toutes les lumières, et monta les escaliers.

Elle ne pouvait qu'espérer que tout se passe bien avec ces antiquités. Elle voulait que tout ça parte, sain et sauf, le plus vite possible.

Elle entra dans sa chambre et alluma la lumière. Tout était pareil, sauf son lit qui était par terre. C'était vraiment dommage. Elle posa sa tasse et entra dans la salle de bains. Elle était toujours étonnée qu'une si belle salle de bains soit la seule chose que Nan ait rénovée dans la maison. Elle ne l'avait jamais mentionné. Chaque fois que Doreen était avec sa grand-mère, elle oubliait aussi d'en parler. Il lui fallait une liste pour toutes les choses qu'elle voulait demander à la vieille dame.

Décidant qu'une douche chaude serait mieux qu'un bain, elle se mit sous le jet. En sortant, elle se sécha et entendit de l'agitation dans la chambre. Elle attrapa son peignoir, l'enfila, et sortit de la salle de bain. Puis lança un regard furieux.

— Qu'est-ce que tu fais, Mugs ?

Celui-ci était devant les portes du placard, aboyant comme un fou. Elle fronça les sourcils et réfléchit. Mack était ici, mais quelqu'un n'était-il pas entré avant lui ?

Les deux portes du placard étaient fermées, mais elle vérifia tout de même, puis elle attacha les poignées de porte avec une paire de bas nylon, avant de retourner dans sa salle de bain. Elle sortit son téléphone et appela Mack.

— Il y avait quelqu'un dans la maison quand tu es arrivé ? demanda-t-elle directement après qu'il eut décroché.

— Bien sûr que non, répondit-il. Tu étais sorti.

— Ça t'ennuierait de revenir alors ? murmura-t-elle. Et vite.

Chapitre 10

Jeudi soir...

DOREEN SE RHABILLA rapidement avec les mêmes vêtements qu'auparavant et attacha ses cheveux en queue-de-cheval, pour qu'ils ne la gênent pas. Elle n'avait pas d'armes, rien qui puisse faire l'affaire contre un éventuel intrus. Et depuis que Mugs était entré dans la chambre, il n'avait pas cessé d'aboyer. Elle savait qu'elle devrait descendre pour laisser Mack entrer et désactiver le système de sécurité, mais elle ne voulait pas le faire trop tôt. Elle ne savait pas si quelqu'un se trouvait dans le placard, mais il était hors de question qu'elle l'ouvre sans que Mack soit là pour jeter un coup d'œil avec elle.

Elle attendit dix minutes. Quand elle entendit un véhicule, elle se glissa dans le couloir. Mugs aboyait toujours devant le placard. Elle descendit les escaliers en courant, tapa son code de sécurité et déverrouilla la porte d'entrée.

— En haut. J'ai besoin de toi en haut.

Et elle se précipita dans l'escalier, Mack derrière elle.

Il l'attrapa par les épaules.

— Qu'est-ce qu'il y a ? chuchota-t-il.

Elle essaya d'expliquer, mais c'était confus, car elle avait peur que le scénario ait changé pendant son absence. Heureusement, Mugs se tenait toujours devant les portes du placard, aboyant comme un chien fou. Goliath s'était assis juste à côté de lui. Pour ne pas être en reste, Thaddeus s'était perché sur un poteau du lit, surveillant le couple sur le sol.

Mack se dirigea vers la porte du placard et arqua un sourcil devant les bas.

— Je ne savais pas quoi faire d'autre, expliqua-t-elle en haussant les épaules.

Il les détacha et ouvrit les deux portes. À première vue, il ne vit rien. Mais Mugs plongea sous les vêtements et grogna.

Des glapissements retentirent de l'intérieur, et quelqu'un cria :

— Enlevez-le de moi. Enlevez-le de moi.

Mack plongea lui aussi dans le placard, fit sortir l'intrus et le jeta au sol, avant de l'y clouer.

— Tiens, tiens, dit Doreen, reconnaissant l'intrus qu'elle avait attrapé chez elle la semaine dernière, le menaçant avec son tisonnier jusqu'à ce que Mack arrive et l'emmène en prison, pour tomber à nouveau sur ce même satané intrus en liberté sur le parking de l'épicerie peu après. Parfois, le système judiciaire n'était pas à la hauteur.

— Donc tu es un *voyeur*, comme je te l'ai déjà dit, tu voles aussi dans les chambres des femmes la nuit.

L'homme se détourna, une expression étonnée s'emparant de son visage.

— Pas du tout, contra-t-il. Ne me mettez pas ça sur le dos. Je suis ici seulement parce que – il désigna Mac d'un geste de la main – il entrait, alors j'ai couru ici pour me cacher. Je ne suis pas un voyeur. Pas du tout.

— Il s'appelle Dark McLeod. Et il est censé être en prison. Je vais m'amuser à découvrir pourquoi tu es libre une fois de plus.

Mack le remit sur pied.

— Tu ne sortiras pas sous caution cette fois. Même si ton avocat fait partie des meilleurs.

Il fit descendre les escaliers à l'intrus.

Dark McLeod. C'était un nom à garder en mémoire. Avec un peu de chance, c'était la dernière fois qu'elle le voyait. Elle les suivit et se posta devant la porte d'entrée.

— Vérifie d'abord ses poches, ordonna-t-elle. Si ça se trouve, il a fait cinq allers-retours dans la maison avec mes affaires.

Dark ricana.

— Vous ne savez même pas ce que vous avez là, cingla-t-il. Il y a une putain de fortune à prendre.

— Non, ce n'est pas à prendre. C'est à moi. Vous ne prenez rien. Et je ne m'y connais peut-être pas encore tout à fait, mais j'apprends.

Mack fouilla dans ses poches et en sortit une liste. Il la lui montra et dit :

— Est-ce que ça a un sens pour toi ?

Doreen fronça les sourcils.

— Boule à neige, vase en porcelaine bleue, service à thé en argent.

Il y avait quelques autres objets. Elle sortit son téléphone et prit la liste en photo, puis la rendit au policier.

— Merci beaucoup de m'avoir fait savoir ce qui pourrait valoir quelque chose, remercia-t-elle Dark ironiquement.

Il se contenta de lui lancer un regard noir. Il n'y avait rien dans l'autre poche, alors Mack le fit sortir. Elle ferma la porte en gardant les animaux à l'intérieur.

— Tu dois l'emmener au poste tout seul ? demanda-t-elle.

— J'ai envoyé un message pour du renfort, répondit Mack.

À point nommé, un véhicule de la GRC remonta son allée. Deux hommes en sortirent.

— Salut, Chester, lança Doreen en reconnaissant l'un des hommes.

Chester lui fit un sourire penaud.

— Je vois que vous continuez d'attirer les ennuis, n'est-ce pas ?

— Ce n'est pas ma faute si vous avez laissé cet abruti sortir de prison. Vous devriez ajouter voyeurisme et vol de sous-vêtements à sa liste de crimes.

— Je ne vous ai pas volé de sous-vêtements, hurla l'intrus. C'est dégueulasse.

— Vous étiez dans mon placard et vous regardiez dans mon tiroir à sous-vêtements, répliqua-t-elle. Donc, en ce qui me concerne, vous cherchez aussi de la lingerie féminine. Vous verrez ce que les autres prisonniers pensent de ça, conclut-elle en souriant.

Les deux hommes en uniforme attrapèrent brutalement l'intrus et le forcèrent à monter à l'arrière de leur voiture. Ils partirent avec le prisonnier en saluant Doreen et Mack d'un signe de la main.

Elle sourit narquoisement à Dark en faisant un signe d'au revoir, puis elle se tourna vers Mack.

— Cette fois, s'il vous plaît, ne le laissez pas sortir.

— Non, répondit Mack. Je vais demander au procureur qu'il reste en prison jusqu'à son audience.

— Bonne idée, s'enthousiasma-t-elle. Nous devons aussi trouver où se trouve son véhicule et nous assurer qu'il n'a pas sorti des trucs de chez moi.

Mack prit son téléphone.

— Je vais faire une recherche sur son véhicule en attendant.

Il scruta le cul-de-sac.

— Reconnais-tu tous ces véhicules ?

Doreen regarda autour d'elle.

— Tous sauf ce camion là-bas.

Ils marchèrent ensemble dans l'obscurité jusqu'au camion. C'était un vieux modèle. Mack prit une photo de la plaque d'immatriculation. Puis il se pencha, retira un peu de boue sur la plaque, prit d'autres photos et appela quelqu'un pour l'aider dans sa recherche.

— On dirait que c'est le sien, déclara-t-il, après avoir terminé son appel.

— Peut-on fouiller son véhicule ?

— Il a été pris en flagrant délit de crime, dit Mack, donc, oui, *je* peux.

Avec la lampe de poche de son téléphone allumée, il trouva plusieurs sacs à l'arrière de la plateforme du camion ainsi qu'une boîte. Il l'ouvrit et en sortit une grosse boule à neige.

— Wouah ! C'est magnifique.

Le nom de Nan était inscrit au bas de la boule à neige.

— Ce sale petit voleur pourri ! ajouta-t-elle en tapant du pied. Je peux la ramener à la maison ?

— Je crains que non, pas encore, répondit-il. Nous devrons garder tout ça comme preuves.

— Comment saurai-je ce qui est à moi ? demanda-t-elle.

Ils fouillèrent dans le reste de la boîte et trouvèrent un vase en porcelaine bleue avec beaucoup de papier bulle autour.

— C'était sur la cheminée du salon, dit Doreen, hébétée. J'ai les photos à la maison pour le prouver.

Il hocha la tête.

— Je m'en souviens. On va devoir les déplacer jusqu'à ma voiture. Mais je veux que le véhicule entier soit examiné. Apparemment, Dark a un bon œil pour ce qu'il peut mettre en gage. Le problème, c'est que je ne sais pas ce qu'il a pu prendre d'autre, et nous devrons faire un bon examen de ce camion.

Elle sauta sur la plateforme du camion avec son téléphone portable en main. Il y avait une autre boîte. Elle l'ouvrit et fronça les sourcils.

— Je ne reconnais pas ça, déclara Doreen.

C'était une sculpture d'une tête de dauphin.

— Non, mais moi si. Ça vient d'une autre effraction signalée.

— Eh bien, maintenant vous savez qui est votre cambrioleur, conclut-elle avec un grognement de dégoût. Bon sang, comme si nous ne travaillions pas assez dur pour arriver là où nous sommes, il faut que quelqu'un comme lui vole toutes ces choses.

— C'est certain, admit-il. Mais n'oublie pas d'où tu viens, et n'oublie pas comment tu as obtenu tes affaires.

Face à son ton sec, elle s'arrêta, réfléchit à ses mots et grimaça.

— Je suis désolée. C'était incroyablement arrogant de ma part. J'ai vécu avec de l'argent, j'ai tout perdu, et je suis éternellement reconnaissante d'avoir maintenant toutes les affaires de Nan.

— Oui, c'était arrogant, acquiesça-t-il joyeusement. Mais ce que j'aime chez toi, c'est que tu reconnais toujours tes erreurs.

Elle sauta hors du véhicule et ouvrit la porte du passager avant.

— On dirait qu'il y a un cahier là-dedans.

Il ouvrit le côté conducteur et se pencha pour le prendre, avant de se mettre à rire.

— Tu vois ? Les voleurs les plus intelligents ont souvent les méthodes les plus stupides.

— Tu es en train de me dire qu'il a noté tout ce qu'il a volé ? interrogea Doreen avec étonnement.

— On dirait bien, répondit Mack. Donc nous allons définitivement mettre en fourrière ce camion et tout ce qu'il contient. Nous allons déplacer les objets de valeur à l'arrière du camion dans mon véhicule, et je vais faire remorquer celui de Dark jusqu'au parking de la police.

— Bien. J'espère qu'il ne le récupérera jamais.

La majeure partie de l'intérieur du camion, en dehors des emballages de fast-food et d'une tasse de voyage, semblait être des marchandises volées. Elle chercha derrière le siège : il était vide, à l'exception d'autres déchets, d'après ce qu'elle put voir. Elle ouvrit la boîte à gants et siffla.

Immédiatement, Mack arriva à ses côtés. Il la poussa et jeta un coup d'œil.

— Voilà un objet intéressant !

Il sortit un mouchoir de sa poche et s'en servit pour sortir le petit pistolet avant de déclarer :

— Je me demande s'il possède un permis pour ce truc.

— Même si c'est le cas, il doit quand même en avoir un spécial pour le garder dans le véhicule, et ce n'est pas seulement valable pour quelques jours ?

Mack la regarda fixement.

— Intéressant que tu saches ça.

— Mon mari avait des armes, dit-elle. Quand nous déménagions d'une maison à l'autre, il devait avoir un permis pour les déplacer.

— Je suis surpris qu'il se soit soucié d'obtenir un permis pour les déplacer, avoua le policier.

— Il avait le permis pour les armes que les flics connaissaient. Et puis il a fait ce qu'il voulait avec celles que les flics ne connaissaient pas.

Mack la fixa de nouveau, et Doreen haussa les épaules.

— Allez. Tu sais combien de personnes ont des armes par ici.

— Beaucoup plus que je ne le voudrais, admit-il.

Il fouilla le reste de la boîte à gants pendant qu'elle regardait, mais ne trouva rien d'autre d'important. Il passa quelques coups de fil, puis, l'arme dans sa poche, déplaça tout de la plateforme du camion à sa voiture.

— Tu pars maintenant ? demanda-t-elle.

— Pas avant d'avoir récupéré le camion, répondit-il. Nous devons considérer que Dark McLeod travaille peut-être avec quelqu'un.

— C'est un bon point.

Elle se retourna vers sa maison, dont la porte était grande ouverte. Les animaux s'agitaient autour d'eux à côté du camion de l'intrus, se mettant en travers de leur chemin.

— Je devrais peut-être retourner à l'intérieur. Je déteste penser que quelqu'un soit entré là-dedans – ou est encore là-dedans, dit-elle en grimaçant.

— Viens. On va te ramener à l'intérieur. Je vais m'assurer que tout est en ordre. Puis tu remets les alarmes.

— Oui, oui, oui, répéta-t-elle. C'était un peu angoissant de comprendre que l'intrus était *à l'intérieur* de la maison. Ça ne sert pas à grand-chose d'avoir un système d'alarme…

— … Si tu ne l'enclenches pas, cingla-t-il.

Ils entrèrent dans le salon où Mugs aboyait d'excitation. Mack ferma la porte d'entrée et vérifia chaque pièce de la maison, y compris les placards et sous le lit de la chambre d'amis. Mugs suivit chacun de ses pas, reniflant également dans tous les coins, ce qui fit rire Doreen.

— On va faire de toi un chien de garde.

Finalement, il redescendit.

— Tout me semble bon.

Ce fut alors qu'ils virent les lumières d'une dépanneuse.

— Timing parfait, dit Mack. Si je peux faire bouger cette chose, alors peut-être que je peux rentrer chez moi pour me coucher.

— Oui, et tu vas probablement dormir, déclara Doreen sans hésiter. Je ne suis pas sûre que ce soit mon cas.

Il la regarda d'un air compréhensif.

— C'est une période difficile pour toi, n'est-ce pas ?

— Surtout depuis que j'ai découvert que quelque chose de précieux se trouvait dans la maison, répondit-elle tristement. C'est comme une perte d'innocence que je ne m'attendais pas vraiment à ressentir personnellement.

— En découvrant que tu possédais des biens de valeur ? Ou l'intrus ?

— Les deux, dit Doreen. Ayant compris que mon mari avait pris tout ce que je possédais auparavant, je me sentais extrêmement possessive à l'égard de tout ce qui se trouvait ici. Un intrus, c'est une chose, mais savoir qu'il est revenu et qu'il chapardait des choses dans ma maison m'a mise vraiment en colère. Mais maintenant, je suis juste triste. Nous vivons dans un monde affreux.

— Le monde est peut-être affreux, mais tu n'as pas à laisser cette laideur t'atteindre. Souviens-toi de ça. Il s'agit de toi. De ton point de vue. Comment tu veux vivre ta vie.

— Que suis-je censée faire des gens comme Dark ?

— En tirer une leçon. Certaines personnes sont des voleurs, et tout ce que tu peux faire, c'est t'en protéger. Mais tu ne peux pas juger le reste du monde par les actions de quelques-uns.

Doreen sourit, sachant qu'il parlait de plus que de simples intrus. Plus probablement, il parlait de son mari.

— Je ne juge pas tous les hommes de la même façon que mon mari. Je travaille à lui pardonner. Mais il n'avait pas besoin d'être méchant au point de tout me prendre.

— C'est vrai. Je dois en parler à mon frère.

Et, après le coup de klaxon du conducteur de la dépanneuse, Mack leva une main et dit :

— N'oublie pas de verrouiller cette porte à nouveau et de mettre les alarmes.

Puis il partit.

Chapitre 11

ÉTONNAMMENT, LE LENDEMAIN matin, Doreen se réveilla en se sentant reposée. Elle se retourna et fixa l'énorme cadre de lit à côté d'elle. Elle eut envie de rire aux éclats, mais, en même temps, elle se sentit aussi triste parce qu'elle se débarrassait d'une partie de son héritage. Elle savait que c'était important pour faciliter son avenir, mais quelque chose était tellement réconfortant à l'idée de toutes les nuits où sa grand-mère avait dormi dans ce lit. Sans parler de toutes les nuits où ses arrière et arrière-arrière-grands-mères avaient dormi dans le même lit.

Le passé de Doreen faisait partie de ce meuble, et elle ne voulait pas minimiser l'effet que la vente avait sur elle. Elle ferma les yeux et prit une minute pour remercier ces femmes qui l'avaient précédée. Elles étaient fortes, elles avaient traversé tellement de choses, et pourtant, elles avaient survécu. Non seulement elles avaient survécu, mais elles avaient prospéré. Doreen voulait faire de même. Elle voulait réussir pour elle-même. Elle savait que les défis qu'elle devait relever étaient différents de ceux auxquels les femmes de sa famille avaient été confrontées avant elle, mais cela ne rendait pas moins important le fait que Doreen fasse de son mieux à chaque instant.

Elle se leva lentement et constata que Mugs avait approuvé le nouvel emplacement du matelas sur le sol. Il dormait à ses pieds. Goliath était couché sur l'oreiller à côté de sa tête. Thaddeus avait conservé sa place au sommet du poteau le plus proche du lit à baldaquin.

Elle avait oublié de mettre du papier journal sous lui, alors elle trouva une fiente. Elle alla dans la salle de bain, prit du papier toilette, nettoya et utilisa un vaporisateur qu'elle gardait à portée de main pour essuyer le dernier morceau.

Ceci fait, elle s'habilla. Elle jeta un nouveau coup d'œil à l'ancien ensemble de chambre à coucher, puis descendit les escaliers, et admira le soleil brillant du petit matin à l'extérieur.

— S'il y a bien une chose que j'aime à Kelowna, c'est cette météo divine, se dit Doreen à elle-même.

Contrairement à Vancouver, en tant que ville côtière, qui connaissait une pluie constante. Lorsqu'elle y vivait avec son futur ex-mari, Doreen avait fréquenté beaucoup d'endroits à l'extérieur où elle pouvait marcher à l'abri. Mais ce n'était pas la même chose que de voir et de sentir le soleil. L'hiver était présent à Kelowna, mais il était doux. Du moins, elle l'espérait.

Elle prépara du café et regarda son jardin, se rappelant les événements de la veille au soir : l'intrus et les objets qu'il lui avait volés. Quel scandale…

Elle se dirigea de la porte arrière à la porte avant, en désactivant les alarmes à chaque entrée. Ceci fait, elle se servit une tasse de café. Avec les animaux dans ses pattes, elle sortit sur la véranda arrière et descendit les quelques marches pour arpenter le long du jardin arrière, portant juste une paire de tongs roses aux pieds alors qu'elle serpentait dans le jardin. C'était une belle matinée ensoleillée. Le jardin semblait beaucoup plus grand à présent que la clôture arrière n'était plus là, mais elle avait encore beaucoup de travail à faire sur les plates-bandes. Et pourtant, elle n'avait pas envie de s'y mettre comme ça. Elle avait besoin de préparer un plan et de voir ce qu'il y avait ici d'abord. Maintenant, elle devrait savoir, mais une grande partie était envahie par la végétation. Et elle avait été un peu occupée…

Comme aujourd'hui c'était vendredi, cela signifiait qu'elle devait retourner chez la mère de Mack et faire un peu de jardinage là-bas, ce qui signifiait aussi plus d'argent demain. Cela la fit sourire. Moins d'une semaine s'était écoulée, mais il y avait beaucoup de travail à faire sur la pelouse de Millicent.

Doreen gloussa.

— Hé, merci, Mack. Tu fais du bon travail en me gardant à manger, dit-elle à voix haute.

Elle devait aussi emballer ces vêtements qu'elle avait mis de côté pour les emmener chez Wendy's. Sans parler de tous les cartons de Goodwill. Elle avait laissé tout cela dans la maison dans le but de tout mettre dans sa voiture, mais elle ne l'avait pas encore fait. Et c'était stupide. C'était une tâche relativement facile, et cela permettrait de désencombrer un peu la maison. Ce serait certainement plus facile quand les hommes viendraient emballer les meubles.

Avec cette pensée en tête, elle vérifia sa montre et constata qu'elle avait dormi trop tard. Elle retourna à l'intérieur, se servit une deuxième tasse, puis transporta tous les sacs du magasin de Wendy jusqu'à sa voiture. Elle avait espéré pouvoir emmener un chargement à Goodwill en même temps, mais cela ne semblait pas possible. Elle devrait faire un second voyage. Elle pourrait aller chez Wendy d'abord, puisque celle-ci ouvre tôt.

Avec Mugs à ses côtés, enfermant les deux autres animaux dans la maison, elle se rendit rapidement au magasin de Wendy. La propriétaire du dépôt-vente, Second Time Round, était en train de déverrouiller la porte quand Doreen arriva.

— Qui voilà de bon matin ? lança Wendy avec un sourire, puis désignant les sacs : c'est pour moi ?

— En effet, si vous pensez pouvoir les vendre, répondit Doreen avec espoir.

— Entrez. Emportons les sacs dans l'arrière-boutique, et on commencera à trier.

— Je vous suis.

Mugs resta près de Doreen tandis qu'elle saisissait les sacs un par un, avant de les déposer sur le trottoir. Le temps qu'elle sorte tous les sacs, Wendy était revenue pour en prendre deux autres, les emmenant dans l'arrière-boutique.

À l'intérieur du magasin, elle alluma les lumières et escorta Doreen vers la section arrière où elle avait installé de grandes tables.

— Voulez-vous attendre ou venir me voir plus tard ? demanda-t-elle. Je dois ouvrir le magasin avant de commencer. Je peux vous appeler plus tard, et vous pouvez revenir et prendre ce que je ne pense pas pouvoir vendre.

Doreen hésita.

— Si cela ne vous dérange pas, je reviendrai quand vous m'appellerez. J'ai une matinée chargée de prévue.

— Pas de problème. Il se peut que je n'arrive pas à tout faire aujourd'hui. Vous m'en avez beaucoup apporté.

Doreen ricana.

— Et il y en a encore d'autres à venir.

Les sourcils de Wendy volèrent.

— Wouah ! Qui aurait cru que Nan avait autant de vêtements ?

— Exact. Et certains d'entre eux sont assez stylés. J'en ai gardé pas mal pour moi.

Wendy gloussa.

— Pourquoi pas ? La mode est un éternel recommencement. Il n'y a vraiment rien de nouveau dans la vie. Ce ne sont que des modèles et des cycles.

— Je suis d'accord.

Doreen salua d'un signe de la main et marcha avec Mugs jusqu'à sa voiture.

De retour à la maison, sans se donner la chance de ralentir, elle chargea toutes les affaires pour Goodwill et roula dans la direction opposée. Ils venaient également d'ouvrir, mais ils avaient une zone de « drive », et les employés déchargèrent les affaires de sa voiture. Doreen aimait ce système.

Quand la voiture fut vide, elle donna un coup de klaxon joyeux et démarra.

— Mugs, c'est l'heure du petit déjeuner !

Il aboya à côté d'elle. Il n'avait pas mangé non plus.

De retour à la maison, elle nourrit les animaux, puis étudia le fourneau et se demanda si elle devait oser. Il lui manquait quelques ingrédients – il ne restait que des œufs et du fromage dans son réfrigérateur – mais elle avait à nouveau envie d'une omelette.

Avec beaucoup de précautions, en utilisant la cuisinière à feu doux, elle fit la même chose qu'elle avait faite deux fois auparavant, et voilà qu'elle obtint une belle omelette au fromage.

Elle s'assit et gloussa. Puis elle la prit en photo, avant de la couper en deux, et de disposer les morceaux de façon un peu plus pittoresque sur l'assiette pour prendre une deuxième photo. Elle l'envoya à Mack. Il devrait être heureux de savoir qu'elle l'avait faite toute seule.

Pendant qu'elle mangeait son omelette, elle pensait à tout ce qu'elle avait à faire ce jour-là. En terminant son petit déjeuner, Doreen reçut un appel de l'expert en antiquités.

— Les hommes seront là lundi midi, annonça Scott Rosten.

Son cœur s'effondra.

— D'accord.

Elle essaya de ne rien laisser transparaître dans sa voix.

— J'espérais que vous viendriez aujourd'hui. Je suis nerveuse à l'idée d'avoir toutes ces pièces ici. Il y a déjà eu plusieurs effractions.

— Oh, mon Dieu. Je suis vraiment désolé d'entendre ça. Je viens aussi vite que possible. Vous pourriez peut-être demander de l'aide à la police ? s'enquit-il. Je serai là lundi.

Elle sourit lorsque l'appel fut terminé, posa le téléphone à côté d'elle, puis il sonna à nouveau. Doreen reconnut le numéro de Mack, et elle détestait l'admettre, mais quelque chose s'était illuminé en elle.

— Bonjour, Mack, répondit-elle joyeusement.

— Eh bien, tu es terriblement heureuse pour un vendredi matin, dit-il. Est-ce parce que tu as bien dormi ?

— Exactement. Pourquoi n'aurais-je pas bien dormi ? Et j'ai fait ma première omelette, toute seule.

— J'ai vu la photo que tu as envoyée. Je suis content pour toi.

— Et l'expert en antiquités vient d'appeler pour dire que les gars viendront lundi à midi pour emballer.

— Pas avant lundi alors, déclara le policier. C'est dommage. J'espérais, pour ton bien, que ce serait aujourd'hui ou demain.

— Moi aussi. Mais c'est comme ça. S'il te plaît, dis-moi que vous n'avez pas encore laissé ce voleur sortir de prison.

— Non, il ne devrait pas sortir de sitôt. Mais je n'ai pas encore parlé au juge.

— Tu *dois* parler au juge ?

— Non, c'était juste une expression. Je dois parler à l'accusation. Ils vont demander au juge de s'assurer que McLeod ne soit pas libéré sous caution.

— Eh bien, il n'a manifestement pas changé d'avis. Et il reste toujours un danger pour la société.

— C'est sûr, admit Mack. Nous avons étiqueté et photographié les pièces qu'il a volées, mais nous devrons les garder pendant un certain temps encore. Je te ferai savoir quand tu pourras les récupérer.

— OK, dit Doreen. Même si je préférerais que ces pièces soient vendues et confiées à quelqu'un d'autre ; au moins si elles sont entre tes mains, si tu les casses, tu peux les remplacer.

— Aïe, rétorqua-t-il en riant.

Après un moment d'hésitation, Mack demanda :

— Qu'est-ce que tu fais aujourd'hui ?

— Je viens de faire deux virées, une au magasin de dépôt-vente et une à Goodwill. Je vais probablement retourner à l'étage et nettoyer un peu plus ma chambre avant que les déménageurs n'arrivent. Mais c'est aussi vendredi, alors je vais travailler dans le jardin de ta mère pendant quelques heures.

— D'accord. Je passerai demain avec ton argent.

— Bien. Alors je pourrai acheter plus d'ingrédients pour l'omelette.

Cela lui valut un petit rire étonné de la part du policier.

— Alors, qu'est-ce que tu veux apprendre à faire ensuite ?

Elle hésita.

— Que veux-tu dire ?

— Qu'est-ce que tu aimes manger d'autre ? s'enquit-il.

— Eh bien, il y a une différence entre ce que j'aimais manger avant et ce que j'aime manger maintenant, répondit-elle en riant. Mais, le fait est que ce que j'aimais avant n'a pas vraiment d'importance, car je ne peux plus me le permettre.

— C'est vrai. Donc, en même temps que ton changement de budget, tu as eu un changement de goût. Qu'est-ce que tu aimes maintenant ?

— J'adorais les pâtes. J'en mangeais avec des langoustines et toutes sortes de coquillages et de fruits de mer frais. Mais je me demandais si les pâtes elles-mêmes, sans toutes les garnitures coûteuses, seraient bon marché et possibles à cuisiner.

— Absolument, dit Mack. Les pâtes sont très faciles à cuisiner.

Doreen s'illumina.

— Tu es sérieux ? Ou tu me taquines encore ?

— Regarde sur YouTube, insista-t-il. C'est très facile. Il suffit de faire bouillir de l'eau, un peu de sel, un peu d'huile, de mettre les pâtes, et tu as des nouilles cuites. C'est ce que tu fais avec ces nouilles après qui fait la différence.

Des images de tous les délicieux plats de pâtes qu'elle avait l'habitude de manger remplissaient son esprit.

— Je n'avais pas le droit de manger beaucoup, dit-elle à voix basse. Mon mari me disait que ça me ferait grossir, alors il réduisait mes portions.

— Ton mari était un connard, objecta Mack. Tu t'en

souviens ? On en a déjà parlé.

— C'est vrai. Alors qu'est-ce que tu mets sur les pâtes ?

— Si tu es fauchée, tu mets du beurre dessus. Si tu peux te permettre un peu plus, tu mets du fromage. Si tu peux te permettre encore plus, tu peux faire une Bolognaise. Tu peux aussi ajouter des légumes cuits à la vapeur. Tu peux ajouter du poulet et une sauce blanche. Ça s'appelle du poulet sauce Alfredo. Tu peux faire des choses incroyables avec différents ingrédients. Tu sais quoi ? Je pense que c'est un bon point de départ.

Il avait l'air de s'intéresser au sujet. Elle ne savait pas si elle devait demander ou non, puis elle décida qu'il n'y avait pas vraiment de raison de *ne pas* demander. Elle savait que ça ne le dérangeait pas de l'aider parce qu'il lui avait appris à faire l'omelette.

— Ça veut dire que tu es d'accord pour m'apprendre à faire des pâtes ? interrogea-t-elle.

Quand elle entendit l'hésitation à l'autre bout du fil, elle essaya de faire marche arrière.

— Mais c'est trop demander. Oublie ça.

— Je ne vais pas oublier ça, commença-t-il, mais je cherchais par où commencer.

— Tu as dit avec une casserole d'eau, du sel, de l'huile et des pâtes, rétorqua-t-elle d'un ton ironique. Et je suis fauchée. Donc, si on a juste du beurre avec, ça me semble plutôt bien.

— Peut-être. Mais je ne suis pas si fauché que ça. Même si j'aime les nouilles beurrées nature, je sais aussi préparer des sauces.

— Tu sais faire ? demanda-t-elle avec enthousiasme. Comme une sauce tomate avec du bœuf haché ?

— Seulement si c'est accompagné de champignons, de

poivrons verts et de vin rouge.

— Ça a l'air divin, s'exclama-t-elle. Après que tu auras apporté mon paiement pour le jardinage, j'irai faire des courses demain. Je pourrai peut-être acheter quelques-unes de ces choses.

Mais elle put entendre le doute dans sa propre voix.

— Honnêtement, je ne sais pas quoi acheter, ni combien acheter, ni combien cela va me coûter…

— Nous ferons comme la dernière fois. J'achèterai les ingrédients, je viendrai chez toi, et nous cuisinerons.

— D'accord, acquiesça-t-elle. On le fera à nouveau dimanche ?

— Je ne suis pas sûr que ça va marcher comme ça avec la sauce spaghetti, répondit Mack. Laisse-moi y réfléchir. Et évite les problèmes aujourd'hui, d'accord ?

— Bien sûr. Tout doux, mon chou, dit Doreen.

Elle raccrocha, se prépara une tasse de thé et dit à sa famille animale :

— Je pense que nous devrions faire du jardinage pendant que nous le pouvons.

Elle versa son thé dans une tasse de voyage. Avec tous les animaux, elle régla les alarmes et marcha jusqu'à la maison de la mère de Mack. Là, Doreen se mit au travail, désherbant et taillant, comme elle l'avait fait la semaine dernière. Le jardin de Millicent avait vraiment besoin de Doreen plus de deux heures par semaine, mais, tant qu'elle pouvait en faire autant, cela permettait de garder le tout sous contrôle.

Elle venait de commencer à travailler quand la mère de Mack apparut sur le perron arrière et l'appela.

— Bonjour, salua Doreen, une main levée.

Tous ses animaux partirent saluer Millicent également.

— Tu es là tôt, dit Millicent, en gloussant et en grattant

les oreilles de Mugs.

Puis elle caressa le dos de Goliath qui se frotta contre elle. Thaddeus poussa un cri et sauta en haut de la balustrade du porche, cherchant lui aussi à attirer l'attention.

— Je me suis dit qu'avec toute cette agitation cette semaine, tu ne viendrais peut-être pas aujourd'hui.

— Oh, si, dit Doreen avec un sourire, en se reposant sur ses talons. Comment allez-vous ?

— Je vais bien, répondit la vieille femme. Et tu dois aller beaucoup mieux toi aussi. Tout le monde est en ébullition avec les nouvelles du petit Paul.

— Vous le connaissiez ?

— Je ne connaissais pas le petit garçon, déclara-t-elle en souriant lorsque Thaddeus fourra sa tête dans sa main, mais le bricoleur était un homme au foyer. On le connaissait tous.

— Eh bien, dit Doreen, quelqu'un m'a demandé de me pencher sur une autre affaire non résolue, mais je n'ai rien pour avancer.

Elle fixa Millicent, devinant que cette femme devait avoir plus de 80 ans, et aurait eu la cinquantaine à l'époque de la disparition de Johnny.

— Vous vous rappelez quand un certain Johnny Jordan a disparu ?

Elle se rapprocha de la femme sous le porche.

— *Johnny Jordan.*

Millicent s'assit sur son fauteuil à bascule.

— Je ne pense pas me souvenir de cette affaire. Peux-tu me donner plus de détails à ce sujet ? Rafraîchir ma vieille mémoire ?

— Il était assis dans le jardin de la maison de son frère George, expliqua-t-elle, s'arrêtant avant les marches du porche. Puis ils ne l'ont plus jamais revu. Personne ne sait ce qui s'est passé.

Doreen partagea quelques détails sur George et Penny.

— Oh, pauvre Penny, murmura Millicent. Je me souviens de quelque chose à ce sujet maintenant. Tout le monde pensait que Johnny s'était simplement enfui. Puis deux de ses amis ont été tués peu après. Pendant un moment, la rumeur a couru qu'il les avait peut-être tués et s'était enfui.

— Attendez… Comment ? s'enquit Doreen. Pourquoi quelqu'un penserait-il que Johnny a tué ses deux amis ? Je croyais qu'ils étaient morts dans un accident de voiture peu de temps après la disparition de Johnny.

Millicent hocha la tête, pointant son doigt vers Doreen.

— C'est le cas, mais ils sont morts dans sa voiture.

— Selon le père d'un des jeunes hommes qui est mort, son fils avait acheté la voiture à Johnny.

— Oh, ça m'étonnerait, dit Millicent en secouant rapidement la tête. Non, non, non. Cette voiture était son bébé.

— Donc vous vous *souvenez* de lui ? demanda Doreen pour être sûre.

— Je connaissais George, objecta-t-elle. Si tu m'avais dit que Johnny était le frère de George qui avait disparu, je m'en serais souvenue. George parlait tout le temps de la façon dont lui et son petit frère travaillaient sur cette voiture.

— Mais peut-être que George se souciait plus de la voiture que son petit frère.

Millicent jaugea Doreen du regard.

— C'est possible aussi. Souvent, nous faisons des choses en pensant que l'autre personne avec qui ou pour qui nous les faisons y prend autant de plaisir que nous. Mais peut-être que ce n'était pas le cas de Johnny.

— Ce que je ne comprends pas, commença Doreen, c'est que si Johnny a *accidentellement* heurté ses amis, les faisant sortir de la route, pourquoi aurait-il pris la fuite ? C'était un accident. Personne n'était en faute, pour autant que je sache.

— Non, et je ne pense pas que la police ait trouvé des preuves de cela non plus, ajouta Millicent, parce que la voiture est passée par-dessus l'une des falaises. Le feu a achevé le véhicule par la suite. Ils ont eu du mal à identifier les corps.

Doreen se redressa.

— Alors comment ont-ils su que c'était les amis de Johnny ?

— Je ne sais pas, répondit Millicent en secouant la tête, puis elle regarda Thaddeus se pavaner le long de la balustrade du porche, battant des ailes sur un rythme inconnu. Mais ce fut vraiment une triste journée dans le coin. Nous n'avions pas la même population à l'époque.

Elle baissa d'un ton, comme si personne n'avait le droit de connaître ce détail.

— Il y avait beaucoup moins de personnes qui vivaient ici, nous nous connaissions mieux. Et honnêtement, s'ils ont dit que c'étaient ces deux garçons, je crois que c'étaient ces deux garçons.

Doreen acquiesça, mais, au fond d'elle, elle se posait des questions. Elle retourna à une plate-bande voisine, se pencha, attrapa du mouron blanc et en arracha plusieurs brins.

— Vous souvenez-vous d'autre chose de cette époque ?

Millicent réfléchit à cette question pendant un long moment.

Doreen retourna désherber, restant près du porche pour qu'elles puissent encore parler.

— Tu sais quoi ? Je ne pense pas, répondit Millicent. Je sais que George était complètement dévasté.

— Et il est décédé l'année dernière, renchérit Doreen, donc il n'a jamais obtenu de réponses à ce mystère.

— Non, et c'est très triste aussi. Je me demande si cela a quelque chose à voir avec les familles de ces deux garçons. On a beaucoup parlé du fait que ces garçons étaient impliqués dans quelque chose qu'ils n'auraient pas dû faire. Bien que ce soit presque normal pour les jeunes hommes.

— C'est-à-dire ? interrogea Doreen.

— Je ne me souviens plus très bien. Je sais qu'il y avait certainement quelques rancœurs entre les parents, comme s'ils se reprochaient mutuellement d'avoir conduit leurs fils sur la mauvaise voie.

Doreen renâcla.

— Ça aussi, ça me dit quelque chose.

Millicent lui lança un regard sage.

— Rien n'est plus parfait que son propre enfant, dit-elle avec un sourire. Il suffit de me demander.

Cette dernière remarque fit rire Doreen.

— Mack est beaucoup de choses, commença-t-elle, toujours en riant, mais il n'est pas *parfait*.

— Bien sûr qu'il l'est, rétorqua Millicent avec un sourire taquin. C'est mon fils. Par conséquent, il est parfait. Quoique… ajouta-t-elle, il était trop jeune quand il a travaillé sur la première affaire de personne disparue. Mais il n'a jamais voulu me parler de ses enquêtes, même lorsque j'ai exprimé mon intérêt pour elles. Il disait que les détails me feraient faire des cauchemars. De plus, il pensait que ce que je savais était basé uniquement sur des ragots.

— Eh bien, ça explique pourquoi il me traite comme il le fait avec ses affaires classées. Mais vous savez quoi ? Parfois un noyau de vérité peut être trouvé dans les ragots. Donc les deux couples de parents ont dû penser que leurs enfants étaient parfaits aussi, non ?

— Oui, répondit Millicent. Ils auraient blâmé l'autre enfant. Dans ce cas, il y avait trois garçons qui traînaient ensemble.

— Un a disparu, et deux ont été tués.

— C'est exact. Des circonstances intéressantes, mais personne n'a plus jamais entendu parler de Johnny.

— Au moins, je ne trébuche pas sur des corps cette fois-ci, déclara Doreen en riant.

— Ah, c'est parce que tu as cherché au mauvais endroit. Ces trois-là ont toujours traîné dans le vieux parc.

— Quel vieux parc ? Et est-ce que Mack est au courant ?

Elle sortit son téléphone et lui demanda rapidement en rapport à la disparition de Johnny.

La réponse fut presque immédiatement affirmative. Elle replaça le téléphone dans sa poche en soupirant et se concentra à nouveau sur la conversation.

— Évidemment qu'il est au courant. Je parle de celui de la zone de Central City. C'était assez dur là-bas. Beaucoup de junkies traînaient dans ce parc. Si Johnny a été tué quelque part, je dirais que c'est l'endroit le plus probable, expliqua Millicent. Il y avait beaucoup de ravins à la périphérie de la ville. Je me suis toujours demandé si Johnny n'y était pas descendu, et si quelqu'un ne s'en était pas pris à lui.

Doreen grimaça en entendant ça.

— Ça n'annonce rien de bon. Au fait, dit-elle en se redressant, il n'y avait que les trois garçons qui traînaient ensemble ?

— Ces trois garçons étaient très proches. Il y avait un autre gars, et deux filles je crois. La petite amie était louche.

— Si vous parlez de Susan, elle est morte il y a un an d'un cancer du sein, dit Doreen. Il sera donc difficile d'obtenir des réponses de sa part.

— Oh, pas elle. Une autre fille traînait beaucoup avec eux. On aurait dit qu'elle passait d'un garçon à l'autre.

— Il est probable que toutes les relations changeaient constamment. Les hommes comme les femmes, surtout à cet âge-là, dit Doreen. Savez-vous qui était le quatrième garçon ?

— Je ne me souviens pas… Après tout, quand l'un d'eux disparaît et que deux meurent, il n'y a plus vraiment de bande. Donc, le quatrième gars a dû traîner avec un nouveau groupe.

Millicent parlait une fois de plus sur ce ton sage.

— C'est vrai, acquiesça Doreen. Vous souvenez-vous de son nom ?

— Alan, répondit-elle soudainement. Je crois. Demande à Penny. Elle saura.

— Je le ferai. Je me demande ce qui lui est arrivé.

— S'il était intelligent, il aura déménagé. On aurait dit que toute cette bande avait zéro de conduite, renchérit la vieille dame. Et ce serait une façon difficile de vivre dans cette ville.

— Mais ce n'était pas vraiment un zéro de conduite, n'est-ce pas ? Ils n'ont pas été accusés de quelque chose de grave, si ?

— Aucune idée. Demande peut-être à Mack, il pourrait savoir.

— Mais, comme vous le savez aussi, continua Doreen doucement, votre fils ne me dira pas grand-chose.

— Pas explicitement, mais il pourra certainement te dévoiler des petits bouts ; et, si ces garçons ont été accusés de quoi que ce soit, c'est de notoriété publique. Alan était son prénom. Je ne me souviens pas de son nom de famille. J'aimerais dire Hornby, mais ma vieille boîte à souvenirs n'est plus ce qu'elle était.

Doreen gloussa.

— Je pense que vous avez une très bonne mémoire.

Elle continua à travailler et à parler à Millicent, perdant la notion du temps. Finalement, elle s'assit sur ses talons une fois de plus et dit :

— Je pense que j'ai fini pour cette semaine.

— Bien, dit Millicent, en se levant et en donnant à chacun des animaux une caresse d'adieu. Alors je vais rentrer et faire une sieste.

— C'est une bonne idée, acquiesça Doreen. Et, si ça ne vous dérange pas, je vais rentrer chez moi.

— Parfait. C'est agréable de te voir comme ça.

Puis la vieille dame s'arrêta.

— Oh mon Dieu, s'exclama-t-elle. Je voulais te donner du flan de courgettes. Attends un peu.

Elle entra puis revint un instant plus tard avec ce qui ressemblait à la moitié d'un flan de courgettes, tranché et emballé. Elle le tendit à Doreen, qui la rejoignit sous le porche.

— Merci beaucoup d'être venue, ma chère, la remercia Millicent.

Avec un salut du bout des doigts, Doreen et les animaux repartirent. Dès qu'elle fut hors de vue, elle sortit son téléphone pour faire des recherches sur Alan Hornby. Il s'avéra que la famille Hornby vivait dans le même cul-de-sac que Penny. Doreen fronça les sourcils et dit à haute voix :

— Et si on faisait un détour, les gars ?

Sur ce, elle se dirigea vers la maison de Penny, avec la ferme intention de voir où se trouvait la maison des Hornby. Peut-être que Penny avait quelques réponses supplémentaires pour aider à résoudre une partie de ce mystère parce que, si quatre hommes étaient initialement impliqués, Doreen avait besoin d'entendre parler du dernier gars encore en vie. En apprenant que deux filles et un autre type traînaient avec les trois garçons, elle avait beaucoup d'autres questions à poser. Et l'une des plus importantes était : qui a identifié les deux garçons qui étaient morts dans le véhicule ?

Chapitre 12

A LORS QUE DOREEN se dirigeait vers la maison de Penny, elle pensa qu'un coup de téléphone serait plus rapide, mais elle préférait jouer au fin limier. Sans compter que les animaux adoraient le travail sur le terrain.

Elle gloussa à voix haute.

— Hé, Mugs, écoute-moi. *Fin limier. Travail de terrain.* Ça ne fait pas très professionnel ?

Pendant un instant, elle se demanda si elle pouvait obtenir une licence de détective privé, mais cela signifierait qu'elle devrait jouer au fin limier à plein temps. Est-ce qu'elle y prendrait autant de plaisir que maintenant ? C'était amusant. C'était intrigant. Cela lui occupait l'esprit et lui permettait de s'attarder sur les problèmes des autres. Elle pensa que lorsqu'elle aurait sa licence de détective privé, ça deviendrait une corvée et un *travail*. Elle serait coincée au milieu des divorces des gens, une pensée qui la fit grimacer. Et la police n'engageait certainement pas de détectives privés. En fait, ils les détestaient sûrement. Bien sûr, elle se basait sur les émissions de télé qu'elle regardait de temps en temps.

Elle incita son trio à avancer. Ils aimaient mieux errer

que marcher aujourd'hui. Thaddeus, lui, avait l'air de chanter.

Alors qu'ils approchaient de la maison de Penny, Doreen s'arrêta et se réorienta, cherchant la maison des Hornby. C'était de l'autre côté du cul-de-sac, à l'angle. Donc les enfants vivaient vraiment près les uns des autres. Quand elle arriva à la porte de Penny, celle-ci ouvrit et sortit.

— Puis-je espérer que vous avez de bonnes nouvelles ? lança-t-elle.

— Non, juste d'autres questions, répondit Doreen en secouant la tête.

Penny s'appuya contre le montant de la porte, et croisa ses bras sur sa poitrine.

— Eh bien, allez-y. Qu'est-ce que vous voulez savoir ?

— Alan Hornby, dit Doreen.

Penny regarda de l'autre côté de l'impasse d'un air irrité.

— Oui, un autre des amis de Johnny. Cinq ou six d'entre eux avaient l'habitude de traîner en groupe. Un autre homme très désagréable.

— Je crois que nous n'avons discuté que des trois garçons, déclara Doreen, s'inquiétant légèrement du nombre qui continuait à augmenter.

— Alan et sa famille vivaient là-bas, indiqua Penny, en montrant l'autre côté de la route. Ils vivaient en famille. Puis son père s'est retrouvé seul dans la maison. Enfin, Alan est revenu – je ne sais même pas où il était allé – et maintenant son père est en maison de retraite.

Elle se retourna pour regarder les autres maisons.

— C'est difficile de se tenir au courant les uns des autres.

— Qu'est-il arrivé à Alan et à sa mère ?

— Un divorce, répondit simplement Penny. Plus précisément. Un affreux divorce.

Elle sourit à moitié, et Doreen grimaça.

— Je peux comprendre.

Les yeux de Penny s'illuminèrent d'intérêt, mais Doreen passa rapidement sur le sujet.

— Avez-vous vu Alan après la disparition de Johnny ?

Penny fronça les sourcils.

— Vous savez quoi ? Je ne suis pas sûre. C'était il y a si longtemps. Mais je devrais m'en souvenir, n'est-ce pas ? C'est probablement important.

— Tout ce qui concerne les gens de l'époque, dit Doreen, est important. La plus infime des informations pourrait faire avancer l'affaire. Quelqu'un qui ment, même un peu, peut démêler tout un tas de nouvelles informations.

— Je l'entends. C'est juste très difficile de revenir à cette époque et de se souvenir des détails, déclara Penny en secouant la tête. Vous savez ? Je me souviens que la mère d'Alan est venue en larmes me dire qu'elle était vraiment désolée. Sur le moment, je n'y ai pas prêté attention parce que tout le monde me disait qu'ils avaient peut-être vu Johnny ou qu'il rentrerait bientôt, qu'il n'était qu'un garçon capricieux et qu'il ne fallait pas s'inquiéter.

— Je sais, renchérit Doreen. Tout le monde vous présente ses condoléances, mais ce n'est qu'après coup que l'on se demande s'ils le pensaient vraiment ou pas.

— Donc vous comprenez ce que je veux dire. J'espère que vous n'avez pas perdu quelqu'un aussi.

Doreen secoua la tête.

— Non, heureusement non. Mais je suis devenue très méfiante du comportement des gens pendant un moment.

— Et la mère d'Alan était très émotive. Ça semblait exagéré. Je n'étais pas sûre de ce qui se passait, continua Penny. Et comme je n'avais pas de réponses, j'essayais juste de faire avancer les gens.

— Où a eu lieu cette conversation ?

— Ici, indiqua Penny. Je parlais au pasteur à la porte d'entrée. Il était venu me parler lui aussi. Et puis, après son départ, la mère d'Alan est arrivée.

— Vous croyez qu'elle a mal compris ? Peut-être qu'en vous voyant parler au pasteur, elle a cru que Johnny était mort ?

Penny leva les yeux au ciel.

— Honnêtement, avec elle, c'est difficile à dire. Elle était bête comme ses pieds.

Doreen faillit glousser. Mais c'était totalement inapproprié de rire, surtout quand elles étaient en train de parler d'une personne disparue. Elle sourit et hocha la tête à la place.

— Une autre question… Qui a identifié les corps des amis de Johnny ?

— George et le père d'un des garçons, répondit-elle. L'autre père n'en était pas capable. Et il a demandé à George de voir si c'était son fils. Les deux hommes y sont allés séparément, mais il faut savoir que les restes étaient en mauvais état.

Doreen ne poussa pas plus loin.

— C'était gentil de la part de George de faire ça.

— Honnêtement, je pense qu'il se demandait secrètement si c'était Johnny, admit Penny. Et ça ressemblait tellement à George d'intervenir et de faire quelque chose comme ça. Juste pour être sûr.

— Bien sûr. Mais ce n'était pas Johnny, n'est-ce pas ?

— Non, ça ne l'était définitivement pas. Malheureusement, non, dit Penny en secouant la tête, puis elle se reprit. Oh, ça semble terrible. Ce n'est pas ce que je voulais dire.

Mais, au moins, si ça avait été Johnny, George aurait su ce qui lui était arrivé. Il aurait eu un corps. Il aurait eu de quoi faire son deuil, et il aurait eu des réponses aux grandes questions.

— Je pense que c'est toujours le pire, n'est-ce pas ? déclara Doreen lentement. Toujours se demander ce qui s'est passé et pourquoi.

— C'est tellement vrai, dit Penny. George a terriblement souffert de ne pas pouvoir tourner la page, alors qu'il en avait tellement besoin.

— Je ne pense qu'à ça.

— C'est tout ? interrogea Penny. Vous auriez pu téléphoner.

— J'adore marcher, et c'est bon pour les animaux.

Doreen regarda autour d'elle mais ne vit aucun signe de Goliath.

— Le problème est que Goliath n'en fait qu'à sa tête.

— Vous devriez lui acheter une laisse, proposa Penny. Je vois de plus en plus de gens qui promènent leurs chats.

— Je pense que c'est Goliath qui me promènerait.

Penny gloussa.

— Oh, c'est un chat, dit-elle, comme si cela expliquait tout.

— Ce serait l'explication pour tout ce que fait Goliath.

Thaddeus somnolant paisiblement sur son épaule, blotti dans le creux de son cou, Doreen fit un signe d'au revoir et redescendit sur le trottoir.

— Goliath, appela-t-elle. Goliath.

Mais elle ne le vit pas. Elle n'entendit pas de miaulement. Elle s'arrêta, se retourna, et scruta.

— Goliath, viens, continua-t-elle, car elle commençait à s'inquiéter. Où es-tu ?

Juste à ce moment-là, il sortit sa tête d'un énorme buisson de dahlias dans le jardin avant.

— Oh, Dieu merci, dit Penny. J'avais peur que vous l'ayez perdu.

— Oui. Je ne préfère pas y penser.

Elle l'appela, mais Goliath ne voulait pas venir vers elle.

— Allez, mon pote. Viens.

Mais le chat creusait. Mugs aboya et chassa Goliath hors du buisson. Puis Mugs se mit à creuser.

— Oh oh, dit Doreen avec un sentiment de malaise dans l'estomac.

— A-t-il trouvé quelque chose là-bas ? demanda Penny, une note d'excitation dans la voix.

— Je ne sais pas. Avec ces animaux, on ne peut jamais vraiment savoir. Je jure devant Dieu qu'ils se prennent pour des détectives amateurs.

Elle faisait inconsciemment écho à ce qu'elle avait dit d'elle-même plus tôt.

Elle tira sur la laisse de Mugs, mais il ne voulait rien savoir. Au lieu de cela, le basset s'appuya sur ses épaules et mit tout son poids derrière lui pour arrêter les efforts de Doreen pour le tirer en arrière. Ne voulant pas le blesser, elle s'approcha et attrapa son harnais, essayant de le soulever. Il grogna et finalement, elle le lâcha.

— Qu'est-ce qui te prend ?

Mais au fond d'elle, elle savait que c'était quelque chose d'important, et il ne la laisserait pas l'empêcher de découvrir ce que c'était. Quand elle leva les yeux, Penny s'était approchée d'elle avec une pelle. Doreen rit.

— On dirait que vous pensez que mon chien a trouvé quelque chose.

— J'ai entendu parler de vos animaux, avoua Penny.

Juste à ce moment-là, Thaddeus, se réveillant de sa sieste, s'envola de son épaule, atterrissant sur les grands buissons de dahlias. Les tiges étaient épaisses, promettant d'être grandes avec d'énormes fleurs.

— Ce sont de beaux buissons, complimenta Doreen.

Penny hocha la tête.

— Des dahlias géants. Les fleurs sont énormes. J'ai déplacé certaines des mêmes plantes du jardin arrière, où Johnny avait l'habitude de s'asseoir. Elles se sont tellement multipliées que j'ai dû les diviser.

— Oh, vraiment ?

Doreen la regarda, se demandant comment Mugs pouvait savoir.

— Ça vous dérange si je prends cette pelle alors ?

Une ombre s'installa sur les deux femmes quand Doreen fit délibérément un pas devant Mugs pour le repousser. Puis, remplaçant le pain de courgettes par la pelle, elle remua doucement la terre à l'intérieur et autour de la base des dahlias. Quand elle crut entendre un bruit métallique, elle se mit à quatre pattes et utilisa ses mains pour creuser plus profondément dans le sol. Lorsque ses doigts se refermèrent sur quelque chose de petit, elle le souleva, balaya la terre et révéla un médaillon. Elle le montra, et Penny devint blanche comme un linge.

— Savez-vous ce que c'est ?

— C'est un médaillon que Johnny a reçu de son père, répondit-elle dans un murmure choqué, en tendant la main pour toucher l'objet. Johnny ne l'aurait jamais laissé derrière lui.

— Ce qui veut dire que, s'il s'est enfui ou s'est éloigné de vous, corrigea-t-elle doucement, il l'aurait emporté avec lui ?

— Je veux dire qu'il le portait *tout le temps*. Il était *tou-*

jours autour de son cou.

— Alors, comment est-il arrivé ici ?

— Ça a dû arriver quand j'ai divisé les bulbes et transplanté ce groupe ici.

— Mais je veux savoir comment il s'est détaché de son cou ?

Doreen avait une théorie, mais elle ne savait pas si elle devait la dire à voix haute. Quand Penny la regarda, la peur dans les yeux, Doreen hocha la tête.

— Il a probablement été arraché lors d'une bagarre.

Elle ramassa la chaîne qui pendait du médaillon. Elle la tint pour que Penny puisse la voir.

— Elle est cassée.

Chapitre 13

Vendredi en milieu d'après-midi...

DOREEN RENTRA CHEZ elle, son flan de courgettes dans une main, et un sac congélation contenant le médaillon et la chaîne emballés dans du papier journal provenant de la corbeille de Penny dans l'autre. Perdue dans ses pensées, elle sursauta lorsque son téléphone sonna dans sa poche. Elle le sortit et vit que c'était Mack.

— Salut, répondit-elle.

— Quelque chose ne va pas ? interrogea-t-il.

— Je ne sais pas si quelque chose va mal ou pas, avoua-t-elle, mais c'est définitivement quelque chose qui me fait réfléchir.

— Explique-toi, dit-il, comme s'il n'était pas sûr de comprendre ce qu'elle disait.

— Je suis allée chez Penny pour poser quelques questions supplémentaires, mais, au lieu d'obtenir des réponses, nous avons trouvé plus de questions. Mugs et Goliath étaient tous deux en train de creuser dans ses buissons de dahlias. Des buissons de dahlias qu'elle avait déplacés du jardin arrière il y a des années parce que les tubercules s'étaient multipliés et étaient devenus ces plantes massives.

— Arrête, l'interrompit-il. Je n'ai pas besoin d'une leçon de jardinage. J'ai besoin d'une explication.

Elle soupira et vérifia qu'il n'y avait pas de voiture avant de traverser, afin de pouvoir retourner à nouveau sur le chemin qui longe le ruisseau.

— Eh bien, quand j'ai creusé autour des plantes, nous avons trouvé un médaillon sur une chaîne cassée. Apparemment celui de Johnny, et il n'allait jamais nulle part sans l'avoir autour du cou. Je pense qu'il est mort le soir même de sa disparition.

Le silence se fit avant que Mack n'ait pris enfin la parole.

— Enfin, nous n'en sommes pas sûrs, répliqua-t-il. Parce que vous n'avez pas trouvé de corps… N'est-ce pas ?

Son ton s'était fait plus sec.

— Non, pas de corps, du moins pas encore, répondit-elle. Juste des restes de la vie d'une personne qui a disparu.

— Je peux comprendre que ce soit bouleversant, mais ça ne veut pas dire que Johnny est mort.

— En effet, mais ça ne veut pas dire non plus qu'il est vivant. Cependant… Ta mère m'a dit que Johnny et ses amis avaient l'habitude de traîner dans le parc de Central City, parmi les vendeurs et les acheteurs de drogue. Au début, je pensais que ce serait une piste viable, mais, maintenant, en trouvant ce médaillon chez lui, je ne le pense plus.

Mack poussa un énorme soupir, qu'elle entendit clairement à l'autre bout du fil.

— Tu as le médaillon avec toi ?

— Oui, répondit Doreen. Je me suis dit qu'il avait dû se battre et qu'il l'avait perdu.

— Cela indiquerait que quelqu'un l'a peut-être vu dans le jardin. Et pourtant, tu dis que George et Penny n'ont pas vu ce qui lui est arrivé.

— Apparemment. Et, oui, Johnny était dans le jardin, mais Penny préparait le dîner et était occupée. Elle ne l'a pas vu partir.

— D'accord. Donc elle sait quand elle l'a vu pour la dernière fois. Ça réduit un peu le timing.

— Ce qui n'a pas encore aidé.

— J'y jetterai un coup d'œil quand tu rentreras chez toi, proposa Mack.

— J'y suis presque. Je marche le long du ruisseau, je passe par l'arrière.

— J'aimerais que tu ne marches pas seule là-bas, dit-il avec un soupir de mécontentement.

— Quelle différence cela fait-il ? s'enquit Doreen. Il fait encore jour. De plus, je ne suis pas seule. J'ai mon chien et Thaddeus sur mon épaule, et Goliath qui marche à côté de nous, assez mécontent que je ne l'aie pas laissé continuer à creuser.

— Évidemment, c'est Goliath qui l'a trouvé.

— En effet, gloussa-t-elle. Puis Mugs lui a sauté dessus dans le buisson, le chassant, et le chien a commencé à creuser. Puis j'ai pris le relais. Je suis à mon petit pont maintenant.

Elle le traversa et se dirigea vers sa maison.

— L'alarme est toujours en marche ? demanda Mack.

— Je vais le découvrir dans une minute.

— Je suis content que ton antiquaire passe bientôt, déclara-t-il doucement. Je n'arrêterai pas de m'inquiéter tant que ces pièces ne seront pas parties.

— Moi aussi, dit Doreen. Au moins, cette affaire me fournit quelque chose d'autre sur lequel me concentrer.

— C'est bien. Je regrette que ce soit un autre meurtre que tu essaies de résoudre.

— Je n'ai pas dit que c'était un meurtre, objecta-t-elle. J'ai juste dit que nous avions trouvé un médaillon et sa chaîne, et que Johnny tenait absolument à le garder près de lui. C'était de son père, qui était mort.

— Ah.

Elle remonta son allée, tapa le code d'alarme pour annuler la sécurité et entra. Elle se calma immédiatement.

Chapitre 14

Vendredi en fin d'après-midi…

UNE FOIS A l'intérieur de la maison, Doreen réinitialisa les alarmes, déposa un sachet de thé dans une tasse, et mit de l'eau à bouillir dans la bouilloire électrique. Elle était toujours avec Mack au téléphone.

— Je suis à l'intérieur, saine et sauve. L'alarme était réglée, et je l'ai réinitialisée.

— Bien. Fais attention à toi.

— Promis, dit-elle. Quand viens-tu chercher le médaillon ?

— Je vais au bureau tout de suite, répondit-il d'une voix distraite. Ça dépend de l'heure qu'il sera quand j'aurai fini.

— Il n'est pas encore tard, même si, avec ce ciel nuageux qui s'installe, il semble que si.

— Si ça ne me prend qu'une heure de travail, je passerai après pour le prendre.

Il raccrocha sans dire au revoir.

Elle n'était pas sûre de ce qu'il y avait sur son agenda pour qu'il passe au bureau à cette heure, mais il jonglait avec beaucoup d'affaires.

Tout en laissant infuser son thé, elle posa soigneusement

le médaillon sur la table de la cuisine et l'étudia. Thaddeus s'en approcha immédiatement pour le regarder de plus près. Bien qu'il soit sale, le motif sur le métal était clairement visible. Elle pensa à un jeune homme qui s'était accroché à ce qui était probablement la seule possession qui lui restait de son père, et elle se demanda quelles circonstances il faudrait pour que Johnny se débarrasse de ce souvenir. Elle en revenait toujours au fait que Johnny n'aurait pas abandonné le médaillon de son plein gré. Donc potentiellement une dispute sur le banc où il était assis.

— C'est vraiment dommage, dit Doreen à Mugs.

Elle se leva, voyant tous les animaux assis là, qui la regardaient fixement.

— Bon, bon. Je vois que vous n'avez pas encore été nourris.

Elle s'affairait dans la cuisine pour leur préparer leur dîner. Il était grand temps pour elle de manger aussi. Mais le frigo n'avait pas été réapprovisionné, et elle avait désespérément besoin d'aller faire des courses une fois de plus.

— Comment se fait-il que les courses me prennent autant de temps ? s'interrogea-t-elle. Ça devrait être rapide et facile.

Elle savait qu'il existait ces services de livraison dernier cri, où elle pouvait commander en ligne pour obtenir les produits d'épicerie qu'elle voulait. Elle n'était pas encore tout à fait prête pour cela. Elle ne pouvait pas non plus justifier les frais de livraison.

Alors que les animaux grignotaient joyeusement, elle se prépara un simple sandwich, avec des crudités en accompagnement, et s'assit à la table de la cuisine pour manger. Son regard revenait sans cesse vers le médaillon. Et son esprit revisitait l'endroit où il avait été trouvé, puis l'emmenait sur la parcelle de terre nue sous l'emplacement original du banc.

Quelqu'un aurait pu enterrer le corps sur la propriété de Penny, mais quelqu'un d'autre que George et Penny en train de creuser le jardin aurait été vu et considéré comme suspect, donc ça réduisait le champ des recherches à la famille de Johnny. Penny n'était pas assez forte pour manipuler un corps, bien qu'elle ait pu aider George.

Mais alors pourquoi George continuerait-il à faire semblant de chercher son petit frère ? Il savait déjà où se trouvait celui-ci. Il aurait pu simplement ne pas jouer la comédie et ignorer l'affaire. Cela dit, s'il avait tué son frère, il aurait essayé d'écarter les soupçons en jouant le rôle du frère en deuil.

Doreen savait au fond de son cœur que Johnny était probablement mort, et elle pensait que Penny le savait aussi.

Après avoir fini de manger, Doreen fit le peu de vaisselle, puis jeta un coup d'œil dans la maison, s'assurant que tout était toujours à sa place. Après que le même intrus se fut introduit chez elle deux fois – peut-être même une troisième fois – elle se sentait plus que paranoïaque.

Alors qu'elle se préparait à monter à l'étage et à recommencer à fouiller dans le placard de Nan, Mack arriva. Mugs aboya à la porte mais sa queue remuait joyeusement. Elle se dirigea vers l'entrée, désactiva la sécurité et lui tendit le sac congélation.

Il la regarda et fronça les sourcils.

— C'est une belle pièce, dit Doreen. Tu crois que c'est de l'or véritable ?

Il hocha la tête.

— Non seulement c'est probablement de l'or véritable, mais ça pourrait être une pierre précieuse au centre. Mais je ne peux pas en être sûr.

— Ce qui veut dire que si quelqu'un l'a vu, il ou elle l'a probablement volé.

— Oui, dit Mack en fronçant un peu plus les sourcils.

— Tu pourrais le prendre et voir s'il y a des taches de sang dessus ? interrogea-t-elle avec espoir.

Il leva simplement les sourcils, et elle haussa les épaules.

— Tu n'as rien d'autre à te mettre sous la dent. Tu pourrais aussi bien jeter un coup d'œil à ça. C'était à Johnny. Il a été trouvé à l'endroit où il a été vu pour la dernière fois. Il a peut-être été blessé là-bas. Il pourrait y avoir du sang.

— Je vais le ramener au bureau, mais c'était à lui, donc ses cellules de peau auraient été transférées sur son médaillon. C'est donc normal.

Il empocha l'objet ensaché et recula, scrutant le salon.

— Je serai content quand ces antiquités coûteuses auront disparu.

— Avec un peu de chance, lundi, dit-elle avec un rire nerveux. Maintenant, c'est comme si je dormais dans un mausolée. J'ai tellement peur que quelque chose soit endommagé que je ne m'assieds pas dessus et que je ne l'utilise pas. Je me promène et j'évite chaque pièce.

— Ça semble être la bonne chose à faire.

Mack se retourna et descendit les marches du porche.

Doreen le regarda partir, détestant ce sentiment de perte qu'elle ressentait souvent quand il s'en allait.

Il lui fit un signe de la main en montant dans son véhicule, avant de sortir de son allée, de contourner le cul-de-sac et de disparaître.

Elle rentra à l'intérieur en soupirant lourdement.

Sa grand-mère appela juste à ce moment-là.

— Comment va Doreen ? demanda Nan. Et comment va ce charmant Mack ?

— Je suis sûre que Mack va bien, répondit Doreen, s'efforçant de garder une voix neutre. Et je suis fatiguée, mais je vais bien. J'ai pris le chemin le plus long, en revenant de chez toi.

— Chez moi ?

— Désolée, je suis plus fatiguée que je ne le pensais, dit Doreen avec un fort soupir. J'étais chez la mère de Mack, à faire du jardinage, puis j'ai fini chez Penny.

— Oh, s'exclama sa grand-mère. J'espérais t'inviter à dîner.

— Je viens juste de manger un sandwich et des crudités, dit Doreen, frustrée.

Elle aurait adoré dîner avec Nan.

— Eh bien, que dirais-tu de manger le dessert plutôt ?

— Je ne dis jamais non à un gâteau et une tasse de thé. Il y a une raison à ton appel ?

— Ai-je besoin d'une raison ? interrogea Nan habilement.

— Non. Mais j'ai senti quelque chose dans ta voix, expliqua Doreen. Comme pour dire, tu as découvert quelque chose.

— Bien sûr que oui, dit Nan avec fermeté. As-tu la moindre idée de la quantité d'informations contenues dans toutes les têtes folles ici ?

— C'est l'une des raisons pour lesquelles je t'ai demandé de parler aux résidents, répondit Doreen d'un ton sec.

— Il est encore assez tôt. Pourquoi ne pas venir ? Peut-être qu'en arrivant ici, tu auras de nouveau faim.

Doreen gloussa.

— J'ai travaillé dur plus tôt dans la journée, alors oui. Pourquoi pas ? céda-t-elle facilement. J'espère que tu auras de bonnes informations à me donner.

Les animaux ayant été nourris, ils voulaient tous s'allonger et dormir. Elle ne savait pas si elle devait les prendre, mais c'était étrange d'aller chez Nan sans eux.

Les forçant à sortir à nouveau, et portant Thaddeus, elle marcha lentement vers la maison de sa grand-mère. Quand elle y arriva, elle constata que les pierres restantes étaient toujours en rang, menant du trottoir au patio de Nan. Elle les traversa, au cas où le jardinier sortirait et la gronderait à nouveau.

Nan la regardait. Elle gloussa de plaisir quand elle vit toute l'équipe traverser la pelouse.

Mugs courut dans sa direction pour la saluer d'un aboiement de bienvenue et un coup de langue. Nan n'avait pas l'air de s'inquiéter des baisers baveux et humides que Mugs lui offrait régulièrement. Goliath, par contre, semblait être jaloux et sauta sur les genoux de la vieille dame, envahissant complètement l'espace. Thaddeus était plus préoccupé par le gâteau sur la table. Bien qu'il vînt de manger, il s'acharnait sur un coin du gâteau.

— J'aime vraiment ces animaux, dit Nan. Ils sont vraiment un délice.

— En effet, acquiesça Doreen.

Elle serra sa grand-mère dans ses bras et s'assit devant le thé en train d'infuser.

— Et j'aime t'avoir près de moi, ajouta Nan avec un grand sourire, avant de désigner la théière. Le temps que je la prépare, tu es déjà là.

— Parfaitement infusé, dit Doreen. C'est un peu plus long que ça, mais qui compte les minutes ?

— Exactement.

Nan se pencha en avant.

— Alors, qu'as-tu découvert d'autre ?

— Tu veux dire, qu'as-*tu* découvert d'autre ? Hein ? demanda Doreen.

— Pas grand-chose, répondit la vieille dame. Mais tu es allée voir Penny, et tu as aussi parlé à la mère de Mack, donc ces deux dames devaient savoir quelque chose.

— Sais-tu quelque chose sur Alan Hornby ?

— Non, dit Nan en fronçant les sourcils. C'était un autre des jeunes hommes du groupe d'amis de Johnny, non ?

— C'est ça, déclara Doreen. Mais plutôt un membre marginal.

— *Hmm.*

— On a aussi découvert que George a aidé à identifier les deux garçons tués dans l'accident de voiture.

— Eh bien, c'est intéressant. Je me demande pourquoi il a fait ça.

— Je pense que c'est pour être sûr que ce n'était pas Johnny, expliqua Doreen. C'était la voiture de Johnny que les garçons conduisaient quand ils sont morts.

— Y aurait-il une raison pour que George identifie mal les victimes ?

Nan pinça les lèvres et regarda la pelouse verte.

Pour Doreen, on aurait dit que Nan retournait dans le passé.

— Je me suis posé la même question, dit Doreen. Mais il n'y aurait aucune raison de le faire. Il faudrait qu'il cache ses propres actions ou qu'il essaie de protéger quelqu'un d'autre.

— La plupart d'entre nous feraient beaucoup pour protéger ceux que nous aimons, déclara Nan avec un sourire radieux.

— C'est vrai. Mais ça n'explique toujours pas pourquoi George l'aurait fait dans ce cas. Les garçons étaient des amis de son frère. Je n'imagine pas une grande loyauté ou un grand attachement de la part de George.

— Mais, si George voulait que son frère sorte de sa vie, alors c'était une bonne façon de le faire, proposa Nan avec une perspicacité surprenante.

Doreen ricana.

— Bien sûr. Au moins, George saurait que Johnny est parti, mais personne d'autre ne le saurait. Cependant, selon Penny, George a passé sa vie et dépensé beaucoup d'argent à essayer de retrouver son frère. Je ne peux donc pas imaginer que George aurait fait autant d'efforts pour continuer à faire semblant. Pas après les premières années.

— En effet, admit Nan. Mais on ne sait jamais.

— Nan. Nan, appela une petite voix semblable à un piaillement d'oiseau de l'intérieur de l'appartement.

L'expression de Nan devint orageuse.

— Ne réponds pas, dit-elle à voix basse.

Doreen arqua un sourcil et étudia le visage de sa grand-mère.

— Pourquoi pas ? demanda-t-elle, elle aussi à voix basse.

— Elle m'embête tout le temps, répondit Nan. Maisie est une casse-pieds.

— Peut-être que Maisie se sent seule, corrigea Doreen.

— *Pfff,* renâcla Nan en s'asseyant correctement dans son siège.

— Oh, tu es là !

Une petite femme aux cheveux lavande traversa le salon de Nan pour se rendre sur le patio. Elle tourna son visage lumineux vers Doreen.

— Tu dois être la petite-fille.

— Oui, dit Doreen avec un sourire. Je suis Doreen.

Maisie aperçut Thaddeus en train de manger le pain.

— Oh mon Dieu, s'exclama-t-elle, et son sourire disparut. Ce n'est pas sale ?

— Qu'est-ce qui n'est pas sale ? cingla Nan.

Elle caressa le dos et les épaules de l'oiseau sur la défensive.

— Thaddeus a faim. Qu'est-ce que ça peut te faire ?

Doreen était assez perturbée par les manières de sa grand-mère. Elle ne l'avait jamais vue comme ça.

— En effet, dit Maisie en reniflant, mais cet oiseau se promène sur la table.

— Eh bien, honnêtement, Goliath le fait aussi, ajouta Doreen en riant. Si on le laisse faire, bien sûr.

Maisie eut l'air horrifié par cette idée.

— Je suppose que vous n'avez pas d'animaux domestiques ?

Maisie secoua la tête.

— Non. Je ne pourrais pas supporter les poils ou la saleté. Les animaux sont porteurs de maladies, vous savez, dit-elle sur le ton de la conversation, comme si elle pensait – et Dieu seul sait d'où lui venait cette pensée – que les deux femmes qui l'écoutaient partageraient son point de vue. Les animaux sont terribles.

Nan leva les yeux au ciel face à Doreen, qui avait du mal à ne pas sourire.

— Maisie, que voulais-tu ?

Pendant un moment, Maisie eut l'air confus.

Nan montra son salon du doigt.

— Si je n'ai pas répondu à la porte, ma chère, c'est qu'il y a une raison. J'ai de la compagnie.

Maisie pointa son doigt vers elle.

— Tu parles. Doreen est de la famille. Ce n'est pas du tout la même chose.

Observer la scène entre les deux femmes était fascinant.

Cela donna à Doreen un aperçu différent de la vie de sa grand-mère ici. Elle ne comprenait pas la relation entre les deux femmes, mais il semblait évident qu'elle n'était pas si facile ou harmonieuse que ça.

— Je suis quasi certaine que Joe te cherche, dit Nan.

— Oh, ce n'est pas grave, rétorqua joyeusement Maisie. Il est dans ma chambre, il se repose.

Elle fit un clin d'œil à la grand-mère de Doreen.

— Il a besoin de se reposer après, n'est-ce pas ?

Puis, avec un doux sourire et un petit rire, elle disparut.

Doreen souffla, horrifiée.

— Est-ce qu'elle vient de dire ce que je pense qu'elle vient de dire ?

Nan hocha la tête.

— Ces deux-là se comportent comme s'ils avaient dix-huit ans, répondit-elle. Ça ne me dérange pas du tout, mais ce serait bien qu'ils gardent ça pour eux. Maisie est une de ces partenaires qui crient.

— Oh, mon Dieu, s'exclama Doreen en s'efforçant d'étouffer le rire qui menaçait de jaillir. La plupart des gens comme ça veulent attirer l'attention.

— Je n'aurais pas pu mieux dire, acquiesça Nan.

— Alors c'est juste Maisie qui t'énerve ?

Nan haussa les épaules d'un air irrité.

— Pas vraiment, répondit la vieille dame, mais Joe était mon ami.

L'accent était mis sur le dernier mot.

Fascinée, Doreen étudia le visage de sa grand-mère.

— Est-ce que Joe t'a laissée tomber pour Maisie ? demanda-t-elle gentiment, et Nan haussa les épaules.

— Non, je l'ai laissé tomber en premier. Mais il n'a pas mis longtemps à se mettre avec Maisie.

— J'imagine plutôt que cela a beaucoup à voir avec la perception du temps, dit Doreen. Quand vous êtes ici, je pense que la notion d'espérance de vie est un peu plus évidente. Peut-être que vous n'attendez pas la durée habituelle qui accompagne une rupture.

— Certains hommes n'attendent jamais, cingla Nan en reniflant. Et Joe est l'un d'entre eux.

— C'est bon à savoir, dit Doreen. Au moins, maintenant, tu ne feras pas l'erreur de sortir à nouveau avec lui.

— Peu d'hommes ici sont encore bons. Je garde les pilules bleues dans mon tiroir. Mais c'est un peu déprimant de devoir les donner soi-même aux hommes.

Doreen se redressa, étouffant les mots qui menaçaient de sortir.

— N'aie pas l'air si choquée, ma chère, dit Nan avec humour. Tu te sentirais bien mieux si Mack et toi en finissiez avec la partie courtisane de votre relation. Une bonne vieille partie de jambes en l'air au lit vous conviendrait parfaitement.

Doreen éclata de rire.

— Merci pour le conseil, Nan, dit-elle joyeusement. Non pas que ce soit ce que je cherche.

— Bien sûr que non, renchérit Nan. C'est pourquoi c'est tellement plus facile de te le donner. Si tu me demandais conseil, ce serait une vraie galère. Mais le fait que tu ne le sois pas signifie que je peux commenter comme bon me semble.

Puis la vieille dame éclata de rire.

Doreen ne sut pas quoi répondre. Au moins, Nan riait à nouveau.

— Est-ce que Joe ou Maisie connaissaient des enfants de la bande à l'époque ?

— Je ne vois pas comment ce serait possible, répondit la

vieille dame avec un rictus sardonique. Ce sont tous deux des nouveaux venus.

— Qu'est-ce que *ça* veut dire ? s'enquit Doreen en riant. Ils ne sont là que depuis vingt ans ?

Nan se redressa et regarda sa petite-fille.

— J'entends le rire dans ta voix, mais tant que tu n'auras pas vécu à Kelowna aussi longtemps que moi, tu ne comprendras pas à quel point les nouveaux arrivants sont différents de nous tous, les vieux.

— Eh bien, si ce sont des nouveaux venus après vingt ans, dit Doreen, je dois être dans la catégorie des tout-petits.

— Tu es ma famille, objecta Nan. Et ça change complètement les choses.

— Je suis sûre que Joe et Maisie ont aussi de la famille, dit Doreen gentiment.

— Peu importe. Mais j'ai gagné cinquante dollars sur Maisie tout à l'heure.

— Tu as quoi ?

Doreen avait peur de demander.

— J'ai parié avec elle sur Joe et une pilule bleue.

— Oh, mon Dieu. Nan, je ne veux vraiment pas entendre parler de ça.

— C'est bon, mais c'est pour ça que Maisie est venue. Elle essayait de me dire, à sa façon, qu'il n'avait pas besoin de la pilule bleue.

— Alors comment as-tu gagné cinquante dollars avec elle ?

— J'ai parié qu'il n'en aurait pas besoin, expliqua Nan, parce que je lui avais donné la pilule bleue plus tôt.

— Tu lui as donné une pilule bleue pour qu'il puisse coucher avec Maisie ? demanda Doreen, choquée. Et ensuite tu as parié avec Maisie qu'il n'en aurait pas besoin quand elle coucherait avec lui ?

— Maintenant tu as compris, dit sa grand-mère.

— Je pense que c'est de la triche, Nan.

Mais une partie d'elle voulait ricaner à voix haute.

— Tout est juste, amoureuse et en guerre, conclut Nan avec complaisance.

Chapitre 15

Vendredi, plus tard dans l'après-midi…

— BON, IL est clairement l'heure de changer de sujet. Connais-tu quelqu'un ici qui est un ancien ? demanda Doreen avec un sourire. Si c'est le cas, tu pourrais peut-être lui demander des informations sur Johnny.

— C'est déjà fait, dit Nan. Mais personne ne semble savoir quoi que ce soit.

— Eh bien, j'ai eu une lueur d'espoir. Mais tu m'as appelé pour quelque chose, n'est-ce pas ?

Nan regarda sa petite fille avec surprise, puis son visage s'illumina.

— Oh là là, j'ai complètement oublié.

Elle se leva, entra dans son appartement avant d'en ressortir.

— J'ai demandé à Richie parce que je sais qu'il est là depuis la création de Kelowna, commença-t-elle. Un homme charmant.

Doreen voulait désespérément lui demander s'il avait besoin de pilules bleues, mais elle ne devait pas détourner la conversation et ne pas laisser sa grand-mère déraper.

— Il a dit que tout n'allait pas bien au sein du groupe.

— Comment le sait-il ?

— La fille en question qui est morte il y a un an était sa nièce. Sa petite-nièce. Et il a dit qu'elle avait beaucoup de problèmes avec le groupe.

— Le groupe, c'est-à-dire tous ?

— Oui. Apparemment, elle était un peu trop libre avec ses sentiments, expliqua Nan. Et son grand-oncle n'aimait pas ça du tout. Mais, quand il l'a interrogée à ce sujet, elle a dit qu'elle avait cessé de sortir avec Johnny parce qu'elle avait trouvé quelqu'un d'autre.

— Une idée de qui c'était ? interrogea Doreen, en s'enfonçant dans sa chaise. Je ne sais pas si cela a de l'importance à ce stade, mais il serait intéressant de savoir qui.

— Je ne suis pas sûre, continua Nan. Mais, si quelqu'un peut le découvrir, c'est bien toi.

— Quel est le nom de famille de Richie ?

— Smithson, répondit la vieille dame. C'est un homme charmant.

— Quel âge a-t-il ?

— Je crois qu'il a 82, peut-être 83 ans. Mais ça n'a pas vraiment d'importance. Son esprit est aussi vif que possible.

— Bien, dit Doreen. Tu pourrais peut-être lui poser des questions sur l'accident.

Nan prit son téléphone qui était posé sur la table et envoya un message.

— Tu viens de lui envoyer un texto ?

Nan leva la tête pour étudier sa petite-fille.

— As-tu des problèmes de mémoire, ma chère ? Tu viens de me demander de l'interroger sur l'accident.

Oh, mon Dieu. Un autre moment d'égarement. Doreen secoua la tête.

— Non, je me demandais si tu en avais parce que – il y a quelques minutes – tu m'as dit que personne ici ne savait rien.

— Bien sûr, mais pas Richie. Richie est différent. Il n'est pas n'importe qui. Il est spécial.

Et de nouveau, les questions démangeaient Doreen, mais elle n'osa pas. Puis elle ne put s'en empêcher.

— Spécial dans quel sens ? demanda-t-elle.

— Pas de cette façon, répondit Nan. Il n'y a pas de meilleur moyen de ruiner une amitié que de faire l'amour, ma chère.

Elle leva à nouveau la tête de son téléphone, le tenant, comme si elle attendait que Richie lui réponde immédiatement.

— Tu devrais te souvenir de ça avec Mack.

Doreen s'arrêta et la fixa du regard.

— C'est toi qui viens de me dire que Mack et moi ferions bien de faire des galipettes ensemble, s'exclama-t-elle en ricanant. Comment se fait-il que maintenant tu me dises de ne pas le faire ?

— Oh, ma chérie, je ne te dis pas de *ne pas* le faire, objecta sa grand-mère. Fonce, fais-le. Mais, si ce n'est pas pour les bonnes raisons, tu verras que vous ne serez plus amis à la fin.

— D'accord, dit Doreen en secouant la tête. Richie t'a répondu ?

— Non, pas encore, déclara Nan en agitant son téléphone. Tu aurais entendu une sonnerie, ma chérie. Tu devrais peut-être rentrer chez toi et te reposer. Tu n'as pas l'air dans ton assiette aujourd'hui.

Doreen ferma la bouche. Il y avait *quelqu'un* d'absent, c'est sûr. Mais elle ne savait pas si Nan l'entraînait à nouveau dans ses moments d'égarement ou si elle jouait simplement avec elle. Parfois Doreen n'arrivait pas à savoir.

À ce moment-là, le téléphone de Nan sonna dans sa main.

— Richie dit que les deux hommes qui sont morts étaient dans la voiture de Johnny.

— Nous le savons déjà, dit patiemment Doreen.

— Alors pourquoi as-tu demandé ? s'enquit Nan avec irritation.

— Nan…

— Je suis un peu irritable aujourd'hui, s'excusa Nan en soupirant avant de s'installer correctement dans sa chaise.

— Je suis vraiment désolée, dit Doreen. Je vais peut-être rentrer chez moi maintenant.

— Non, non, non, non, répéta Nan avec un sourire, en tapotant la main de sa petite-fille. C'est moi qui suis désolée. Je suppose que Maisie m'a contrariée plus que je ne le pensais.

— Je suis désolée pour ça aussi.

Visiblement, sa grand-mère se sentait rejetée que son amant ait rapidement trouvé quelqu'un d'autre.

— Peut-être que Richie aura d'autres informations demain.

Doreen repoussa sa chaise et se leva.

Le téléphone de Nan sonna à nouveau.

— Richie dit que l'accident a été causé par un autre véhicule.

Doreen retomba sur sa chaise.

— Comme un accident avec délit de fuite ?

Nan était toujours en train de lire.

— Quelque chose comme ça. La voiture est tombée d'une falaise, et les flics n'ont jamais retrouvé l'autre véhicule.

— Alors comment peuvent-ils savoir que quelqu'un les a fait sortir de la route ?

— Il y avait un témoin, expliqua Nan en la regardant avec surprise. Je ne te l'ai pas dit ?

Doreen se pinça l'arête du nez.

— Non, tu ne m'as pas dit ça. Qui était le témoin ?

— La petite amie, bien sûr.

— Donc elle n'était pas dans la voiture des garçons, mais elle a vu une autre voiture les faire sortir de la route ?

Nan opina du chef.

— C'est ce que dit Richie. Elle était catégorique : un autre véhicule était impliqué.

— Pourquoi serait-elle si catégorique à ce sujet ?

Nan haussa les épaules.

— Qui sait ? C'est arrivé à ce virage vraiment mauvais à la périphérie de la ville. Un grand virage en épingle à cheveux dans la région de Black Mountain.

— Tout compte fait, un véhicule ne les a pas fait sortir de la route, renchérit Doreen, si c'est un virage serré.

— C'est aussi pourquoi la police ne l'a pas forcément crue.

— Évidemment qu'ils ne l'ont pas crue. Parce qu'on dirait qu'elle l'a inventé. Et qu'est-ce qu'elle faisait là à ce moment-là ? Parce que c'est encore moins logique.

— Apparemment, elle conduisait derrière les gars, dit Nan. Et elle a essayé d'obtenir de l'aide pour eux, mais le véhicule était déjà en feu.

— Donc elle a appelé la police et leur a dit qu'un autre véhicule les avait fait sortir de la route, c'est exact ?

Doreen voulait s'assurer qu'elle comprenait ce qui s'était vraiment passé.

— Oui, exactement. Et maintenant elle est morte, donc on ne peut rien lui demander.

Doreen avait l'impression de tourner en rond. Parfois, l'esprit de Nan semblait être encore plus tortueux que d'habitude.

— À moins que…

Doreen se pencha et étudia le visage de sa grand-mère.

— À moins que la petite amie ne fût pas seule dans la voiture.

Nan prit immédiatement son téléphone et envoya un autre message. Elles attendirent un long moment, puis Richie répondit.

— Non, elle n'était pas seule.

Doreen grogna : obtenir des informations était comme arracher des dents ici !

— Qui était dans la voiture avec elle ?

— Selon Richie, Alan Hornby.

Chapitre 16

ALORS QUE DOREEN et ses animaux rentraient chez eux, elle réfléchissait aux informations confuses de Nan. Doreen ne savait pas si sa grand-mère était vraiment fatiguée aujourd'hui ou si elle était juste contrariée à cause de Maisie. Mais de toute façon, la façon de penser de la vieille dame était définitivement absurde. Nan avait-elle la maladie d'Alzheimer ? Elle ne savait pas comment elle pourrait demander à sa grand-mère d'aller chez le médecin pour faire des tests, car elle serait plus qu'horrifiée et insultée d'entendre le fil des pensées de sa petite-fille.

Mais vraiment, avec toutes ces conversations embrouillées, il était plus difficile de trier le vrai du faux. La liaison de Maisie et Joe avait blessé Nan. Du moins, c'était l'avis de Doreen. Mais sa grand-mère s'en remettrait, comme elle s'était remise de nombreuses autres ruptures dans sa vie. Peut-être que Nan était plus contrariée que Joe ait choisi Maisie comme remplaçante de Nan et pas quelqu'un d'autre. C'était étonnant de voir combien de fois les gens étaient d'accord pour qu'un amant aille draguer quelqu'un d'autre, tant que l'amant précédent approuvait ce quelqu'un d'autre.

Doreen vadrouilla jusque chez elle, en songeant à ce Hornby. Quand elle fut arrivée à la maison, elle trouva un véhicule inconnu garé devant. Elle fit le tour de l'arrière du véhicule et prit une photo rapide de la plaque d'immatriculation. Elle se dirigea vers la porte d'entrée et chercha où il pourrait être assis ou en train de l'attendre, mais elle ne trouva personne. Elle fit le tour du jardin avec Mugs qui reniflait lourdement à ses pieds et tomba sur un homme d'âge moyen assis sur le perron arrière.

Quand elle s'approcha, il se leva et lui fit un grand sourire.

— Salut, dit-il.

— Salut, répondit-elle prudemment. Que puis-je faire pour vous ?

— D'abord, vous pouvez arrêter de fouiller dans des affaires qui n'ont rien à voir avec vous.

— Comme ?

Elle inclina la tête pour l'étudier. Il devait avoir une cinquantaine d'années, peut-être un peu plus.

— Je suis Hornby, Alan Hornby, dit-il, et vous continuez à poser des questions sur moi.

— Qui vous a dit ça ?

— À la maison de retraite, expliqua-t-il. Richie a dit à ma tante Velma que vous posiez des questions.

— En effet, répliqua Doreen, car personne n'a vu Johnny depuis qu'il a disparu.

— Qu'est-ce que ça a à voir avec moi ? s'enquit-il. Et Johnny a disparu il y a des décennies.

— Peut-être rien, répondit-elle. J'essayais de mettre les points sur les i. Apparemment, vous étiez dans la voiture avec Susan quand vous avez vu un autre véhicule emboutir les deux types qui conduisaient la voiture de Johnny. Est-ce exact ?

Il fronça les sourcils, la tête également penchée sur le côté tandis qu'il l'étudiait.

— En quoi cela vous regarde-t-il ? Où avez-vous entendu cela ?

— Je l'ai entendu, dit Doreen, pendant que je rendais visite à Nan. Je pense que ça venait de Richie parce que c'est sa petite-nièce qui était dans le véhicule avec vous.

Hornby lui jeta un regard furieux.

— Bon sang, je vous le dis. Ces vieux, s'ils n'ont rien à se mettre sous la dent, ils inventent quelque chose pour le faire ! s'emporta Alan.

— N'est-ce pas la vérité ? Mais, jusqu'à présent, vous n'avez pas répondu à la question.

— Vous avez raison, parce que, pour être honnête, je ne me souviens plus. C'était il y a longtemps.

— Vous ne vous souvenez pas si vous avez vu deux bons amis mourir dans l'accident d'un véhicule volé juste devant vous ? Si ça n'éveille pas les soupçons…

Non pas que Doreen ait la preuve que le véhicule avait été volé, mais il n'y avait pas non plus de preuve que Johnny l'avait vendu.

Elle étudia Hornby, à la recherche de signes de mensonge. Le problème, c'était qu'il avait ce grand sourire radieux qui disait qu'il savait qu'elle n'avait aucune preuve et que, la fille étant morte, personne ne savait rien, alors il pouvait dire ce qu'il voulait.

— Non, ma mémoire n'est plus très bonne, répondit-il. Trop d'alcool et de drogues.

C'était suffisamment possible pour qu'elle l'envisage.

— C'est un peu difficile de croire que vous ne vous souvenez de *rien*, renchérit-elle.

— Je me souviens de la disparition de Johnny, déclara Hornby, surtout parce que nous y avons pensé pendant très longtemps. Nous n'avions absolument aucun moyen de savoir ce qui lui était arrivé. Et nous voulions tous le savoir.

— Ah bon ? s'enquit-elle. Vous vouliez vraiment savoir ?

Il lui lança un regard noir.

— Qu'est-ce que vous suggérez ?

— Je ne sais pas ce que je suggère, répondit Doreen honnêtement. Mais pensez-y. Johnny disparaît. Deux bons amis meurent dans un accident devant vous dans la voiture de Johnny. Suivis par… Par quoi ? Qui conduisait le véhicule qui les a fait sortir de la route ?

— La police ne l'a jamais découvert. Et je ne comprends pas quelle différence cela fait toutes ces années plus tard. Ils sont toujours morts.

— Peut-être que ça ne fait aucune différence. Peut-être que c'était un accident. Et encore une fois, peut-être pas. Mais ça fait une différence puisque Penny n'a toujours aucune idée de ce qui est arrivé à son beau-frère.

L'humour disparut du visage d'Alan et il acquiesça.

— Je sais que George était complètement fou à ce sujet. Ils étaient proches, lui et Johnny.

— Ils étaient proches, répéta-t-elle, selon Penny. Mais l'étaient-ils selon Johnny ?

Hornby mit une minute à comprendre, puis il hocha la tête.

— Oui, je pense qu'ils l'étaient. Johnny s'est accroché à George comme à un pilier de son monde. Une fois leur père décédé, ils n'étaient plus que tous les deux. Il avait un médaillon qu'il tenait de son père. Il le portait tout le temps. Il jouait parfois avec autour de son cou. C'était comme un morceau de son père que Johnny portait avec lui.

— On l'a retrouvé, dit Doreen. Nous l'avons trouvé cassé dans le jardin où il a été vu pour la dernière fois.

Alan la regarda fixement.

Elle pouvait le voir fléchir légèrement à l'intérieur. Était-il en train de se remémorer des souvenirs ?

— À quel point tenait-il à ce médaillon ? demanda-t-elle.

— Il ne l'enlevait jamais, répondit-il. Et j'insiste sur *jamais*.

Doreen opina du chef.

— Donc, vu qu'on a trouvé le médaillon – et qu'on a trouvé sa dague aussi, d'ailleurs – on doit se demander ce qui est arrivé à Johnny.

— Il a probablement été tué par un dealer, déclara Hornby. Il essayait toujours de trouver de la drogue pour nous.

— Peut-être. Mais, dans ce cas, il y aurait un corps.

— Pas si le dealer a eu peur de ce qu'il a fait, et a décidé de prendre le corps et de s'en débarrasser.

— *S'en débarrasser*, répéta Doreen sur le ton de la conversation. Ça ressemble plus à le jeter dans l'océan.

— Vu que nous vivons au bord d'un lac, dit-il d'un ton sec, je ne pense pas que l'océan puisse entrer en jeu.

— Vous avez raison, acquiesça-t-elle avec un grand sourire. Cependant, je pense qu'après tout ce temps, le corps serait probablement réapparu.

Mais elle se souvint du véhicule qu'elle venait de trouver avec un petit garçon et l'homme plus âgé.

— À moins qu'il ne se soit noyé dans le lac à l'intérieur d'un véhicule.

— Dans ce cas, il aurait dû s'agir de son propre véhicule, car il aurait alors pu s'enfuir sans encombre, et personne n'aurait jamais su ce qui lui était arrivé, proposa Hornby.

— C'est vrai.

Désemparée, Doreen resta plantée là.

— Si vous essayez de trouver un tueur, continua-t-il doucement, vous faites fausse route. On était tous perturbés à l'époque. Johnny également. George était le pilier de sa vie, mais ils se disputaient tout le temps. Comme tous les frères se disputent.

— Compris. Merci d'avoir répondu à ces questions.

Il ricana.

— Pas de problème. Que diriez-vous d'une tasse de café ? s'enquit Alan en désignant sa cuisine.

Elle hésita, sans trop savoir pourquoi.

Il perçut l'hésitation et gloussa.

— Je suppose que vous êtes la propriété de Mack alors, hein ?

Il se leva d'un bond, lui fit un faux salut et s'éloigna.

Chapitre 17

Samedi matin…

LE LENDEMAIN MATIN, Doreen se creusait encore la tête à propos des mots de Hornby. *Elle appartenait à Mack.* Ce n'était pas une question de bien ou de mal, mais une telle connotation de propriété ressemblait trop à son mariage. Elle ne voulait plus de ça dans sa vie.

Penser que quelqu'un faisait ce genre d'insinuation, se moquait de son amitié avec Mack… Eh bien, c'était juste mal.

Elle regarda d'un air sombre par la fenêtre, se demandant pourquoi les nuages semblaient toujours correspondre à son humeur.

— Je regrette de ne pas avoir le pouvoir de faire apparaître le soleil où que je sois, marmonna-t-elle, se sentant bizarre depuis sa conversation avec Hornby la veille au soir.

Elle gloussa presque parce que de nombreux gourous de développement personnel lui diraient que si elle changeait d'humeur, tout ce qui l'entourait deviendrait aussitôt lumineux et ensoleillé.

— Dommage que je ne sois pas de cet acabit.

Elle se versa sa première tasse de café et sortit sur la véranda. Bien qu'il y eût des meubles d'extérieur sur la véranda et sur le porche d'entrée – gracieusement fourni par Nan – Doreen descendit les marches et traversa le jardin pour regarder le ruisseau. Thaddeus se promenait derrière elle, picorant diverses choses sur le sol. Goliath avait couru devant, s'agitant comme un chat fou. Mais il était heureux, alors elle pouvait difficilement lui reprocher ce moment. Mugs, de manière inhabituelle, se promenait à côté d'elle.

— Qu'est-ce qu'il y a, mon pote ? Tu n'as pas assez dormi la nuit dernière ?

Il n'aboya pas. Il n'accéléra pas son rythme. Il traînait simplement ses pattes à côté d'elle.

— Ouais, je ressens un peu la même chose aujourd'hui.

Si quelqu'un d'autre l'entendait parler à tous les animaux, il ou elle penserait que quelque chose ne va pas chez Doreen. *Peut-être bien.* Mais la vérité, c'est qu'elle préférait la présence de sa famille animale à celle de beaucoup d'autres personnes. En particulier ce type, Alan Hornby, la nuit dernière. Elle ne devait pas laisser ses mots l'atteindre, mais c'était difficile de ne pas le faire.

Elle était encore dehors près du ruisseau quand elle entendit son téléphone sonner. Elle l'avait laissé sur la table de la cuisine.

— Tant pis. Peu importe qui c'est, ils devront rappeler, déclara-t-elle en haussant les épaules.

C'était probablement Mack. Et, pour une raison perverse entièrement basée sur la conversation de Hornby la nuit dernière, elle se dit qu'elle allait laisser Mack attendre. Elle n'était pas sa marionnette.

Immédiatement, elle se sentit mal parce que ce n'était pas sa faute à lui.

— Allez, les gars. Rentrons voir ce que Mack veut.

Elle sirota son café en retournant dans la maison. Les animaux étaient tous inhabituellement silencieux. Dans la cuisine, elle prit son téléphone. Évidemment, Mack avait appelé. Elle le rappela.

— J'étais dans le jardin, déclara Doreen quand il décrocha.

— Bien, dit-il. C'est samedi. Tu devrais te divertir.

— Quand on ne travaille pas du lundi au vendredi, répliqua-t-elle, le samedi ressemble au lundi.

— Eh bien, c'est une bonne chose, plaisanta-t-il.

— Tu as fait quelque chose avec ce médaillon ?

— Je l'ai envoyé à la police scientifique, répondit-il. N'oublie pas. Ce n'est pas parce que l'affaire n'a jamais été résolue qu'elle a été oubliée.

— Non, mais tu ne disposes pas d'assez d'heures de travail pour continuer à travailler sur ces cas. Et cela semble très triste et mauvais aussi.

— Nous ne pouvons pas non plus détourner nos efforts des affaires actuelles.

— Je sais. Budget, budget, budget.

— Exactement. Tu es d'une humeur étrange ce matin.

Elle gémit.

— Ouais, j'ai eu un visiteur la nuit dernière.

— Quoi ? s'offusqua-t-il. Tu vas bien ?

— Oh, désolée, s'excusa-t-elle. Ce n'était pas un intrus. Quand je suis rentrée de chez Nan, une voiture était dans l'allée, et personne n'était sur le porche d'entrée, alors je suis allée dans le jardin et j'ai trouvé un visiteur assis sur les marches à l'arrière.

— Tu attendais cette personne ?

— Non. C'était Alan Hornby. Il voulait que j'arrête de poser des questions sur la disparition de Johnny.

Le silence dura dix secondes au téléphone, puis Mack explosa.

— Quoi ? Est-ce qu'il t'a menacée ?

— Je pense qu'il me flattait presque. Peut-être qu'il flirtait un peu. Je ne suis plus vraiment dans le coup, donc je ne suis pas sûre. Mais il a suggéré que nous allions chez moi pour prendre un café ensemble, ce que j'ai refusé pas très poliment, expliqua-t-elle avec une note d'humour. Peut-être qu'il ne s'en est pas si mal sorti au final parce que ça reste *mon* café.

— Ton café est excellent. Qu'est-ce qu'il a dit d'autre ?

— Il ne sait pas grand-chose. Il était dans un véhicule avec Susan, quand une voiture a heurté latéralement la voiture de Johnny qui les précédait, et leurs copains sont sortis de la route.

— Ils ont vu un véhicule faire sortir les deux gars de la route ?

— C'est ce que la petite amie a dit à son oncle. Mais elle est morte, et son oncle Richie l'a dit à Nan. Richie a aussi dit à Velma, qui est la tante de Hornby, que je posais des questions. Puis celui-ci est venu chez moi pour me dire d'arrêter. Il a aussi dit qu'il ne se souvenait de rien de l'accident, mais s'il a dit qu'ils étaient sortis de la route à l'époque, c'est ce qui a dû se passer. Maintenant, il dit que trop de drogues et d'alcool au fil des ans lui ont fait perdre la mémoire.

— C'est vrai ? rétorqua Mack d'un ton sec. Je ne doute pas que les drogues et l'alcool aient certainement eu un impact sur sa mémoire, mais, quand on voit deux bons amis se consumer devant soi, je doute fortement qu'on l'oublie.

— Peux-tu vérifier le dossier et voir si quelque chose a été mentionné sur la sortie de route de la voiture ? Richie vient d'en parler à Nan, mais les flics auraient dû s'en occuper à l'époque de la déclaration de Susan.

— En effet, ils auraient dû. Je peux vérifier et voir ce qu'il y a dans le dossier. Je ne m'en souviens pas. Je ne suis pas sûr d'avoir vu quoi que ce soit à ce sujet en fait.

— C'est ce qui me fait peur, ajouta Doreen. Ça fait longtemps, et les souvenirs s'effacent. Peut-être qu'ils n'ont rien vu ou rien dit. Ou c'est juste une excuse commode.

— C'est certainement possible.

— Que fais-tu aujourd'hui, demanda-t-elle.

— Je ne sais pas encore, répondit Mack. J'espère passer un peu de temps à travailler dans le jardin, et je rendrai un peu visite à ma mère. Je passerai avec l'argent que je te dois aujourd'hui.

— Ce serait bien. J'ai besoin de faire des courses.

— D'accord. Nous étions censés faire des pâtes, n'est-ce pas ? s'enquit-il, surpris. C'était aujourd'hui ?

— Peut-être, si ça te convient.

— Bien sûr. Je vais aller faire les courses et prendre ce dont j'ai besoin. Ça m'a échappé. Je suis vraiment désolé pour ça, dit-il, d'un ton à la fois désolé et surpris.

Elle comprenait ce qu'il ressentait. Normalement, il était très doué pour se souvenir de ce genre de choses.

— Ce n'est pas grave, le rassura-t-elle. À quelle heure veux-tu manger ? Il est tôt, il n'est même pas encore 9 heures.

— Disons des pâtes pour ce soir. Si tu veux venir avec moi, on peut aller faire les courses maintenant. Je pourrai te déposer chez toi avec le nécessaire, puis je vaquerai à mes occupations, quelles qu'elles soient, et je reviendrai plus tard cet après-midi. On pourra cuisiner à ce moment-là.

Doreen s'illumina.

— Ça me paraît être une bonne idée, parce que je pourrai voir ce que tu achètes aussi.

— C'est vrai. J'ai tendance à oublier que tu n'as pas l'habitude de faire les courses non plus.

— Sauf si c'est pour des chaussures à mille dollars, dit-elle sèchement.

— Sérieusement ?

— Ouais, j'en ai possédé quelques paires. J'aimerais maintenant avoir tout cet argent dans ma poche, soupira-t-elle.

— Je suis désolé, se désola Mack. Je suis désolé que tu aies dû revoir ta façon de vivre.

— Oui, mais je suis bien mieux à présent. Beaucoup plus heureuse.

— Tant mieux. Je passerai dans une vingtaine de minutes.

Juste assez de temps pour boire une autre tasse de café. Elle se servit une deuxième tasse et fit griller un morceau de pain.

— Je suis un peu à court de beurre de cacahuète, les gars.

Elle fit le tour de la cuisine, établit une courte liste de quelques produits de première nécessité, comme le papier toilette. Elle leva les sourcils devant le seul rouleau restant.

— Ça n'arrivera pas.

Quelques friandises pour Mugs seraient utiles. Et, après toutes ces omelettes, elle avait besoin de plus d'œufs. Mais heureusement, Mack avait acheté les derniers de toute façon. Elle n'avait pas grand-chose dans son frigo, donc elle aurait bien besoin de plus de fromage et de viande en tranches. Les sandwichs étaient un classique qu'elle aimait, heureusement.

Dès qu'elle eut fini, elle prit son sac et se dirigea vers la porte d'entrée.

— Mugs, je dois te laisser ici, mon pote.

Il aboya plusieurs fois. Il détestait être seul. Peut-être parce qu'il pensait que Goliath s'en prendrait à lui ; elle ne savait pas. Elle activa l'alarme et sortit par la porte d'entrée, avant de la verrouiller.

Elle remonta l'allée juste au moment où Mack arrivait. Elle sauta à l'avant de son pick-up et dit :

— Mugs n'est pas content, dit-elle après avoir sauté à l'avant de son pick-up, ce qui fit glousser le policier.

— Je ne pense pas que ce soit une mauvaise chose pour lui de s'habituer à être seul pendant un petit moment.

— En effet, mais j'ai peur qu'il transforme les meubles de luxe en cure-dents.

Mack rit à cette remarque.

— Cette image est une bonne façon de commencer la journée.

— Tant mieux pour toi. Je me suis réveillée avec l'impression que le monde était contre moi et qu'il n'y avait plus de soleil nulle part.

— Tu penses que c'est à cause de la visite de Hornby hier soir ?

— Je ne sais pas, répondit Doreen. J'ai l'impression que les gens me mentent, qu'ils mentent à tout le monde. Je pense vraiment que Johnny est mort, et que les gens en savent plus qu'ils ne le disent.

— Qui ment, selon toi ?

— Hornby, pour commencer, dit-elle. Mais je ne suis pas sûre de la partie sur laquelle il ment.

Mack conduisit jusqu'à l'épicerie et sortit de la voiture. Doreen fit de même de son côté, se rappelant une fois de plus les mots de Hornby sur le fait qu'elle était la possession de Mack.

Quand il prit un chariot et l'attendit, elle comprit qu'ils agissaient comme n'importe quel couple normal, et n'importe qui en dehors de leur cercle supposerait qu'ils sortent ensemble. Une partie d'elle aimait vraiment ça, mais une autre partie s'inquiétait qu'elle et Mack donnent une mauvaise impression. Pourtant, ce n'était pas sa faute si les autres supposaient quelque chose.

Alors qu'ils déambulaient dans les rayons, elle s'arrêta devant les légumes frais, à la recherche d'ingrédients pour ses salades et sandwichs. Elle prit une laitue, quelques radis, des oignons verts, des concombres et des tomates. Contente de cela, elle se retourna et regarda Mack d'un air surpris prenant des carottes, du céleri, beaucoup de tomates, et quelque chose de sombre et feuillu.

— Qu'est-ce que c'est ? l'interrogea-t-elle.

Il regarda les grandes feuilles dans sa main.

— C'est du chou kale.

— J'ai entendu parler des milk-shakes au chou kale et des chips de chou kale, mais je ne pensais pas que ça ressemblait à ça, s'étonna-t-elle.

— Voilà à quoi ça ressemble. Celui-ci est du kale noir, mais c'est toujours bien de manger un peu de légumes verts.

— Tu veux dire, des légumes *noirs*, ironisa-t-elle avec un sourire en coin.

Il hocha la tête.

Doreen déposa ses courses dans le petit panier du haut, et Mack remplit celui du bas. Elle ne savait même pas quoi faire de la moitié des légumes qu'il avait mis dans sa partie du chariot. Elle se demanda si elle ne devrait pas prendre son propre chariot.

— Est-ce que je prends trop de place ? demanda-t-elle d'un ton hésitant.

Il la regarda avec surprise.

— Tu veux dire, ce petit bout ? s'enquit-il avant de secouer la tête. Non, ce n'est rien. Tu as sûrement besoin de plus de choses que ça, n'est-ce pas ?

Elle le regarda benoîtement.

— J'aime les crudités et la sauce, et j'ai ce qu'il faut ici pour des sandwichs.

— C'est à peine suffisant pour garder un hamster en vie.

Doreen haussa les épaules, se dirigea vers le rayon fruits, trouva quelques pommes en promotion, et attrapa deux bananes à ajouter à son tas.

Il choisit un gros régime de bananes et mit en sac une douzaine de pommes.

Elle le fixait.

— Ça veut dire que tu manges trois ou quatre fruits par jour.

Il compta les fruits et haussa les épaules.

— Je ne retournerai sûrement pas au magasin la semaine prochaine, tu sais ?

Alors qu'ils marchaient dans l'allée, elle vit un homme qui leur souriait. Elle se figea, et quelqu'un derrière elle lui rentra dedans, ce qui la fit japper. Mack se retourna, et la personne derrière elle s'excusa.

— Désolée, c'était ma faute, admit Doreen, troublée.

Elle s'empressa de passer devant Mack.

— Qu'est-ce que ça veut dire ?

— Hornby, cingla-t-elle. Il est devant nous.

Pendant que Mack scrutait la foule autour d'elle, elle garda délibérément la tête baissée pour ne pas avoir à regarder Hornby. Alors qu'elle et Mack continuèrent leurs achats, elle trouva des champignons, mais leur prix était élevé. Elle aimerait vraiment en manger quelques-uns, ne serait-ce que pour les grignoter crus. Elle en emballa quatre petits et les déposa dans le chariot avec ses articles.

Mack se pencha vers elle et dit :

— Est-ce que tu achètes délibérément quelques articles parce que c'est tout ce que tu veux ou parce qu'ils sont chers ?

— Un peu des deux, avoua-t-elle.

Il ne dit pas un mot de plus, mais il remplit un sac de champignons et le jeta dans le chariot.

Elle le regarda et sourit.

— Tu utilises vraiment autant de nourriture ?

— Absolument. Il y en a beaucoup qui vont dans la sauce à spaghettis.

— Lesquelles ? s'enquit-elle.

Il gloussa et sépara le céleri, les oignons, les tomates et les champignons.

— J'ai une bouteille de vin rouge que je vais ouvrir et utiliser avec ça aussi.

— Intéressant. Du vin rouge dans un bourguignon peut-être.

— Tu sais cuisiner le bœuf bourguignon ? demanda Mack avec intérêt.

Elle secoua la tête.

— Non, mais j'aime le manger, répondit Doreen en fixant tous les légumes qu'il lui avait indiqués, avant d'ajouter, il serait intéressant de voir comment tu transformes tout ça en quelque chose de délicieux. Personnellement, je n'aime pas le céleri.

— Ça n'a pas d'importance, dit-il avec un sourire. Ça va dans la sauce des spaghettis. Et nous avons besoin d'ail aussi.

Elle le regarda avec fascination ramasser des petites gousses bizarres.

— Tu ne les fais pas cuire entiers avant de les servir avec du camembert ?

— Peut-être que *tu* les servais comme ça. Mais le reste du monde l'émince et le fait sauter avec de la viande.

Elle le suivit tandis qu'il ajoutait des œufs, du bacon, des steaks hachés et du lait dans le chariot, sa facture s'allongeant, et le cœur de Doreen aurait aimé se permettre la même chose. Mais, pour l'instant, elle ne pouvait pas justifier ce genre d'argent et savait encore moins comment cuisiner la plupart de ces produits.

Quand ils arrivèrent au rayon boulangerie, elle prit plusieurs miches de pain et pots de beurre de cacahuète pour accompagner son lait pour son thé et plus d'œufs pour une nouvelle omelette – et elle ajouta du fromage.

Mack regarda ses achats.

— Bon, ça pousse un peu, mais on dirait que je suis un cochon et toi un oiseau.

— Pas du tout, dit-elle. Je ne saurais pas quoi faire avec la plupart de ce que tu achètes.

— Bon point. Allons-y, conclut-il en désignant une caisse.

Doreen s'arrêta à la première caisse presque vide. Alors qu'elle déchargeait ses courses, elle leva les yeux et vit Hornby, deux allées plus loin, qui la fixait du regard. Ses lèvres étaient étirées en un large sourire.

— Ne regarde pas tout de suite, annonça-t-elle d'une voix que seul Mack pouvait entendre, mais il y a Hornby à onze heures.

Mack leva les yeux et regarda le gars qui lui causait des tracas.

— Qu'est-ce que ce sourire en coin signifie ?

— Je pense que ça a un rapport avec l'un des commentaires qu'il m'a faits.

— Qui était ?

Elle secoua la tête.

— Je ne veux pas en parler.

Mack lui lança un regard bizarre.

Doreen haussa les épaules.

— Je pense qu'on peut dire que Hornby fait partie de ces gens qui causent des problèmes.

— Ah oui ? C'est un nouveau talent, ou il a déjà causé des problèmes à l'époque aussi ?

— Je pense plutôt qu'il a causé une tonne d'histoires à l'époque, dit-elle. Il est probablement devenu plus subtil à ce sujet maintenant.

— Sacrée clairvoyance.

Elle haussa de nouveau les épaules.

— Pas vraiment. C'est juste la réalité. Les gens acquièrent de l'expérience et deviennent plus sournois pour causer de la douleur. Et ils apprennent à maximiser la douleur infligée. C'est la manipulation à son zénith.

Sentant son regard étrange, elle refusa de le regarder.

— Tu crois que Hornby avait quelque chose à manipuler ? interrogea Mack après un moment.

— Je n'ai rien cru de ce qui sortait de sa bouche, dit-elle, alors je suppose qu'il a un rapport énorme avec la disparition de Johnny ou de ses copains qui sont morts dans le véhicule.

Mack retint son souffle et son regard devint meurtrier alors qu'il étudiait le visage de Doreen.

— Tu penses que Hornby a quelque chose à voir avec leur mort ?

— C'est une des premières choses que j'ai pensées quand il a dit qu'il ne se souvenait de rien à propos de l'accident.

— Mais ça voudrait dire aussi que Susan était au courant

de tout.

— Selon son oncle, elle répétait à qui voulait l'entendre qu'un véhicule avait fait sortir les gars de la route.

— Et ? s'enquit Mack.

— Peut-être qu'un véhicule en est à l'origine, dit-elle ironiquement. Peut-être qu'elle essayait de le dire aux flics sans s'impliquer elle-même. Peut-être que le véhicule qui a fait sortir leurs amis de la route était celui qu'ils conduisaient.

Mack hocha la tête pensivement.

— Je n'ai rien vu dans les dossiers, mais je n'ai pas eu l'occasion de tout parcourir.

— Je suis certaine qu'il n'y a pas grand-chose là-dedans. Johnny s'est assis sur le banc, il buvait une bière, puis il a disparu. Personne ne sait soi-disant rien de lui. Pourtant, le médaillon dont il ne se séparait jamais, le véhicule qu'il adorait, et sa dague préférée ont tous été laissés derrière lui.

— Quand tu le dis comme ça, ajouta le policier, on dirait que quelque chose de très suspect s'est produit, n'est-ce pas ?

— Absolument, acquiesça-t-elle. Je suis sûre que Hornby y a joué un rôle important.

— On en revient à cette histoire de supposition.

— Absolument aucun moyen de prouver quoi que ce soit. Toutes les personnes impliquées sont mortes, sauf lui.

— Pratique, n'est-ce pas ? s'enquit Mack.

— Sauf que Susan est morte d'un cancer du sein, ajouta Doreen. L'année dernière, d'après ce que j'ai entendu.

— Hmm. Peut-être que nous devrions étudier cette mort de plus près.

Doreen se figea, se tourna lentement vers lui et demanda à voix basse :

— Tu penses qu'il aurait pu la tuer ?

— Je ne sais pas, répondit Mack. Ça dépend si elle est tombée malade et a changé d'avis, si elle a voulu purifier son âme d'un quelconque méfait.

— Et comment le saurions-nous ? demanda-t-elle en gloussant.

— Tu devrais peut-être parler à Richie, proposa-t-il.

— C'est une excellente idée.

Chapitre 18

UNE FOIS MACK parti, Doreen rangea les courses avant de s'asseoir de nouveau sous le porche avec une tasse de café.

— J'ai besoin d'un travail, afin que je puisse continuer à te boire. Tu parles d'une dépendance, dit-elle à celui-ci.

Pourtant, un travail à plein temps ne lui laisserait pas beaucoup de temps libre pour son hobby. Quelque chose qu'elle aimait de plus en plus chaque jour – bien sûr, elle surfait toujours sur la vague du succès, ce qui lui rappela son affaire actuelle. Parler à Richie était en haut de la liste des choses qu'elle devait faire.

Elle se demanda comment le contacter. Était-il juste de passer par Nan ? Et cela lui rappellerait-il de tristes souvenirs si elle lui posait des questions sur sa petite-nièce ? Ce n'était pas juste car elle était décédée seulement un an auparavant. Aurait-il déjà surmonté cette perte ?

Doreen sortit son téléphone et envoya un SMS à Nan, pour lui poser des questions sur la santé de la petite-nièce de Richie. Sa grand-mère l'appela sur-le-champ.

— Qu'est-ce que tu as découvert ?

— Pas grand-chose, répondit Doreen mollement. Je me demandais juste quel était son état d'esprit avant sa mort.

— Richie est assis ici, on joue au poker, indiqua Nan. Je te mets sur haut-parleur.

Doreen entendit des cartes claquer sur la table.

— Je suis là, dit un homme avec une voix masculine rauque. Qu'est-ce qui se passe avec ma petite-nièce ?

— Je suis désolée de vous déranger, s'excusa Doreen. Je m'interrogeais sur son état d'esprit avant sa mort.

— C'est quoi cette question ? demanda-t-il en renâclant. Elle était sacrément triste. Elle savait qu'elle allait mourir d'un cancer. Elle souffrait beaucoup aussi.

— A-t-elle montré des signes qu'elle voulait se confesser ou un traumatisme dont elle voulait s'absoudre ? interrogea Doreen en grimaçant. Je sais que c'est une façon un peu dure de le dire. Je voulais savoir si elle regrettait d'avoir fait quelque chose dans sa vie ou de ne pas avoir mieux agi.

Quelle idiote elle était. Mais c'était mieux que sa vraie question. Ce qu'elle voulait vraiment savoir, c'était si sa petite-nièce avait avoué des meurtres avant de mourir. Et qui pouvait répondre à cette question ?

— Elle était très mélancolique à la fin, dit Richie d'un ton bourru. Triste pour toutes les choses qu'elle ne pourrait jamais faire.

— Je suis désolée pour elle, offrit Doreen. Elle était encore jeune.

— Oui, acquiesça-t-il, mais elle savait aussi qu'elle payait le prix d'une vie difficile.

— Drogues et alcool, vous voulez dire ?

— Ça aussi. Elle volait aussi pendant un certain temps, à cause de sa dépendance à la drogue.

— Ah, alors peut-être qu'elle était triste pour ça ?

— Sans aucun doute. Mais si vous demandez si elle a quelque chose à voir avec la mort de ces deux garçons ou de Johnny, vous faites fausse route. C'était une âme très douce.

Doreen retint son souffle lorsqu'il mit le doigt sur ce qu'elle avait laissé entendre. Elle n'avait pas su trouver la bonne façon de le dire.

— Pensez-vous qu'il y ait une chance qu'elle ait été dans le véhicule qui a fait sortir les deux garçons de la route ? demanda-t-elle doucement. Si elle était passagère et que c'était Hornby qui conduisait ?

— Je ne sais pas, répondit Richie, d'une voix plus grave. Je dois cependant admettre que l'idée m'a traversé l'esprit une fois ou deux. D'après elle, le véhicule qui a percuté la voiture de Johnny était composé de nombreux morceaux d'autres véhicules, continua-t-il en plaisantant. C'était un véhicule qu'on ne peut pas rater.

— C'est ce que je veux dire. S'il y avait eu un autre véhicule sur cette route, les flics l'auraient sûrement trouvé.

— Eh bien, c'est ce qu'on pourrait penser. Mais la vérité est qu'ils n'ont jamais cherché. Susan a dit qu'elle leur avait donné la description à maintes reprises, mais, sans plaque d'immatriculation, ils ne pouvaient pas faire grand-chose. Ils ont lancé une alerte, mais le véhicule n'a jamais été revu.

Tout comme Johnny. Mais elle garda cette pensée pour elle.

— Vous souvenez-vous de sa description du véhicule ?

— Elle a dit que c'était une petite voiture avec beaucoup de morceaux de couleurs différentes. Mais je pense que la vraie question que vous devriez vous poser est, pourquoi quelqu'un a-t-il voulu les faire sortir de la route ?

— Oui. On en revient à l'absence de mobile.

— Sauf qu'ils se droguaient tous, renchérit Richie avec

une dureté qui la surprit. J'ai fait tout ce que j'ai pu pour que cette fille n'en prenne pas, mais, une fois entrées dans son système, elle était perdue.

— Je suis désolée, répéta Doreen. Je ne vais pas vous déranger plus longtemps. Si vous pensez à quoi que ce soit d'autre que Susan ait pu dire, ou si elle a pu tenir un carnet ou un journal intime ou autre, déclara Doreen avec espoir, dites-le-moi.

— Vous enquêtez vraiment sur la disparition de Johnny, hein ?

— Penny cherche toujours des réponses, dit Doreen sans hésiter. J'aimerais la voir les obtenir avant que « son temps ne soit écoulé ».

— Comme George. C'était une triste journée.

— Aussi le jour où George a aidé à identifier les deux garçons. Je suis sûre qu'au fond de lui, il avait peur qu'un de ces corps soit celui de Johnny.

— Je pense que nous avons tous pensé ça, admit Richie. C'était sa voiture. Alors qui d'autre aurait pu conduire cette saloperie ?

— Bien vu, conclut-elle avant de raccrocher.

Immédiatement, elle appela Mack.

— Hé, lança-t-elle dès qu'elle entendit sa voix. Peux-tu vérifier dans le dossier des affaires classées si quelqu'un a fait un examen médico-légal du véhicule dans lequel les deux hommes sont morts ?

— J'ai le dossier ici, déclara l'officier, mais je ne l'ai pas parcouru en entier. De toute évidence, l'équipe médico-légale a examiné le véhicule. Quel aspect te dérange ?

Elle sourit, heureuse qu'il ne lui demande pas de laisser tomber l'affaire.

— Nous sommes sûrs que c'était la voiture de Johnny.

Mais est-ce qu'on est sûr que, A : Johnny n'était pas dans le coffre, déjà mort ou mourant à cause de l'accident, et B : est-ce qu'une preuve médico-légale a montré quelque chose comme une tonne de sang pour dire que peut-être Johnny avait été là ?

— Après un tel incendie, le sang n'aurait pas été traçable, mais un corps dans le coffre aurait été trouvé, expliqua-t-il. Les notes ici indiquent que Johnny n'avait aucune raison de disparaître et n'a plus pris contact avec sa famille, mais personne n'a pu prouver d'une manière ou d'une autre qu'il était décédé. Il reste un cas de personne disparue.

— Est-ce que Penny ou George ont déjà effectué les démarches pour le déclarer légalement mort ? demanda Doreen.

— Aucune note ne figure dans le dossier à ce sujet, répondit Mack, et ce n'est pas nécessairement quelque chose qui aurait été suivi ici. Il faut poser la question à Penny.

— Peut-être, dit Doreen. Je ne suis pas sûre de la tolérance de Penny face à ces questions.

— C'est elle qui t'a demandé de te renseigner, non ? Donc, par conséquent, elle ne devrait pas avoir de problème à ce que tu demandes des précisions.

— Jusqu'à présent, elle a été correcte, mais je ne veux pas pousser trop loin.

— Je ne pense pas que tu comprennes ce que cela signifie. Tu pousses toujours tout, gloussa le policier.

— Je ne suis pas si mauvaise. Je comprends que *tu* puisses ressentir ça, admit-elle. Mais selon moi, cette affaire n'a aucun sens. Je veux dire, quand on a une famille qu'on aime, pourquoi s'en aller ?

— Laisse-moi te poser une question. Tu avais Nan, et tu

l'aimais beaucoup, et pourtant, combien de fois l'as-tu contactée les années passées ?

Elle ressentit ses mots presque comme un coup viscéral.

— Ce n'est pas juste.

— Non, ça ne l'est pas, mais des circonstances atténuantes dans ta vie t'ont empêché d'avoir une relation plus étroite avec Nan. Tu dois prendre en compte que peut-être quelque chose de similaire s'est produit dans la vie de ce jeune homme.

— Comme une épouse ? demanda-t-elle avec cynisme. Il est plus probable qu'il protégeait George et Penny.

Après un moment de silence, Mack finit par dire :

— C'est un angle que la police a dû examiner. La famille était-elle menacée ? A-t-on obligé Johnny à faire quelque chose pour mettre sa famille hors de danger ? On ne sait pas ce qui s'est passé à l'époque.

— Je pense toujours qu'il est lié au groupe de jeunes.

— Peut-être que oui, vu qu'il ne reste qu'une seule personne vivante de ce groupe.

— Je pense qu'une autre fille était aussi impliquée, ajouta Doreen. Quelqu'un d'un peu à l'écart, un peu comme Hornby était un peu à l'écart. Je ne connais pas encore son nom.

— Eh bien, retrouve-la, répliqua-t-il avec humour. Tu sembles avoir pris en charge cette affaire.

— Peux-tu me dire si la police prévoit des heures de travail pour cette affaire classée ?

— Ça dépend des résultats des tests sur le médaillon, indiqua-t-il sérieusement. Je m'attends à ce que ce soit seulement l'ADN de Johnny. Qui d'autre pourrait avoir déposé son ADN dessus ?

— Aucune idée mais ce serait bien si celui de quelqu'un

d'autre était dessus. Nous aurions au moins un suspect à examiner.

— À ce moment-là, l'affaire deviendrait très active et *nous* ne ferions plus rien, lui rappela Mack.

Le ton qu'il avait employé était celui qu'il utilisait quand Doreen devait s'effacer d'une affaire, ce qui la fit grommeler.

— Donc je t'apporte toutes les informations pour t'aider à faire avancer les choses, et ensuite tu me forces à me retirer ?

— Tu te souviens de la partie « C'est dangereux » ?

— Ce n'est pas ma faute, j'arrive toujours à la racine du problème, et, au moment où j'y arrive, les gens sont un peu énervés que je les aie découverts.

— Tout comme Cecily, dit Mack. Tu as eu des problèmes à la fin.

— D'accord, alors *tu* peux t'attirer des ennuis cette fois-ci, s'exaspéra-t-elle, en se levant d'un bond et en retournant à la cuisine pour reprendre du café. Je n'ai pas envie de mourir, tu sais ? Ce n'est pas comme si j'essayais de causer des problèmes. J'essaie d'apporter la paix et des réponses à Penny.

— Je comprends. Penny l'a compris, et peut-être que la moitié du monde comprendrait, mais celui qui pourrait être impliqué dans cette affaire n'en aura rien à foutre.

— Comme Hornby ?

— Il t'a vraiment troublée, n'est-ce pas ?

— Non seulement il est venu chez moi, commença-t-elle, mais il m'a aussi menacée, et ensuite il a flirté avec moi.

— Qu'est-ce qui t'a le plus dérangée ?

Elle retira son téléphone de son oreiller pour le fixer, en fronçant les sourcils.

— C'est quoi cette question ?

— Je me demandais si tu étais terrifiée à l'idée de te remettre en couple. Tu n'as jamais l'air mal à l'aise avec moi, mais Hornby t'a pris la tête et a insisté sur le problème.

Elle détestait la direction qu'il prenait.

— Peu importe, dit Doreen, en ignorant le sujet et Mack gloussa.

— Je serai là-bas dans quelques heures. Essaie de ne pas t'attirer d'ennuis.

Elle jeta son téléphone sur la table de la cuisine, regarda ses animaux et dit :

— Sortons et allons travailler dans le jardin. Peut-être que ça me fera me sentir mieux.

Normalement, le jardinage était une activité apaisante pour elle, un baume pour son âme troublée, sans compter qu'il lui permettait de faire un peu d'exercice et l'aidait à dépenser une certaine énergie refoulée.

Avec ses gants de jardinage, une bouteille d'eau et sa légendaire tasse de thé, elle se dirigea vers le coin arrière, où ils avaient arraché la clôture délabrée et les poteaux. Elle se dit que si elle faisait d'abord le plus gros du désherbage dans le coin le plus éloigné, peut-être que ce serait plus facile en se rapprochant de la maison.

Elle enfila ses gants après avoir posé sa bouteille et sa tasse. Le coin était rempli de ce qui ressemblait à d'énormes poches de marguerites, de rudbeckies hérissées, et peut-être d'échinacées. Il était difficile d'en être sûre, car la plupart des plantes ne montraient que le début de leur feuillage.

Elle étudia les feuilles pour confirmer que cette plante était vraiment une échinacée quand elle entendit un bruit doux. Elle se retourna mais ne vit rien. Puis elle entendit Mugs glapir – ce son bizarre qu'il faisait qui n'était ni un aboiement, ni un grognement, mais comme un reniflement lourd après un premier reniflement, avec un bruit de fond supplémentaire. Il se dirigea vers la clôture, mais ce n'était pas celle de Doreen, c'était celle de son voisin. Mugs se tenait là, examinant attentivement tout ce qui l'entourait. Goliath, pour ne pas être en reste, marchait à son aise. Puis il *s'envola* telle une traînée orange dorée.

Elle suivit le chat en se rapprochant du ruisseau.

— Goliath ! Goliath, reste ici s'il te plaît.

Au lieu de lui répondre, Goliath resta silencieux. Et le *« chuff-chuff-chuff »* continuait de venir de Mugs. Puis, dans un mouvement surprenant, Thaddeus sauta sur le dos de celui-ci. À ce moment-là, Mugs était tellement concentré sur la piste qu'il suivait qu'il n'eut pas semblé remarquer l'oiseau.

Elle étudia les deux avec précaution.

— Thaddeus, ce n'est pas la meilleure idée.

— Hue, Mugs. Hue, Mugs, cria l'oiseau d'une voix forte.

Doreen retint son souffle quand Thaddeus essaya de chevaucher son chien. Mugs fit quelques pas hésitants en avant, puis s'arrêta. Le perroquet enfonça ses griffes et donna un coup de bec sur la tête du chien. Mugs s'élança, en aboyant comme un fou, tournant en rond, comme s'il essayait de faire rebondir Thaddeus – ce qui ne fonctionna pas – mais finalement Mugs ralentit et revint au même endroit. L'oiseau, apparemment heureux de sa promenade, sauta et se pavana aux côtés du chien.

Doreen étudia la zone, essayant de comprendre ce qui les contrariait. La dernière fois qu'ils s'étaient comportés de la sorte, ce fut lorsqu'ils avaient trouvé une plaque d'immatriculation qui l'avait conduite à résoudre la précédente affaire non résolue sur Paul Shore. Cela avait été un exercice étonnant et très réconfortant, qui en valait la peine.

— Est-ce que ça a quelque chose à voir avec mon affaire actuelle ? demanda-t-elle à Mugs.

À présent, celui-ci ne pouvait plus quitter des yeux ce qui le dérangeait de l'autre côté du ruisseau. Thaddeus, par contre, lui lança un regard qui disait « *Tu es vraiment stupide* ».

Elle fusilla l'oiseau du regard.

Celui-ci ébouriffa ses plumes et l'ignora.

Elle aurait dû y être habituée maintenant mais ce n'était pas le cas.

Doreen se rapprocha de l'endroit où Goliath avait disparu. Les broussailles poussaient tout le long du ruisseau. Elle ne repéra pas le chat, mais elle crut voir sa queue s'agiter, faire des va-et-vient. Elle se glissa derrière lui, ne voulant pas l'effrayer et le faire tomber dans l'eau, mais en même temps, s'il chassait un oiseau ou quelque chose d'aussi charmant, elle le réprimanderait royalement.

Soudainement, Goliath se jeta en arrière à travers les broussailles, s'enroulant dans ses jambes, avant de dépasser Mugs.

Elle faillit trébucher et tomber en reprenant son équilibre. Elle fixa la traînée qui se dirigeait vers la véranda.

— Goliath, tu vas bien ?

Ne pouvant pas encore partir, elle retourna à l'endroit où il s'était trouvé, et, s'accrochant aux broussailles comme à une ancre, elle rampa sur quelques mètres vers le ruisseau. Deux ou trois semaines auparavant, l'eau était glaciale. Elle espérait que l'eau du ruisseau s'était réchauffée, avec tout le soleil et, espérons-le, sans la fonte des neiges. Si elle tombait dedans, l'eau aurait dû être assez chaude à cette époque de l'année.

Se tenant à quelques centimètres du ruisseau, elle inspecta la zone que Goliath semblait regarder. Mais il n'y avait rien. Elle s'accroupit plus bas et soudain, Mugs fut à ses côtés et reniflait partout. Thaddeus, fit de même, sauta sur son épaule, et tous trois regardèrent l'eau.

Chapitre 19

Samedi après-midi...

— OK, LES gars. Vous commencez vraiment à me faire peur, dit Doreen. Nous ne sommes pas censés trouver d'autres corps. Vous vous souvenez ?

Mugs lui lança un drôle de regard.

— La bonne nouvelle, c'est que je ne vois rien.

Elle regarda dans la direction de la maison de Penny. Ce n'était pas loin du ruisseau non plus.

Doreen eut un mauvais pressentiment et se demanda si Johnny avait été assommé puis jeté dans le ruisseau.

— Non, non, non, répéta-t-elle. C'est absurde. On n'aurait pas pu faire ça sans trouver un corps depuis tout ce temps.

Après tout, les fortes inondations des décennies passées avaient envoyé un camion de grande taille dans ce même ruisseau, et même le bras et la main de la pauvre petite Betty Miles. Alors qui aurait su ce qui aurait pu passer devant la maison de Doreen ? Mais quand même, elle ne voulait pas y aller. Pas encore.

Elle tendit une main pour la plonger dans le ruisseau, et Mugs grogna. Elle se figea.

— Qu'est-ce qui t'arrive ? demanda-t-elle. Est-ce que tous les animaux sont devenus fous dernièrement ?

Mais son regard était toujours fixé sur l'endroit du ruisseau devant elle. Elle creusa autour mais ne vit et ne sentit rien. Rien ne reflétait la lumière du soleil. Tout semblait être à sa place.

Elle retira quelques pierres dans le ruisseau, et l'eau se précipita pour remplir ces trous, soulevant une partie du sable en dessous. Incapable de s'en empêcher, elle enleva ses tongs et entra avec précaution dans le ruisseau. C'était *assez chaud*. Elle commença à retirer une partie de la rive boueuse, dégageant une zone beaucoup plus grande dans le lit du ruisseau, permettant à l'eau d'entrer et de sortir, emportant une grande partie du sable avec elle. En quelques minutes, il n'y avait plus que la couche de roche. Elle aimait comment l'eau se mouvait de cette façon.

Elle ne vit toujours rien d'anormal. Elle remonta le ruisseau dans la direction de Penny, Mugs se rapprochant de plus en plus. Finalement, elle le regarda et lui demanda :

— Tu veux prendre le relais ?

Il se mit à aboyer sans cesse.

Doreen soupira et continua à creuser.

— Il vaudrait mieux que ça en vaille la peine, marmonna-t-elle.

Alors qu'elle déplaçait des pierres dans l'eau, un petit objet remonta à la surface et se mit à flotter. Elle attrapa le petit morceau de bois. Elle était sur le point de le jeter sur le côté quand elle vit *Johnny* rayé sur un côté. En regardant de plus près, ce n'était pas un seul morceau de bois mais deux morceaux de bois cloués en croix avec son nom sur la traverse. Elle s'assit sur la berge à côté de Mugs qui reniflait sa nouvelle trouvaille.

— OK, c'est un peu effrayant, déclara Doreen.

Elle le posa sur le chemin et prit une photo avec son téléphone, l'envoyant immédiatement à Mack. Thaddeus s'approcha en se dandinant et inclina sa tête pour la fixer. Pour une fois, il était calme. Elle s'imaginait bien les jeunes de leur groupe fabriquer cette croix, comme une sorte de mémorial. Mais pourquoi ici ? Surtout si le corps de Johnny n'avait jamais été retrouvé. Ce qui signifiait que sa mort n'avait pas encore été confirmée.

Son téléphone sonna.

— Qu'est-ce que c'est ? interrogea Mack.

— Ça ressemble à une petite croix avec le nom de Johnny dessus, expliqua-t-elle. Cette chose fait seulement quinze centimètres de long et peut-être dix centimètres de large. Mugs l'a trouvée dans le ruisseau. En fait, il s'agit peut-être de Goliath.

Le policier grogna.

— Sérieusement ?

— Que veux-tu que je dise ? s'offusqua-t-elle. Je travaillais dans le jardin, et Goliath a couru ici. Et Mugs a commencé à glapir.

— À glapir ? s'enquit Mack.

— Hé, Mugs. Est-ce que tu pourrais glapir un peu pour que Mack puisse t'entendre ?

Mais Mugs se contenta de bâiller.

— Bon, il ne le fait pas en ce moment, indiqua-t-elle.

En entendant le rire à peine étouffé de Mack, elle s'empressa de dire :

— *Mais* il le faisait… Et Mugs ne voulait pas non plus partir de la zone – du moins pas après que le chat effrayé est rentré à la maison – alors j'ai creusé une section le long de la rive pour élargir un peu le ruisseau, et j'ai enlevé quelques rochers dans le ruisseau lui-même pour que l'eau circule mieux. Plus je m'approchais de l'endroit où il était enterré, plus Mugs aboyait. Puis il est devenu complètement indifférent à la minute où cette chose a fait surface.

— Pourquoi penses-tu que c'est une chose commémorative ?

— Tu sais, quand quelqu'un meurt le long d'une route, on y met une croix en guise de souvenir ? C'est à ça que ça ressemble. C'est manifestement vieux. On dirait qu'elle est dans le ruisseau depuis on ne sait quand, et il y a le nom de Johnny dessus.

— Tu penses que quelqu'un l'a jetée dans le ruisseau ou l'a laissée debout à proximité en hommage à Johnny ?

— C'est à ça que ça ressemble. Mais tu sais quoi ? Ne me fais pas confiance. Quand tu viendras, je te montrerai.

— Tu l'as déjà sortie et tu m'as envoyé une photo. Comment saurai-je où c'était ?

— Je vais prendre un bâton, dit-elle en attrapant une branche cassée, et marquer où je l'ai trouvée. Qu'est-ce que tu en dis ?

— Ça me va, répondit-il. J'ai encore besoin de quelques heures pour finir chez ma mère.

— D'accord, j'ai de quoi m'occuper en attendant. Bien sûr, maintenant…

— *Bien sûr, maintenant* rien. Trouver la façon de quelqu'un de dire au revoir à un vieil ami ne signifie pas quelque chose de plus sinistre que ça.

— Non. Mais j'aimerais bien savoir qui l'a jetée ici… Et pourquoi ils ont choisi le ruisseau comme site commémoratif, admit-elle avant de raccrocher.

Elle envoya la photo à Penny puis l'appela.

— Hé, je viens de vous envoyer une photo. J'ai trouvé

quelque chose dans le lit du ruisseau. Je pensais au fait que votre maison n'était pas loin du ruisseau lui-même. Bref, j'ai trouvé une petite croix minuscule avec le nom de Johnny dessus.

— Je viens de regarder la photo, dit Penny à Doreen. Je n'ai aucune idée de ce que c'est ou de qui l'aurait fait.

— Ce n'est pas un travail d'orfèvre. C'est assez rudimentaire, déclara Doreen en hésitant, assise près de l'objet et du ruisseau. Ça m'a rappelé la façon dont les gens accrochent des couronnes et des croix sur le bord de la route lorsqu'il y a un décès.

— Exactement, acquiesça Penny. Mais mettre ça le long du ruisseau implique qu'il s'est peut-être noyé ?

— L'année où il a disparu, c'était l'année des fortes inondations. Est-ce que Johnny savait nager ?

— Oh, absolument, mais pas bien, répondit Penny. C'est aussi l'année où Paul Shore a disparu.

Doreen s'assit lourdement.

— C'est vrai. D'autres enfants n'ont-ils pas disparu à l'époque ? demanda-t-elle, sa voix ressemblant un peu à ce qu'elle ressentait à l'intérieur, redoutant d'entendre sa réponse. Il y a eu d'autres garçons disparus, non ? Si je me souviens bien, deux.

— En effet. Je ne me rappelle pas combien. Ni de leurs noms. Encore une fois, vous devriez parler à Mack parce que c'était il y a longtemps. Mais je pense que vous avez raison. Deux petits garçons ont disparu. C'est une des raisons pour lesquelles je pense que la ville s'est retournée contre l'homme à tout faire Henry Huberts si rapidement parce qu'ils l'ont soupçonné dans les disparitions des trois enfants.

Doreen resta silencieuse, réfléchissant à ces autres affaires non résolues, son téléphone portable à l'oreille.

Penny finit par dire d'un ton prudent :

— Mais je ne vois pas ce que cela a à voir avec la disparition de Johnny.

— Vous avez dit dans votre lettre qu'il a disparu en août de cette année-là, non ?

— C'est exact.

— Et maintenant, on nous rappelle les horribles inondations qui ont eu lieu plus tôt cette même année ; et aujourd'hui, je trouve une croix avec le nom de Johnny sur la rive du ruisseau. Peut-être que quelqu'un l'a tué accidentellement. Peut-être qu'ils se sont disputés et que Johnny s'est noyé, ou peut-être qu'il s'est perdu dans l'eau, et qu'ils ont eu peur d'être accusés, proposa Doreen.

Penny fut silencieuse, pensive, avant de dire quoi que ce soit.

— On le mettait toujours en garde contre les dangers des inondations quand il était plus jeune. Il n'aimait pas être près de l'eau. Il ne voulait jamais aller au lac, même si nous vivons dans l'un des endroits les plus magnifiques du monde.

— Et les gens font souvent du kayak sur ce ruisseau, n'est-ce pas ? Pas à cette période, évidemment, car il n'y a qu'un peu d'eau, bien que… – elle regarda autour d'elle – je suppose qu'elle monte à vitesse régulière.

— Oh, oui. On peut faire du canoë, du kayak, du float tube tout l'été tant qu'il y a de l'eau. C'est tout à fait l'endroit. C'est toujours bas au printemps, mais ça monte chaque mois jusqu'à la fonte des neiges dans les montagnes et puis…

— D'accord, dit Doreen en hochant la tête, mais bien sûr, Penny ne pouvait pas voir ça au téléphone. Mais, en période de hautes eaux, ça aurait été dangereux.

— Oui. Je crois que Paul Shore a disparu en mai de la

même année, au moment de la grande inondation. Johnny a disparu plus tard dans l'été, ajouta Penny. L'eau devait être revenue à un niveau normal à ce moment-là.

— OK. C'est bon à savoir. Je suppose que d'ici le mois d'août, les niveaux d'eau sont beaucoup plus bas, n'est-ce pas ?

— Oui, même si les eaux de crue ont atteint un niveau très élevé cette année-là et ont provoqué un sacré chaos plus tôt. Mais, une fois que la forte crue fut passée, avec la fonte des neiges des affluents dans le ruisseau principal, le niveau de l'eau a continué à baisser… Je sais que Johnny a passé pas mal de temps avec ses copains au ruisseau, mais surtout à boire et à traîner, pas à nager ou autre chose du genre. Je ne pense pas que nous ayons un jour imaginé qu'il aurait pu se noyer.

— C'est parce que, si le niveau de l'eau était bas, et qu'il s'était noyé, son corps aurait déjà été retrouvé, renchérit Doreen calmement, en regardant le ruisseau calme devant elle. Ce qui nous ramène à quelqu'un qui a caché le fait que Johnny était mort. Y a-t-il une chance que l'un des enfants impliqués avec lui ait quelque chose à voir avec ces deux petits garçons disparus ?

— Je n'en ai aucune idée, répondit Penny, surprise. Je ne me souviens d'aucune rumeur à cet effet. Je sais juste que les deux petits garçons ont disparu cette année-là, et je pense que c'était au début de l'année, avant même la disparition de Paul. Mais vous l'avez retrouvé. On n'a jamais retrouvé les deux autres.

— Une fois Johnny disparu, c'est là-dessus que vous vous êtes concentrés.

— Bien sûr. George était un bon kayakiste. C'était un très bon nageur, et il essayait toujours de pousser Johnny à pratiquer la natation, mais ce dernier était très réfractaire à l'idée.

— Il a pu résister simplement parce que son grand frère lui demandait d'en faire, plaisanta Doreen, en ramassant une petite pierre avant de la jeter dans le ruisseau.

— Tout à fait possible. Mais George a beaucoup insisté, car, pour lui, c'était une question de sécurité. Une de ces compétences élémentaires que tout le monde devrait apprendre, dit Penny très sérieusement. Comme apprendre à conduire.

— Je suis tout à fait d'accord, acquiesça Doreen en hochant à nouveau la tête. Bref, je voulais juste vous faire savoir ce que j'avais trouvé.

Elle se leva et frotta l'arrière de son pantalon.

— Je n'arrive pas à croire tout ce que vous trouvez. Je veux dire, c'est un progrès majeur. J'ai trouvé la dague, mais on vient juste de trouver son médaillon, et maintenant vous avez trouvé cette croix effrayante.

Doreen était d'accord avec Penny sur la description. Après avoir raccroché, Doreen ramassa la croix et la transporta jusqu'à la véranda, où elle la posa sur la petite table. Elle l'étudia pendant un long moment. Le petit morceau de bois avait une forme assez uniforme, comme si les bords étaient plus courts sur le haut de la traverse et plus larges sur le bas, comme si c'était peut-être une tentative délibérée de conception. Et le nom avait été gravé dessus avec un couteau, pensa Doreen. Pas très profond, mais il n'a pas été brûlé ou gravé avec un outil pour brûler le bois. Dans l'ensemble, il n'était pas aussi grossièrement fabriqué qu'elle l'avait d'abord pensé, mais il était bien fait, d'autant plus qu'il avait survécu à toutes ces années dans l'eau. À moins qu'un autre Johnny ait disparu. Doreen gémit quand elle eut cette idée.

— C'est un nom *commun*, marmonna-t-elle. Et il y a de fortes chances que quelqu'un d'autre portant ce nom soit mort, et que cela fasse référence au Johnny de quelqu'un d'autre.

Sur cette note, elle décida de jeter un coup d'œil aux décès et aux autres Johnny disparus dans la région à peu près à la même époque que Johnny Jordan.

De retour à l'intérieur, elle se prépara un sandwich pour le déjeuner, puis s'installa devant son ordinateur portable pour rechercher les noyades de toute personne portant le nom de Johnny. Elle en trouva deux au cours des trente dernières années : l'une plus proche de Fintry, qui se trouvait à presque une heure de route au nord du lac, de l'autre côté. Les courants du lac fonctionnaient de manière étrange et merveilleuse, et les corps flottaient de sorte qu'ils pouvaient se retrouver un peu partout.

Le second Johnny était de Kelowna mais avait disparu d'un bateau au milieu du lac alors qu'il était en train de boire. Elle grimaça à cette pensée. Apparemment, un grand groupe de jeunes hommes et femmes, dix-neuf en tout, était sur un grand bateau de fête. Un des gars était passé par-dessus bord. Personne ne l'avait remarqué avant qu'il ne soit presque sous l'eau. Deux hommes avaient sauté dans le lac pour le secourir mais l'avaient perdu dans les profondeurs obscures. Son corps n'avait jamais été retrouvé.

Cela lui donna des frissons dans le dos à cause des similitudes. Mais ce Johnny-là avait disparu il y a dix-neuf ans, ce n'était donc pas le Johnny que Doreen recherchait. Mais si de grands groupes de jeunes gens faisaient la fête sur le lac il y a dix-neuf ans, c'était certainement le cas il y a vingt-neuf ans.

Puis elle chercha des enfants disparus nommés Johnny.

Le seul qui apparut était Johnny Jordan. Puis elle chercha des John, Johnny avec des orthographes différentes, Johan même, etc. La croix était très certainement pour un Johnny avec un *Y*. Après cela, elle chercha des victimes d'accidents de voiture parce que, si quelqu'un avait eu un enfant qui avait été tué dans un accident de voiture, mais que son endroit préféré était le ruisseau, sa mère aurait très bien pu avoir laissé un souvenir au niveau du ruisseau le plus proche de l'endroit où il était mort.

Doreen se raccrochait à n'importe quoi mais n'avait pas beaucoup d'autres options pour le moment.

Elle prit son sandwich. En entendant un bruit bizarre, elle se retourna et vit Thaddeus assis sur la table de la cuisine, qui la regardait. Il inclinait la tête sur le côté et la hochait, comme s'il voulait qu'elle comprenne. Elle retira une tranche de concombre de son sandwich et la posa devant lui. Il la picora sur-le-champ.

Miaou.

Elle jeta un coup d'œil à Goliath, qui fixait un morceau de jambon accroché au coin de son sandwich. Elle grommela mais arracha le morceau et le mit devant lui. Mugs sauta et posa ses pattes avant sur sa chaise, son air le plus triste sur son visage. Elle soupira et lui donna un morceau de fromage.

— C'est fini, les garçons.

Bien sûr, ils ne l'écoutèrent pas. Elle se tourna pour ne pas les voir et termina rapidement son sandwich, puis mit son assiette dans l'évier.

— Qu'est-ce que vous en pensez ? On retourne dans le jardin ?

Mais les animaux étaient déjà en train de courir vers la porte arrière. Elle gloussa, attrapa une paire de gants secs et sortit.

Elle s'arrêta de travailler à 16 heures. Elle avait chaud et transpirait ; ce qui avait commencé comme des conditions de travail parfaites avait fini par devenir vraiment suffocant. Elle avait réussi à désherber et à creuser joliment un espace de deux mètres sur trois. Le carré de marguerites était absolument magnifique. Elles avaient besoin d'eau maintenant qu'elle avait clairement perturbé leurs racines. Elle eut du mal à amener le tuyau jusqu'à l'arrière de sa propriété, elle finit donc par connecter plusieurs tuyaux pour atteindre cette plate-bande, et les arrosa en pleine chaleur.

Lorsqu'elle jeta un coup d'œil au lit suivant, les échinacées s'entassaient et étaient fortement feuillues, réclamant de l'attention.

— Vous êtes les prochaines.

Puis elle aspergea Mugs avec le tuyau. Il courut partout, sautant sur les gouttes. Goliath n'était pas visible, probablement parti fureter dans les buissons le long du sentier. Thaddeus était assis au sommet d'un rocher, buvant l'eau fraîche qui s'était accumulée sur le sol. Elle rit, alluma le jet d'eau au-dessus d'elle pour se rafraîchir un peu, puis retourna à la maison pour fermer l'eau.

Avec Mack qui arriverait bientôt, il était temps de prendre une douche. Elle estimait avoir assez travaillé pour la journée. À ce rythme, il lui faudrait des mois pour reprendre le contrôle de son propre jardin. Et cela sans planter, repiquer, ou incorporer de nouveaux éléments. Mais c'était sa maison, son temps et son énergie, alors elle ferait ce qu'elle voulait, quand elle voudrait. En fonction de ses finances, bien sûr.

Chapitre 20

Le samedi soir...

DANS LA CUISINE, le temps que Mack arrive, Doreen avait mis du café à couler, puis nettoyé le plan de travail et la table afin qu'il puisse lui dévoiler sa magie.

Celui-ci entra, posa des provisions supplémentaires sur le comptoir et lui sourit.

— Tu es prête ?

Elle désigna le sac.

— Je pensais qu'on avait déjà tout. Ce n'est pas ce qu'il y a dans mon frigo ?

— On avait presque tout, mais je n'ai pas acheté de pâtes. Tu te souviens ?

Elle fronça les sourcils, puis haussa les épaules.

— Honnêtement, non.

Il sortit une bouteille de vin rouge de son sac et la déposa sur la table.

Doreen étudia l'étiquette.

— Je n'ai jamais vu ça, dit-elle, en le regardant. Je ne suis pas une grande passionnée de rouge, mais j'aime le blanc et le rosé. Surtout ce qui pétille, ajouta-t-elle en souriant malicieusement.

— Bienvenue dans « La vraie cuisine », plaisanta-t-il. C'est une bouteille de vin bon marché. C'est bon, et c'est local. En plus, c'est absolument parfait de boire un verre pendant que tu prépares la sauce pour les pâtes avec une partie de ce vin.

— Intéressant.

Elle le regarda déballer quelques autres éléments mystérieux qu'elle ne reconnaissait pas.

— Tu t'occupes des pâtes. Je m'occupe de la sauce, dit Mack en la chassant gentiment.

— Si je savais comment faire, dit-elle en souriant légèrement, alors je sauterais sur l'occasion et je m'y mettrais.

— Sors ta plus grande casserole, commença-t-il avant de s'arrêter et de froncer les sourcils. Je n'avais pas pensé à ça... As-tu des casseroles ?

Elle leva un doigt en l'air.

— Moi, non, mais Nan, oui.

Elle se dirigea vers l'un des placards du garde-manger et l'ouvrit.

— Quelle taille de casserole veux-tu ?

Il la rejoignit, en se frottant les mains.

— Voilà ce que je cherchais.

Mack passa ses mains à l'intérieur et en sortit une casserole de taille convenable avec deux petites poignées sur les côtés.

— Cette cocotte fera l'affaire.

Doreen le regarda avec curiosité. Elle n'avait jamais entendu ce terme auparavant et ne savait pas comment il pouvait s'appliquer. Ce n'était pas une poule, et quel rapport avec les gallinacés ? Ou est-ce que c'était supposé imiter la forme d'une poule ? Réticente à demander et paraître encore plus idiote, elle ferma la porte du placard et regarda le policier l'amener à l'évier.

— Lave-la sommairement et rince-la, puis remplis-la d'eau jusqu'ici, indiqua-t-il en traçant une ligne imaginaire à l'intérieur de la casserole.

Obéissante, elle se posa devant l'évier et fit ce qu'il avait demandé. Nettoyée et rincée, elle attendit que la casserole se remplisse. Elle ferma l'eau et se retourna vers lui.

— Ensuite ?

— Mets-la sur le grand brûleur au fond de la cuisinière, répondit-il.

Il s'affairait à hacher des oignons et de l'ail, et elle vit qu'il avait pris une autre casserole pendant qu'elle remplissait la sienne. Elle était sur le brûleur de devant. Elle renifla l'arôme provenant de sa casserole pendant qu'elle soulevait la sienne pour la placer sur le brûleur arrière. Ceci fait, elle se pencha pour renifler la casserole devant elle. Mugs tendit ses pattes avant vers la porte du four et renifla. Il avait raté pas mal de bonnes odeurs lui aussi.

— Qu'est-ce que c'est ? Du beurre et de l'ail ?

— Du beurre avec un peu d'ail, et un tas d'aromates. Si tu utilises des herbes séchées, les réchauffer libère les arômes.

— Je suis tout à fait d'accord avec ça, dit Doreen. J'ai rarement senti quelque chose d'aussi parfumé.

Il ricana, tout en remuant le contenu, avant d'ajouter les oignons fraîchement émincés, puis du bœuf haché. Elle le regarda prendre calmement une spatule en bois et remuer le mélange.

— Quand sais-tu que c'est bon ?

— Quand la viande devient brune et que les oignons deviennent translucides, répondit-il. L'ail, tu n'as pas vraiment à t'en soucier car il cuit très vite.

Cette association lui ouvrait vraiment l'appétit.

— Je ne sais pas ce qu'il y a d'autre là-dedans, mais j'ai envie d'y goûter tout de suite.

— C'est exactement ce que ça doit sentir, indiqua-t-il.

Elle était fascinée de le voir ajouter d'autres ingrédients. Quand elle se demanda ce qui allait suivre, il tendit le bras et mit la casserole d'eau à feu vif.

— Prends l'huile d'olive, demanda-t-il.

Doreen le regarda de travers.

Il leva un sourcil.

— On t'a sûrement servi de l'huile d'olive avec tes plats raffinés ?

Elle hocha la tête.

— Je dois donc chercher une de ces petites bouteilles en verre que l'on débouchonne et qu'on verse ?

Les sourcils de Mack firent un bond.

— Dans ton monde, peut-être, mais dans le mien, on ne verse pas de l'huile d'olive dans une bouteille en cristal juste pour pouvoir la ressortir, gloussa-t-il. Personne n'a le temps pour ça.

Il désigna la table de la cuisine. Il y avait une autre bouteille à côté du vin.

Elle la prit et lut l'étiquette. *Huile d'olive.*

— Ce n'est pas censé indiquer *extra-vierge ?*

— C'est le cas. Lis les petits caractères en dessous.

Elle plissa les yeux.

— J'aurais pensé que les petits caractères étaient plus gros.

Doreen lui tendit la bouteille.

— C'est probablement le cas sur *tes* bouteilles, rétorqua-t-il d'un ton sec.

Il dévissa le bouchon et versa un peu d'huile d'olive dans la cocotte.

— Je compte jusqu'à trois et je me dis que c'est bon.

Elle regarda la quantité qui nageait à la surface de l'eau.

— Comment suis-je censée apprendre si tu ne mesures pas ?

— Tu prends des notes ? s'enquit-il, alors qu'il hachait à présent des tomates et du céleri.

Elle haleta, attrapa son téléphone sur le comptoir, et commença à tout filmer.

— J'ai complètement oublié.

Elle hésita, se demandant si elle devait lui demander de recommencer, mais il dut sentir ce qu'elle allait dire car il leva une main.

— Économise ta salive. Je ne recommence *pas* à zéro.

Doreen soupira.

— D'accord, mais, sur la vidéo, pourrais-tu au moins me dire ce que tu as fait et les quantités ?

— Une livre de bœuf haché, deux gousses d'ail écrasées, un oignon entier émincé, et cuit jusqu'à ce que la viande soit brune et l'oignon translucide. Quant aux herbes, eh bien, c'est un peu difficile de s'en souvenir, expliqua-t-il. Je suis un cuisinier qui ne mesure pas. J'ajoute un peu de ceci et un peu de cela.

— Un peu de quoi, cette fois ?

— En premier, l'origan, le thym et la marjolaine, un peu de paprika…

Mack se tut en versant ses tomates fraîchement coupées, son céleri et un autre ingrédient, dont Doreen n'avait pas connaissance. Elle se pencha et demanda :

— Qu'est-ce que c'est ?

— C'est une feuille de laurier. Ne t'inquiète pas, je l'enlèverai avant que ce soit servi.

Elle n'avait jamais vu ça avant. Il avait pris une feuille,

comme une de ses plantes dehors, et l'avait mise dans sa sauce. Au lieu d'être d'un vert éclatant, elle était sèche, cassante. Il ajouta ensuite ce qui ressemblait à des tomates en conserve.

— Pourquoi fraîches *et* en boîte ?

— Parce que ce sera trop sec si je n'ajoute pas de liquide, expliqua-t-il, et je n'avais pas assez de tomates fraîches.

Elle hocha la tête, comme si c'était logique, mais, de son point de vue, ça faisait une tonne de tomates fraîches. Pourtant, l'arôme se dégageait magnifiquement.

Il désigna la casserole avec l'eau et l'huile d'olive.

— Maintenant, prends le sel et mets-le dans cette casserole.

Obéissant, elle se dirigea vers la table, prit une salière et la secoua deux fois.

— Plus, ordonna-t-il.

Elle secoua à nouveau.

— Plus.

Elle secoua à nouveau.

— Plus, répéta-t-il.

Finalement, elle le fixa d'un air exaspéré.

— Quelle quantité de sel veux-tu là-dedans ?

Il retira le bouchon, en versa un peu dans sa main et jeta le tout dans la casserole d'eau.

— Autant de sel c'est vraiment mauvais pour toi.

— Ça va dans l'eau, rétorqua-t-il. Nous ne buvons pas l'eau, et je ne l'ajoute pas à la sauce. On va mettre des pâtes dans l'eau. Elles auront juste la bonne saveur. Puis on les égouttera, donc on laissera tout ce sel derrière nous.

Elle fronça les sourcils, pas sûre de le croire, marmonnant que trop de sel était mauvais pour la santé.

Mack l'ignora, ce qui était probablement une bonne

chose. Puis il prit le couvercle et le posa sur la casserole d'eau avec un peu plus de force que nécessaire.

Pour se venger de lui, elle attrapa sa tasse et se servit du café, mais pas à lui.

Il posa la cuillère, croisa les bras sur son torse et la fixa du regard.

— Eh bien, ce n'est pas comme si tu étais gentil, répliqua-t-elle en haussant les épaules.

— Je te prépare le dîner.

— Ce n'est pas juste, dit Doreen en plissant le nez.

Il la regarda fixement, d'un air étonné.

— Pourquoi n'est-ce pas juste ? Tu devrais *me* verser une tasse de café quand je *te* prépare à dîner.

— Tu as demandé à me faire à dîner il y a un moment. Alors maintenant tu prends quelque chose d'il y a quelques jours et tu l'avances à aujourd'hui pour arriver à tes fins.

Il resta planté là, confus, puis secoua la tête.

— Oublie ça. Personne ne pourrait arriver à ses fins avec ça.

Elle décida qu'elle devrait probablement être gentille de toute façon. C'était un invité, après tout. Elle prit une tasse propre dans la pile de Nan et lui versa du café.

— Merci, dit-elle en posant la tasse à côté de Mack.

Une fois de plus, il regarda la tasse et dit :

— Tu as dit *merci*. Ce n'est pas moi qui devrais te *remercier ?*

— De rien, corrigea-t-elle, en souriant.

Il pouffa et se remit à remuer dans sa cocotte.

— Toi et Nan avez beaucoup en commun.

Doreen le regarda avec méfiance.

— Je ne pense pas que ce soit un compliment de ta part.

Elle baissa les yeux sur la tasse du policier avant de le

regarder directement.

— Bois une gorgée avant de dire quoi que ce soit, car je suis sûre que ce qui sortira de ta bouche ne sera pas gentil.

— Nan est une femme formidable.

Elle commença à se sentir mieux.

— Mais elle est aussi parfois folle à lier.

Elle posa sa tasse avec fracas.

— Tu veux dire que je suis folle aussi ?

— Non, mais la folie entraîne la folie.

Elle le fixa, essayant de comprendre.

— Oublie ça. Maintenant je vais laisser mijoter tout ça.

Elle vérifia le contenu de sa marmite qui, d'une manière ou d'une autre, s'était transformée d'un tas de morceaux d'ingrédients différents, séparés et distincts, en cette sauce de belle apparence.

— Comment est-ce que ça a pu passer de l'un à l'autre si rapidement ?

— La cuisine, répondit-il de façon concise. C'est tout ce qu'il faut : laisser mijoter. Nous ajouterons un tas de poivrons, puis nous laisserons mijoter encore un peu pendant que nous buvons notre café.

Elle acquiesça.

— Et l'eau des pâtes ?

— La cocotte est assez pleine, il faudra encore dix minutes pour la faire bouillir, peut-être plus.

— Est-ce que c'est un de ces plats qui est meilleur le lendemain ? s'enquit-elle en regardant la casserole de sauce spaghettis avec suspicion.

Elle n'avait jamais vu quelque chose de semblable.

— Oui, en quelque sorte. Plus ça mijote, meilleur c'est.

— Donc on ne peut pas le manger aujourd'hui ? s'horrifia-t-elle.

— Si, dit Mack avec un grand sourire. Je suis affamé.

— Moi aussi, admit-elle. J'ai mangé un sandwich tout à l'heure, mais j'ai également beaucoup travaillé dans mon jardin, alors je suis aussi fatiguée.

Il regarda le jardin et désigna le coin le plus éloigné.

— Bien, et j'ai presque oublié. Où est la croix ?

Elle se dirigea vers la table de la salle à manger et désigna la croix adossée à la petite fenêtre.

— Là.

Le policier s'approcha mais ne la toucha pas pendant un long moment. Puis il la ramassa et vérifia comment les deux morceaux de bois étaient attachés.

— Ils ont utilisé un clou.

— Et donc ?

— Ce n'est pas une pointe, expliqua Mack. N'importe qui aurait pu utiliser une pointe, mais ils ont utilisé un clou, ce qui signifie que quelqu'un possédait un bon équipement car il a été planté avec une cloueuse pneumatique.

Il fit tourner l'objet dans sa main.

— Il est tout aussi probable qu'un père l'ait fabriqué pour son enfant afin de graver le nom et de le placer où il le voulait. Pour les aider à faire face à la perte d'un ami, ajouta-t-il.

— Ce qui veut dire que ça aurait pu être n'importe qui.

Doreen se pencha plus près pour voir de quoi il parlait.

— Ça ressemble à une agrafe.

— Presque. Mais ça ne vient pas d'un pistolet à agrafes. C'est beaucoup plus fin. Et il y en a deux. C'est pourquoi ce que tu vois ressemble à une agrafe.

Elle ne comprit pas tout, mais, tant qu'il se comprenait lui-même, cela lui convenait.

— Ça te dit quelque chose ?

— Non. Mais on voit des objets similaires sur les lieux d'accidents et souvent sur les scènes de crimes. C'est dans la nature humaine de vouloir honorer une mort difficile.

Il remit la croix en place devant la fenêtre.

— Je me suis dit qu'elle avait été fabriquée spécialement dans ce but, dit Doreen, parce qu'on peut voir à quel point la traverse est uniformément centrée et comment les extrémités descendent en angle. Ce n'est pas comme si c'était juste deux morceaux de bois flotté déchiquetés attachés ensemble.

— Tu as raison, acquiesça-t-il. En plus, *Johnny* est gravé.

— Exactement. Mais je ne comprends pas pourquoi. Je me suis posé la question et j'ai demandé à Penny si Johnny avait pu se noyer, comme Paul Shore.

Mack se retourna pour la regarder.

— C'était la même année ? demanda-t-il.

Doreen hocha lentement la tête.

— Paul a disparu en mai, juste au moment de la crue des eaux. Mais Johnny n'a pas disparu avant août, et l'eau aurait dû baisser à ce moment-là.

Mack regarda le ruisseau au loin, comme s'il essayait de se souvenir.

— Les inondations peuvent commencer à n'importe quel moment en mai la plupart des années – il y a toujours des exceptions – en fonction de la quantité de neige dans les montagnes et de la vitesse à laquelle elle descend, ce qui dépend aussi des tempêtes de pluie et d'autres types de temps. Nous pouvons avoir de fortes crues soudaines jusqu'en juillet. Mais tu as raison. En août, le niveau du lac baisse, et le ruisseau lui-même ralentit pour devenir un canal étroit et lent. En septembre, c'est complètement calme.

— Et Johnny n'était pas un bon nageur. Alors quelle est la probabilité qu'il se soit noyé accidentellement ? Ou peut-être qu'on l'a un peu aidé, souligna-t-elle. Ensuite, celui ou celle qui était là n'a pas voulu le laisser pour qu'on le retrouve, alors il l'a déplacé dans un nouvel endroit où personne ne le retrouverait jamais.

— Tout est plausible, mais n'oublie pas qu'il faut des preuves.

Elle désigna la croix.

— Cela semble indiquer que quelqu'un pensait que Johnny était peut-être mort dans le ruisseau.

— Bien sûr. Mais on l'a retrouvé chez toi, objecta-t-il.

— Pas tout à fait. C'était un peu plus haut. Peut-être à trois mètres de chez moi.

— Assez proche. Ça ne vaut pas la peine de débattre.

Doreen haussa les épaules.

— Eh bien, j'ai envie de débattre, renchérit-elle. Sinon, tu vas également me mettre ça sur le dos.

Mack grommela.

— Même si Johnny s'est noyé en août, il y aurait eu un corps à cette époque de l'année. Et, non, je ne te blâmerai pas pour ça.

— À moins qu'il y ait eu un autre accident étrange, ajouta-t-elle. Tu sais ? Comme, est-ce qu'un pont s'est effondré ? Est-ce qu'un camion a heurté un talus et s'est écrasé sur un pont ? Toutes sortes de choses terribles auraient pu se produire. Mais, oui, je dirais que la probabilité de trouver un corps pendant la saison sèche serait de l'ordre de 80 à 90 %.

— Tu as raison, admit-il.

— Donc on en revient à peut-être que Johnny s'est noyé et a été déplacé, dit Doreen. Ou il y a eu une bagarre, et peut-être que quelqu'un l'a maintenu sous l'eau trop longtemps et l'a tué. Tu sais qu'une personne peut se noyer dans à peine cinq centimètres d'eau ?

— Et encore une fois, nous faisons des suppositions, répliqua Mack d'un ton sec. As-tu déjà pensé à écrire des romans ? Tu as une imagination débordante.

— Je sais. Mais, une fois que mon esprit est bloqué sur un problème, il ne le lâche plus.

— J'avais remarqué.

Il retourna à la cuisinière et remua la sauce.

Doreen le rejoignit, regardant par-dessus son épaule, et put voir ces bulles de couleur plus claire surgir au centre avant que Mack ne les retourne dans le mélange. Puis il souleva le couvercle de la casserole d'eau et le reposa.

— C'est une jolie petite cuisinière, dit-il, et Doreen opina du chef.

— C'est joli, chic, moderne. Ça ne correspond presque pas à l'atmosphère de ma cuisine.

— Bien sûr, mais tu apprends. Et tu es toi-même un mélange d'ancien et de nouveau.

— C'est vrai depuis que je vis ici. Je pourrais aller vérifier en haut et en bas du ruisseau pour trouver d'autres preuves, proposa-t-elle pensivement. Le seul problème, c'est que ça fait vingt-neuf ans.

— En effet, mais tu as quand même trouvé la croix.

— Pas moi, mais Goliath et Mugs.

À ce moment-là, Thaddeus poussa un cri.

— Thaddeus l'a trouvée. Thaddeus l'a trouvée.

Doreen tendit son bras, et l'oiseau grimpa dessus.

— Où étais-tu, mon grand ? demanda Mack, en caressant son dos plumeux.

Elle vit que Thaddeus venait de se réveiller.

— Il dort beaucoup. C'est normal ?

— Aucune idée.

— Mais nous faisons beaucoup d'activités, dit-elle pensivement. Il a donc besoin de se reposer quand il le peut.

Thaddeus s'assit sur son épaule et picora son oreille.

— Il a faim, dit-elle avec surprise.

Elle regarda autour d'elle et, évidemment, toutes les gamelles des animaux étaient vides. Elle gémit.

— Je n'arrive toujours pas à prendre l'habitude de les nourrir à heure fixe.

— Quand il te picore, ça veut dire qu'il a faim ? s'enquit Mack, en étudiant l'oiseau. Est-ce qu'il t'a fait du mal ?

— Non, pas du tout, répondit-elle en secouant la tête.

Doreen se dirigea vers le placard de l'entrée, prit la nourriture de Thaddeus et en plaça un peu sur la table de la cuisine. Immédiatement, Thaddeus sauta de son épaule et se posa sur la table, picorant sa nourriture. Puis, du coin de l'œil, son regard se fixa sur le reste de céleri. Thaddeus sauta sur le plan de travail, s'approcha et le picora.

Doreen scruta Mack.

— Ça te dérange ?

Il secoua la tête.

— Ça ira à la poubelle de toute façon.

Il bougea la branche sur la table de la cuisine, pour que Thaddeus ait un meilleur accès. Entre les graines pour oiseaux et le céleri, Thaddeus semblait être très satisfait.

Elle nourrit ensuite Goliath, mais il ne fit son apparition que lorsqu'elle cogna sa cuillère contre son bol avant de le poser sur le sol. Il s'enroula immédiatement autour de ses jambes.

— Je l'ai déjà posé, idiot, dit-elle affectueusement, en se penchant pour lui frotter les oreilles.

Dès qu'elle fit cela, son museau remonta assez haut pour que l'arôme de sa nourriture atteigne le bon endroit, puis il s'élança en avant et commença à manger, accroupi à quatre pattes.

Mack gloussa.

— Au moins, ils apprécient leur nourriture.

— En effet.

Elle nourrit Mugs, qui semblait plus intéressé par la casserole sur la cuisinière que par sa nourriture.

Mack remarqua la concentration du chien et secoua la tête.

— Oh, dans tes rêves, mon grand.

Juste à ce moment-là, la sonnette de la porte d'entrée retentit. Mack dévisagea Doreen, les sourcils levés.

Celle-ci haussa les épaules.

— Je ne sais pas qui c'est.

Elle prit une serviette, s'essuya les mains et alla à la porte d'entrée.

Les alarmes ne s'étaient pas déclenchées car Mack et elle étaient à l'intérieur. Elle ouvrit la porte d'entrée et tomba sur Hornby, qui souriait comme un fou.

Il se permit d'entrer et dit :

— J'ai pensé passer prendre ce café.

— Ne vous gênez pas, cingla-t-elle en pointant la porte d'entrée. Sortez !

— Pourquoi serais-je gêné ? s'enquit-il. Il est évident que tu vis toute seule et que tu as besoin de quelqu'un pour te tenir compagnie, continua-t-il avec un regard mi-souriant, mi-sarcastique.

Insultée, elle secoua la tête.

— Sortez, ou j'appelle les flics !

Mugs l'avait suivie, et n'appréciait visiblement pas le ton de sa voix, car il grogna contre Hornby.

Celui-ci baissa le regard sur le chien.

— Mon Dieu, il est moche.

Elle haleta.

— Ne dites pas ça.

Elle avança près de la cheminée et prit son tisonnier. Elle s'approcha de lui et le tendit comme si elle allait le frapper.

— Sortez de chez moi.

L'intrus s'esclaffa au nez de Doreen.

— Oh là là. N'es-tu pas si mignonne ? Qu'est-ce qu'il y a ? Comment se fait-il que tu ne sois pas amicale avec un célibataire comme moi ? Je veux juste un peu de compagnie aussi.

— Je choisis ma propre compagnie, merci, et vous n'êtes pas sur la liste des invités, répliqua Doreen. Maintenant, sortez !

Puis elle remarqua que l'homme étudiait le salon, examinant tous les bibelots et les meubles. Elle fit quelques pas de plus vers lui, menaçante.

— Sortez maintenant !

Il se tourna vers elle en ricanant.

— Sinon quoi ?

Chapitre 21

— SINON, JE vous arrête pour intrusion et pour tout autre motif, lâcha Mack depuis la porte de la cuisine, les bras en croix sur son torse.

Il zieuta Doreen, le tisonnier de la cheminée prêt à être utilisé telle une batte de base-ball, et leva les sourcils.

— Il évalue le contenu de mon salon, déclara-t-elle, tout en me menaçant.

— Je ne t'ai pas menacée, répliqua Hornby, en se dirigeant vers la porte d'entrée.

Il tourna son regard vers Mack.

— Qu'est-ce que vous voulez faire avec ce vieux pruneau desséché de toute façon ? ajouta-t-il.

Doreen haleta et chargea Hornby.

Il rit, sortit sous le porche et lui claqua la porte au nez.

Elle ouvrit celle-ci et cria :

— C'est un avertissement. Dégagez de ma propriété et que ça reste ainsi.

Doreen claqua à nouveau la porte en retournant dans le salon. Elle regarda par la fenêtre pendant qu'il sortait avec sa voiture du cul-de-sac. Mais quelque chose à propos de sa

"

petite voiture la fit s'interroger.

— Ce pare-chocs était-il à l'origine sur ce véhicule ? Et, de ce côté, il y a un panneau d'une couleur différente.

Mack étudia le véhicule et hocha la tête.

— Oui, mais ce n'est pas si rare. Surtout les gens roulant sans assurance qui ont des accidents, et qui veulent réparer les dégâts pour pas cher. Ils vont chercher des pièces dans une casse, et la couleur n'a pas d'importance.

— Penses-tu que les habitudes d'achat des gens sont les mêmes partout ?

— De quoi parles-tu ?

— Susan a dit que le véhicule qui a fait sortir les deux garçons de la route a été assemblé avec des panneaux différents. Comme si c'était un méli-mélo de couleurs, comme si quelqu'un avait essayé de construire ou de réparer un véhicule avec d'autres pièces automobiles provenant, tu sais, de véhicules détruits.

— Oui, je m'en souviens.

— Est-ce que ça pourrait être la même voiture qu'il y a vingt-neuf ans ? demanda Doreen.

— Pas sûr, mais je dirais que c'est plus récent que ça. Mais… Peut-être que tous les véhicules de Hornby ont fini par ressembler à ça. Je vais devoir vérifier cela.

Il sortit un bloc-notes et un stylo de sa poche et nota quelque chose.

— Mais Hornby était censé être dans le véhicule avec Susan.

— Exact.

Doreen essaya de rassembler les éléments dans son esprit.

— Tu crois qu'elle a fait des aveux à moitié satisfaisants ?

— Je ne sais pas, répondit-il. Il faudrait que je regarde dans ce dossier, voir si sa déclaration y figure.

— *Quelque chose* devrait y figurer.

— Je l'espère car elle n'est plus là pour qu'on puisse la questionner.

— En effet, mais son grand-oncle l'est. Peut-être que d'autres membres de la famille sont encore en vie aussi.

Mack se tourna pour la regarder, les mains sur les hanches. Ce n'était pas de la colère qu'elle voyait, mais de l'inquiétude.

— Hornby est dangereux, dit-il sans ambages. Tu as compris ça, hein ?

— Je le sais maintenant. Il est entré de force dans la maison. Puis il n'a pas voulu partir alors qu'il repérait les lieux.

— Ce n'est que lorsqu'il m'a vu dans l'entrée de la cuisine qu'il s'est retourné pour partir.

— Hé, lança Doreen, comment se fait-il qu'il n'ait pas vu ta voiture dans mon allée ?

— Un de tes voisins doit avoir des visiteurs qui se garent dans la rue, et l'un d'eux a mordu sur une partie de ton allée. Je ne voulais pas te bloquer, alors je me suis garé deux maisons plus loin.

Elle hocha la tête, mais son froncement de sourcils ne disparut pas.

— Et ce n'est pas comme si Hornby connaissait mon véhicule personnel.

— Que penses-tu qu'il aurait fait si tu n'avais pas été là ? demanda Doreen lentement.

— Eh bien, c'est drôle que tu envisages cela maintenant parce que tu ne pensais pas à ta propre sécurité il y a quelques instants, répondit Mack. Tu pensais à lui évaluant le contenu de ta maison. Et où le frapper avec ce tisonnier.

Elle grimaça.

— Parce qu'il fixait les éléments individuels, comme s'il

calculait leur valeur. Comme s'il savait déjà que cette maison était pleine d'objets de valeur.

— Alors peut-être qu'on devrait vérifier s'il a un lien avec ton intrus, proposa Mack pensivement. Je ne veux surtout pas d'un autre intrus qui reprendrait ce que le premier a manqué. Cela donnerait l'impression que Dark McLeod est innocent, puisqu'il était enfermé au moment de cette future effraction. Cela pourrait donner lieu à suffisamment de doutes raisonnables pour que son affaire soit rejetée.

Elle ne comprit pas exactement la partie légale, mais elle comprit la partie concernant un autre intrus.

— Ce n'est pas ce que je veux, dit Doreen en regardant son basset. Et Mugs ne supporte pas Hornby, ce qui indique aussi qu'il est dangereux.

— C'est vrai, acquiesça Mack. Mais j'aurais aimé qu'il aboie quand l'intrus est entré de force.

— Bien entendu qu'il n'a pas aboyé, dit-elle en regardant Mack avec surprise.

Celui-ci fronça les sourcils en la dévisageant.

— De quoi tu parles ?

Elle lui sourit avant de répondre.

— Mugs savait que tu étais là. Donc, si quelqu'un devait se mettre en mode poids lourd/protecteur, Mugs s'attendait à ce que ce soit toi. Si tu n'avais pas été là, il se serait comporté bien plus comme un chien de garde.

— J'en doute, répliqua-t-il en regardant Mugs, qui gisait maintenant sur le sol, ses oreilles faisant des flaques autour de sa tête. Ce n'est pas un chien de garde.

— Ne l'insulte pas, l'avertit-elle. Vous avez tous les deux une excellente relation. Ne gâche pas ça.

— Allez, passons à table, proposa-t-il. Le dîner est prêt.

Elle le fixa avec surprise, son esprit essayant toujours de

passer de l'implication potentielle de Hornby dans l'accident qui avait tué les deux hommes il y a longtemps au dîner de ce soir.

— Comment est-ce possible ? On n'a encore rien fait avec les pâtes.

— J'étais en train de les plonger dans la casserole d'eau bouillante quand Hornby est arrivé. Et cette rencontre a été étonnamment longue, dit-il. Mettons la table. D'ici là, ça devrait être cuit.

Très vite, ils s'assirent avec deux belles assiettes de spaghettis.

Doreen soupira joyeusement.

— La seule chose qui manque est le pain à l'ail.

— J'avais l'intention d'acheter une baguette et d'en faire, avoua-t-il, mais j'ai oublié. Désolé, j'ai vu quelques signes de déclin mental chez ma mère dernièrement. Ça m'inquiète.

Il jeta un coup d'œil à Doreen.

— J'ai été distrait.

— Argh, c'est dur, dit-elle. Et je comprends que tu sois inquiet mais je reste interloquée par quelque chose d'autre que tu as dit : tu sais préparer le pain à l'ail ? s'enquit-elle en écarquillant les yeux. J'avais pour habitude d'en manger en guise d'en-cas quand mon mari ne me surveillait pas.

Elle grimaça en pensant aux mauvais souvenirs.

— Pourquoi ne voulais-tu pas qu'il le sache ? demanda-t-il d'un ton sinistre.

Elle lui lança ce sourire désinvolte.

— Oh, tu sais. *Je pourrais devenir grosse si je mangeais trop de glucides,* imita-t-elle.

Mack se contenta de secouer la tête et commença à faire tourner sa fourchette dans les spaghettis, avant d'enfourner une grande bouchée.

Doreen regarda avec étonnement la fourchette entière entrer dans sa bouche. En revanche, elle utilisait une cuillère et une fourchette.

— J'ai appris il y a longtemps à ne prendre que quelques nouilles à la fois.

Elle en enroula soigneusement plusieurs à l'aide de sa cuillère, puis fit entrer la toute petite bouchée dans sa bouche et se pâma.

— Oh, mon Dieu. C'est absolument fantastique.

Mack semblait apaisé en la regardant savourer son dîner.

— L'avantage d'une telle sauce, dit-il sur le ton de la conversation, c'est qu'on peut en faire une grande casserole. Après, on peut la manger pendant plusieurs jours, et on peut en congeler aussi.

Elle regarda de nouveau la cocotte.

— Alors il y aura des restes ?

Le policier acquiesça.

— Absolument. Et ce n'est pas un problème d'en mettre dans le réfrigérateur. Nous avons fait cuire trop de nouilles aujourd'hui, alors tu pourras les réchauffer au micro-ondes, ainsi que la sauce.

Doreen regarda Mack avec ravissement. Puis elle secoua la tête.

— Alors c'est ce que font les gens ? Ils font assez de repas pour plusieurs jours à la fois ?

Selon elle, c'était du génie.

Il sourit.

— C'est ce que je fais. Je fais un ragoût et je le mange pendant deux ou trois jours. Idem avec le chili.

Doreen poussa un soupir d'extase.

— Rien que l'idée d'avoir de la nourriture pour deux ou trois jours me semble merveilleuse.

Elle se replongea dans ses pâtes. Quand elle sentit son regard insistant, elle refusa de lever les yeux.

— Je mange, je mange…

— Pas assez, dit-il. Rien que pendant les quelques semaines que tu as passées ici, tu as perdu au moins cinq kilos.

Elle réfléchit à sa remarque et haussa les épaules.

— J'ai été active, déclara-t-elle, mais c'est comme ça.

— Ce n'est pas quelque chose que tu peux balayer d'un revers de la main, grogna-t-il. Tu dois prendre mieux soin de toi.

— Grâce à toi, c'est ce que je fais. Mais je suis loin d'avoir appris à faire cette sauce.

— Vrai. Ce n'était probablement pas une bonne chose pour commencer.

Il réfléchit à cela un moment.

— On pourrait faire quelque chose de beaucoup plus simple demain, dit-il pensivement. Il y a encore des restes de pâtes. Je peux te montrer comment faire des pâtes à la carbonara. C'est super, super simple. Ou même juste une brouillade.

Elle écoutait les termes rouler sur sa langue, comme si elle était censée comprendre la langue qu'il parlait. Mais elle était déterminée à apprendre, surtout si cela signifiait qu'elle aurait à nouveau de la nourriture comme celle-ci. Elle fixa son assiette.

— Honnêtement, j'ai regardé des vidéos sur YouTube où les plats sont fabuleux à la fin, mais je suis sûre qu'un chef arrive entre-temps avec un repas juste avant qu'ils soient prêts à s'asseoir, pour qu'on ait l'impression qu'ils l'ont vraiment fait.

Cela fit rire Mack.

— Tu sais quoi ? Il y a probablement beaucoup de gens

qui font des trucs comme ça, mais je ne compterais pas dessus. Ce n'est pas difficile de cuisiner. Encore quelques plats et tu t'en sortiras très bien.

— Un plat que le chef avait l'habitude de préparer pour moi et que j'aimais tant. Il y avait de la feta, des tomates fraîches, du basilic et des pâtes. Avec de la vinaigrette, servie comme une salade.

— Une salade de pâtes, acquiesça-t-il en hochant la tête.

— Il y avait des artichauts dedans.

Soudain, elle eut l'eau à la bouche en se rappelant le goût des artichauts marinés.

— Je n'ai aucune idée de ce qui m'a fait penser à ça maintenant. Mais j'adorais ce plat.

— Il faudrait que j'aille chercher des artichauts, marinés bien sûr. Je présume que c'est ce que tu veux. Mais ce serait assez facile à mélanger. Je pourrais te montrer comment transformer de simples pâtes en quatre ou cinq plats différents.

Elle avait envie de pleurer, et pourtant, son rire jaillit.

— Tu es un don du ciel, dit Doreen. Mais je vais arrêter de parler maintenant, pour pouvoir me concentrer sur le repas.

Et c'est ce qu'elle fit. À chaque bouchée, elle fermait les yeux et gémissait de joie. Quand elle eut terminé, elle leva les yeux et vit Mack qui la regardait, adossé à sa chaise, appuyé contre le mur voisin, les bras croisés sur son torse, son assiette vide elle aussi.

— Quoi ? interrogea-t-elle avec méfiance.

— Je ne pense pas avoir déjà vu quelqu'un apprécier autant sa nourriture, répondit-il tranquillement. Ça me fait penser à toutes sortes de choses.

Elle plissa les yeux vers lui.

— Comme quoi ?

Était-il en train de flirter ? Ça semblait être la tendance ces derniers temps. Elle n'était pas sûre d'aimer ça. Elle appréciait vraiment Mack, mais, pour le moment, elle préférait sa cuisine à l'idée de s'engager dans une relation difficile.

Il balaya l'air d'une main comme pour effacer la conversation.

— Il reste probablement l'équivalent de deux repas dans la cocotte de spaghettis. Que voudrais-tu faire demain ?

— Quelque chose de simple.

— Eh bien, il n'y a probablement rien de plus simple que la salade dont tu viens de parler. Donc, quand je viendrai demain à l'heure du dîner, dit Mack, tu pourras me la préparer.

— Mais je ne sais pas comment faire, objecta Doreen en fronçant les sourcils, ce qui fit glousser le policier.

— Y avait-il autre chose dedans, comme des olives noires ou des pois chiches ?

Elle opina du chef lentement.

— Les deux, mais pas tout le temps. En général, il y avait juste des olives noires.

— Alors je vais prendre une boîte et te montrer comme c'est facile.

— Parfait, dit-elle.

Mack se leva.

— Maintenant, faisons la vaisselle.

Au même moment, le téléphone de celui-ci sonna, et il le sortit.

— Mince. Je dois partir. Il y a eu un accident.

— Où ça ? s'enquit-elle.

Il fronça les sourcils.

— À quelques pâtés de maison d'ici.

— Oh, mon Dieu, s'exclama-t-elle. Vas-y. Le devoir t'appelle. Je vais faire la vaisselle.

Il hésita et scruta la cuisine.

— D'habitude, je ne laisse pas la cuisine aussi sale.

— Ce n'est pas sale, objecta Doreen. Vas-y.

— Si ça ne te dérange pas, dit-il, toujours hésitant.

Elle lui tapa sur le bras.

— Je suis sérieuse. Vas-y. Le dîner était absolument fabuleux. Je vais tout ranger, et demain on ressortira le tout et on fera quelque chose de nouveau.

Il gloussa et l'étreignit avec force.

— Merci.

Il allait passer la porte d'entrée, mais il fit demi-tour et retourna dans la cuisine.

— Enclenche les alarmes. Je ne veux pas que Hornby revienne.

Elle grimaça, le suivit, ferma la porte d'entrée et mit l'alarme. Elle ne s'était pas encore occupée de celle de la cuisine parce qu'elle s'y trouvait toujours. De plus, elle pourrait prendre une tasse de thé dans le jardin d'ici peu.

Le nettoyage prit plus de temps que prévu, mais elle réussit à en venir à bout. Une fois toutes les surfaces nettoyées, elle se prépara une tasse de thé et s'assit à l'extérieur pour regarder le coucher de soleil. Quand son téléphone sonna, elle fut surprise de voir le numéro de Mack.

— Salut, dit-il.

— Salut, répéta-t-elle. La vaisselle est faite. Je suis assise à l'arrière, je prends une tasse de thé.

— D'accord. C'était un accident de voiture, expliqua Mack. C'était Hornby.

— Quoi ? demanda-t-elle, surprise. C'est lui qui a été

blessé ?

— Oui, répondit le policier. Le problème, c'est qu'il a eu un accident parce qu'on lui a tiré dessus. Il s'en remettra, mais je voulais que tu saches qu'il n'est pas un danger pour toi. Du moins, pas ce soir.

— Quoi ? répéta-t-elle à nouveau, le cœur dans l'estomac. Les gens vont penser que c'est moi !

Mack resta silencieux trop longtemps.

— Tu me stresses. Dis quelque chose.

— Pourquoi penseraient-ils que c'est toi ? s'enquit-il avec curiosité.

— Parce qu'il était chez moi et qu'on a eu une vilaine confrontation, répondit-elle lentement.

— J'étais là avec toi, ajouta-t-il. J'en ai été le témoin. Et il est parti en bonne santé et très malheureux.

— C'est vrai, dit-elle pensivement. Mais ça ne me semble pas correct.

— Ça ne me semble pas mauvais non plus, corrigea-t-il. Les gens comme Hornby se font des ennemis. Beaucoup d'ennemis. Alors ne va pas croire que c'est lié à ton affaire classée.

Doreen hésita un instant, son esprit étant occupé à réfléchir à la façon dont tout cela s'imbriquait.

— Je comprends ce que tu veux dire, dit-elle, mais tu sais que ce sera difficile de ne pas le faire.

— Il est vivant. Il est à l'hôpital, probablement en salle d'opération. Je ne pourrai pas lui parler avant au moins demain.

— Vérifie son véhicule très soigneusement, ordonna-t-elle. Cherche tout ce qui est lié à la mort de Johnny.

— Qu'est-ce que ça pourrait être ? Ce n'est même pas le même véhicule, très probablement, dit-il. Tu penses qu'une lettre d'aveux pourrait être dans sa boîte à gants ?

— Si ça se trouve, il a quelque chose de Johnny caché qu'il transporte avec lui depuis tout ce temps. Dommage qu'il n'ait pas vu la croix dans ma salle à manger, dit-elle. Nous aurions pu apprendre quelque chose en voyant sa réaction.

— Tu n'étais pas trop inquiète de la réaction qu'il pouvait avoir à ce moment-là, rétorqua-t-il. Tu étais telle une amazone folle avec un tisonnier dans la main.

— Il en avait après mes antiquités inestimables que je dois emballer et expédier dès que possible, s'exclama-t-elle. Je dois encore attendre jusqu'à lundi.

— Donc deux nuits de plus, conclut Mack. De toute façon, tu n'as probablement pas à t'inquiéter de Hornby ce soir.

— Et, je t'en remercie, termina Doreen chaleureusement. Je dormirai beaucoup mieux.

Chapitre 22

QUAND ELLE SE leva le lendemain matin, Doreen ne put résister à l'envie de verser du café frais dans une tasse de voyage et, avec tous les animaux sur ses talons et les alarmes réglées, elle marcha jusqu'au ruisseau. C'était son endroit de promenade préféré. Bien qu'elle ait bien dormi la nuit passée, quelque chose chez Hornby la mettait mal à l'aise. De plus, elle ne pouvait s'empêcher de se demander qui lui avait tiré dessus et pourquoi.

En passant devant la bifurcation vers la maison de Penny, Doreen se demanda s'il était trop tôt pour l'appeler et lui poser une question. Décidant qu'il n'y aurait jamais de meilleur moment, elle traversa le ruisseau en sautant sur les rochers avec Thaddeus sur son épaule. Mugs fit de même, et se retrouva mouillé par l'eau du ruisseau. Cependant, Goliath miaulait de l'autre côté, là où il avait été laissé. Il n'aimait pas du tout se mouiller les pattes.

Doreen revint vers lui et le prit contre sa poitrine. Mais Thaddeus n'apprécia pas cela et essaya de lui donner un coup de bec sur le dessus de la tête. Finalement, elle posa le chat de l'autre côté.

— Désolé, mon pote. Il y a assez de pierres sèches ici pour toi ?

Elle continua à marcher jusqu'à la porte de Penny, sur laquelle elle frappa plusieurs fois. Pas de réponse. Fronçant les sourcils, elle se demanda si Penny dormait encore. Quelle impolitesse de la part de Doreen de frapper si tôt pour réveiller Penny.

Doreen attendit un moment, puis se décida à partir.

Un des voisins sortit de chez lui, la regarda et dit :

— Penny n'est pas là.

Elle se retourna pour lui faire face.

— Ah bon ?

— Elle est partie hier soir avec une valise à la main, acquiesça-t-il en opinant du chef.

— Oh. Je suis désolée d'entendre ça.

Doreen n'était pas sûre de savoir quoi faire.

— Vous savez pour combien de temps ?

Le voisin secoua la tête.

— Pas la moindre idée.

— Je ne vois pas de panneau « à vendre », s'interrogea Doreen.

Il la regarda avec surprise.

— Je ne pense pas qu'elle vende, si ?

Doreen repensa à leur conversation précédente et se demanda si Penny avait dit qu'elle vendait ou si elle avait l'*intention* de vendre.

— Je pensais que c'était son intention, mais je ne me souviens pas si elle a dit que c'était déjà à vendre ou pas.

— Peut-être. Elle n'avait pas beaucoup d'économies après la mort de George, donc elle pourrait avoir besoin de vendre la maison. De cette façon, elle peut acheter un appartement et avoir de l'argent à la banque. Mais bon, peut-être qu'elle veut s'éloigner des souvenirs.

— J'imagine que ça peut aller dans les deux sens.

En retournant vers le ruisseau, Doreen était un peu préoccupée. Elle sortit son téléphone et appela Penny. Comme elle n'obtint pas de réponse, elle laissa un message vocal.

Le quatuor redescendit le long du lit du ruisseau jusqu'à son petit pont et le traversa à pied, ayant fait le tour complet de la maison.

— Il est encore tôt, les gars. Ça vous dit un peu de jardinage ?

Ils la regardèrent tous comme si elle était folle. Elle dut admettre qu'elle l'était probablement. Sans oublier qu'elle avait aussi faim.

Une fois rentrée chez elle, Doreen leur servit le petit déjeuner et se prépara du pain grillé et du fromage avant de s'asseoir devant son ordinateur portable. Que savait-elle vraiment de Penny ? Pas grand-chose, et la question de savoir pourquoi elle était partie se posait toujours. Elle aurait pu aller chez un ami en ville, y passer la nuit parce qu'ils voulaient boire quelques verres et qu'elle ne voulait pas rentrer en voiture. Vraiment aucun moyen de savoir. D'ailleurs, pas besoin de se méfier de Penny car elle avait demandé à Doreen d'enquêter sur la mort de Johnny. Si Penny avait quelque chose à voir avec sa mort, alors elle ne s'exposerait pas à une telle enquête. De plus, Penny était plutôt petite. Elle n'aurait pas pu tuer Johnny. Ou plutôt, elle aurait pu le tuer mais pas le déplacer après. Du moins pas seule…

Doreen nota également que le passage de Hornby chez elle – qu'il se soit fait tirer dessus peu après, et que Penny disparaisse juste comme ça – était une coïncidence intéressante.

L'esprit de Doreen essayait d'assembler les pièces du puzzle. Le problème était qu'elle n'avait pas assez de pièces. Et si Penny avait tiré sur Hornby ? Et si Penny pensait que Hornby avait tué Johnny, et qu'elle avait tiré sur Hornby, en espérant qu'il s'écraserait et se tuerait ?

— Les gars, Mack serait là, il serait en train de secouer la tête.

Dans son esprit, elle pouvait l'entendre clairement.

— Doreen, on ne peut pas faire des hypothèses ou des suppositions. Il nous faut des preuves, essaya-t-elle de l'imiter d'une façon comique.

Mugs aboya à plusieurs reprises.

Elle gloussa, se leva et se versa une nouvelle tasse de café. Elle se rassit et démarra des recherches sur Hornby, puis sur Penny. Elle était plus jeune que son mari, plus jeune que Hornby aussi. Penny était peut-être plus proche en âge de Susan ou de l'autre fille du groupe de Johnny. Mais Penny disait ne pas connaître d'autre fille que Susan. Alors que les recherches de Doreen n'aboutirent à aucune piste, une question à laquelle elle essayait de répondre refit surface : qui était cette deuxième fille du groupe de Johnny ?

Elle décida d'appeler Nan.

— Tu veux bien demander à ton ami Richie qui était la copine de sa petite-nièce au moment de la disparition de Johnny ? demanda Doreen. J'ai cru comprendre que les trois gars traînaient avec Susan, mais je crois qu'il y avait une autre fille.

— Bonjour, gazouilla sa grand-mère avec ravissement. Je te rappelle dans quelques minutes.

Et, comme Nan avait tendance à le faire, ce qui était génial, elle raccrocha sans avoir besoin d'autres explications.

Doreen sirota son café et continua ses recherches sur

Penny mais ne trouva rien d'extraordinaire. Penny et George étaient mariés depuis longtemps. Et, en dehors de son bénévolat au marché de Noël d'une église ou à une collecte de fonds, le nom de Penny n'apparaissait pas très souvent. Doreen réfléchit à qui elle aurait pu contacter de cette époque, mais il n'y avait personne. Elle envoya un SMS à Mack et lui demanda s'il y avait une raison pour que Penny se soit levée et soit partie.

Quand le téléphone sonna, elle crut que c'était Mack. Il s'agissait en fait de Nan.

— Elle s'appelait Julie, déclara celle-ci. Mais nous ne sommes pas sûrs de son nom de famille. Ses parents vivaient en face des Hornby dans la même impasse.

— C'est logique. Les enfants vivaient à côté l'un de l'autre, dit Doreen. Mais comment suis-je censée trouver son nom de famille ?

— Tu peux probablement vérifier les registres des titres fonciers, proposa Nan. Ou tu pourrais demander à Mack.

Sur ce, elle éclata de rire puis raccrocha.

— *Demander à Mack*, répéta Doreen. Eh bien, ça ne m'aide pas.

Elle fit apparaître une carte de Kelowna, zooma sur le cul-de-sac où Penny et Hornby avaient vécu et trouva l'adresse de la maison située en face de la maison d'enfance de Hornby. Comme elles étaient toutes deux au coin de l'impasse, il était assez facile de dire de quelle maison il s'agissait. Du moins, elle l'espérait.

Ce fut à ce moment que Goliath se coucha sur son clavier. Elle gémit et l'attira à elle pour le câliner. Finalement, elle prit son téléphone portable dans sa main.

Comment pourrais-je trouver qui vivait à cette adresse il y a 29 ans ? tapa Doreen, en ajoutant l'adresse, avant de l'envoyer à Mack.

Après l'avoir envoyé, elle se demanda s'il n'allait pas en avoir assez de ses questions. Elle alla sur internet et renseigna la même adresse pour voir qui était sur le registre actuel. Mais il n'était pas en ligne. Cette base de données n'était pas disponible. Elle aurait pensé que ça le serait. Après tout, si quelqu'un voulait vérifier toutes ses informations personnelles, il aurait peut-être quelque chose de différent à dire. Mais c'était frustrant d'être proche des réponses mais de ne pas pouvoir les obtenir.

Qui que soit cette Julie, elle avait une part importante dans l'affaire. Ne serait-ce que parce qu'elle pourrait être la dernière des filles en vie – ou la dernière en vie tout court. Hornby à l'hôpital, même si Doreen n'aimait pas cet homme, elle ne voulait pas entendre qu'il était mort de ses blessures. Cette Julie était la seule autre personne susceptible d'apporter des réponses sur ce qui s'était passé il y a si longtemps. Si Julie était encore en vie.

La réponse de Mack arriva. **Willoughby.**

Elle sourit et tapa le nom de Julie Willoughby dans sa fenêtre de recherche. Et toutes sortes d'articles apparurent. La pauvre Julie avait eu une vie difficile. Un article racontait son arrestation, apparemment pour effraction à l'âge de 18 ans. Un groupe de jeunes avait fait une fête sauvage, avait trop bu et avait ensuite pensé que c'était une bonne idée de s'introduire dans la maison d'un des voisins. Mais les autres gamins de la bande n'étaient pas mentionnés.

Quelques autres articles parlaient de Julie, mais ils n'apportaient rien de nouveau. Et, au cours des dernières années, rien n'avait paru sur elle.

Doreen soupira, puis se demanda si les Willoughby vivaient toujours ici. Elle envoya une nouvelle question à

Mack. **Est-ce que la même famille vit toujours ici ?**

Elle devrait attendre pour avoir d'autres réponses. Goliath glissa au sol, ennuyé.

Elle se leva et inspecta le frigo car elle était de nouveau affamée. Elle sortit du fromage et des crackers, sachant qu'ils mangeraient à nouveau des pâtes pour le dîner. Elle se dit qu'elle survivrait très bien avec ça.

Le policier répondit par un simple : **Oui.**

Doreen pavoisa.

— OK, les gars. On est repartis.

Elle termina son fromage et ses crackers avant d'attraper la laisse de Mugs. Goliath les rejoignit à la porte et Thaddeus voulut à nouveau monter sur son épaule. Elle ouvrit le chemin dans le jardin et remonta le ruisseau jusqu'au cul-de-sac. Il n'y avait toujours pas de lumière chez Penny. Idem chez Hornby, mais ce n'était pas le cas de la maison d'en face, celle des Willoughby, où les lumières étaient allumées.

Doreen se dirigea vers la porte d'entrée, Thaddeus sur son épaule, Goliath marchant derrière elle à son rythme, et Mugs assis à ses pieds. Ce fut une femme qui ouvrit la porte.

— Je suppose que vous n'êtes pas Julie Willoughby, n'est-ce pas ? l'interrogea Doreen en souriant.

La femme la regarda avec surprise.

— Si, c'est moi. Qui êtes-vous ?

— Je m'appelle Doreen. Nan est ma grand-mère, expliqua-t-elle.

Selon elle, tous les habitants de la ville savaient qui était Nan.

Le visage de Julie s'illumina.

— Comment va Nan ? demanda-t-elle affectueusement.

— Elle va très bien, répondit Doreen. J'ai quelques questions, si vous avez un moment.

La femme ouvrit la porte en grand.

— Bien sûr, entrez.

Doreen hésita sur le seuil de la porte.

— Et mes animaux ?

Julie écarquilla les yeux quand elle vit Thaddeus. Puis elle aperçut le chat et le chien, et elle rit.

— Maintenant je sais qui vous êtes, dit-elle. Vous êtes la dame des os.

Elle fit signe à tous les animaux d'entrer.

— Entrez donc. Je m'apprêtais à manger un muffin. Vous en voulez un ?

— Avec plaisir, acquiesça Doreen. Merci.

Assise à la table de la cuisine, elle ajouta :

— Je voulais vous poser quelques questions sur la mort de Johnny.

La femme la regarda avec surprise.

— Johnny ?

— Johnny, répéta Doreen. Johnny Jordan. Le petit frère de votre voisin.

Julie se rassit, comme si le choc était plus fort que prévu.

— Oh, c'est vraiment une période de ma vie dont je ne parle pas beaucoup.

— Je comprends, dit Doreen. Vous connaissez bien Penny ?

Julie acquiesça.

— Non seulement nous sommes voisines, mais Johnny et moi étions de bons amis.

— Bien sûr. Penny m'a demandé d'enquêter sur la disparition de Johnny. Je suis venue ici ce matin pour lui poser à nouveau quelques questions, mais elle n'est pas là.

— Je l'ai vue hier matin, dit Julie.

— Un de vos voisins a dit qu'elle a pris une valise et est

partie hier soir, indiqua Doreen. Je présume qu'elle est partie en voyage quelque part, ne serait-ce que pour une nuit.

Julie regarda par la fenêtre la maison d'en face.

— Je me suis toujours demandé ce qui se passait dans cette maison. George et Penny semblaient si heureux que c'en était presque écœurant, mais c'était pour cacher la vérité.

— Quelle vérité ? interrogea Doreen avec confusion.

— Personne n'est *aussi* heureux en ménage. J'avais l'habitude d'interroger Johnny à ce sujet. Il riait et disait qu'ils étaient comme ça.

— Un couple écœurant, heureux et aimant ? demanda Doreen.

C'était l'impression qu'elle avait eue de ce que Penny avait dit.

— Non. Un couple qui se bat, qui poignarde dans le dos et qui est très malheureux en ménage, corrigea Julie. Si j'ai passé autant de temps avec Johnny, c'était notamment pour qu'il puisse s'éloigner de cet endroit.

Doreen mit un moment à assimiler. Elle ne voulait pas penser que le mariage de Penny avait été si mauvais que Johnny avait juste voulu s'éloigner de tout ça…

— Vous n'avez aucune idée de l'endroit où il a disparu ? demanda Doreen lentement, en inclinant la tête pour étudier la femme en face d'elle.

Elle était plus âgée que Doreen, plus jeune que Nan, coincée dans une boucle temporelle. Ses cheveux étaient coiffés en chignon à l'arrière, mais cela lui allait étrangement bien.

— Êtes-vous une artiste ?

La femme rit et acquiesça.

— En effet. Comment ai-je pu me trahir ?

— Vous avez l'air très créative, dit Doreen avec un sourire. Je suppose que vous n'avez pas de peintures de Johnny de l'époque, n'est-ce pas ?

Julie secoua la tête.

— Non. Je n'ai commencé à peindre que plus tard.

— Qu'est-ce qui vous a poussée dans cette voie ?

— La perte de Johnny, admit Julie. Je l'aimais tendrement. Mais je ne faisais pas partie de la bande à part entière. Comme Hornby, j'en faisais partie plus ou moins dans un cercle extérieur.

— Hornby a eu un accident la nuit dernière.

Doreen observa attentivement la réaction de Julie, qui devint livide.

— Comment ?

Elle dirigea son regard vers la maison de Hornby, en face d'elle.

— Je suppose que vous le connaissez bien aussi ?

— Évidemment, répliqua-t-elle. Nous sommes tous liés aux événements d'il y a si longtemps. Mais nous sommes loin d'être des amis.

— Et vous n'avez aucune idée de ce qui est arrivé à Johnny ?

Julie secoua la tête.

— Non, bien sûr que non. Si j'avais la moindre idée, je l'aurais dit. Pendant longtemps, je me suis demandé si c'était Hornby.

— Vous voulez dire que Hornby pourrait l'avoir tué ?

— Eh bien, il ne fait aucun doute que Johnny est mort, déclara Julie, car je sais pertinemment qu'il m'aurait contactée.

— Pourquoi ça ? s'enquit Doreen.

— Parce qu'il m'aimait, répondit-elle simplement. Nous avions prévu de nous enfuir ensemble et commencer une nouvelle vie, mais il a disparu.

— Pensez-vous qu'il aurait pu s'enfuir sans vous ?

Doreen hésita à mettre des mots sur cette pensée.

— Beaucoup de gens m'ont posé cette question, avoua-t-elle avec un doux sourire. Mais, non, ce n'est pas ce qui s'est passé. Je le connaissais trop bien. D'ailleurs, il aurait pu simplement me dire qu'il partirait et reviendrait pour moi. Nous étions censés nous rencontrer ce soir-là et faire des projets, mais il n'est jamais venu.

— Combien de temps s'est écoulé entre le moment où vous lui avez parlé pour la dernière fois et celui où vous deviez le rencontrer ? Une idée du délai ?

— Une heure, répondit Julie à voix basse. Une heure maximum. Si j'avais simplement traversé cette cour et que je lui avais parlé à l'arrière de la maison de Penny, il y a de fortes chances qu'il ne lui soit rien arrivé. Mais nous devions nous retrouver au parc une heure plus tard. J'y suis arrivée en avance. Mais je n'ai vu aucun signe de Johnny. Je suis allée dans le jardin de Penny, j'ai regardé par-dessus la clôture et je l'ai appelé. Mais il n'y avait aucun signe de lui non plus. Je ne l'ai plus jamais revu.

Chapitre 23

Dimanche, fin de matinée…

DOREEN SE TENAIT devant la maison de Julie, étudiant la maison des Hornby, pensant au triangle Alan-Johnny-Julie. Il s'était passé quelque chose ici. Julie avait pensé que Hornby en faisait peut-être partie.

Alors que Doreen descendait les marches, la porte s'ouvrit à nouveau derrière elle. Julie s'appuya sur le montant de la porte et fronça les sourcils.

— Vous pensez que Hornby a quelque chose à voir avec la disparition de Johnny ?

— Je ne sais pas, répondit Doreen. J'ai des soupçons. Mais sans corps…

Elle haussa les épaules.

— Je ne sais pas si on peut faire quoi que ce soit. Quel serait le mobile ? ajouta-t-elle.

— Moi, déclara-t-elle d'un ton sombre. Hornby me voulait, mais j'avais été très claire sur le fait que je n'étais pas intéressée. Johnny était la personne parfaite pour moi. Nous avions un avenir fantastique tout tracé.

Elle tourna son regard vers la maison de Hornby.

— Je me suis toujours posé la question. Mais je n'ai jamais pu comprendre comment ni pourquoi.

— J'ai supposé que quelqu'un s'était arrangé pour le rencontrer dans le parc, dit Doreen, comme vous l'avez mentionné.

— Je me suis arrangée pour le rencontrer, admit Julie. Mais il n'était pas là, et il ne s'est jamais montré.

Doreen savait qu'elle n'avait aucune raison de croire Julie, mais il y avait quelque chose – cette note de désespoir dans le besoin de cette femme de chercher des réponses – qui faisait qu'elle avait confiance.

— Jusqu'à présent, le seul personnage suspect dans tout ça est Hornby, mais on vient de lui tirer dessus et il a eu un accident de voiture à cause de ça. Donc si quelqu'un le détestait vraiment…

— Pas seulement quelqu'un, contra Julie. Tout le monde.

— Dites-m'en plus, l'encouragea Doreen d'un ton invitant, tandis qu'elles se tenaient toujours sur les marches de l'entrée. George et Penny étaient-ils au courant de votre relation avec Johnny ?

— Non, répondit Julie. Nous avons gardé ça secret. Johnny pensait qu'ils désapprouveraient, vu qu'il venait de rompre avec Susan. Mais on s'aimait bien avant ça. Il ne voulait pas blesser Susan, alors leur relation a duré plus longtemps qu'elle n'aurait dû. Dès qu'ils ont rompu, on s'est mis ensemble.

— Merci d'avoir partagé cette information. Je suis à la recherche de quelque chose d'important, et je n'arrive pas à savoir ce que c'est.

Mugs se promenait dans le jardin à côté d'elle. Doreen fourra immédiatement sa main dans sa poche et en sortit un sac à crottes.

— J'espère que ça ne vous dérange pas, lança-t-elle en désignant Mugs.

Julie regarda son jardin et gloussa.

— Non. Laissez-le faire ce qu'il a besoin de faire.

Reconnaissante, Doreen marcha derrière Mugs, attendit qu'il fasse son affaire, puis ramassa soigneusement tout ça, en s'assurant de récupérer les morceaux de paillis d'écorce qui contenaient un peu d'excréments. Elle se retourna avant de se diriger vers les poubelles.

— Puis-je mettre le sac dans une de vos poubelles ?

— Sans souci.

— Merci beaucoup. Je ne sais pas quand vos ordures sont ramassées, mais j'espère que l'odeur ne sera pas trop nauséabonde.

Doreen se dirigea vers les poubelles.

— Pendant longtemps, nous n'avons pas eu à nous soucier du ramassage des ordures. Le conducteur de la benne à ordures de la zone vivait en face de chez moi, dit Julie en riant, avant de désigner la maison de l'autre côté du cul-de-sac. Parfois, il faisait même des voyages spéciaux juste pour nous.

Doreen regarda la maison de Hornby, puis revint vers Julie.

— Hornby ?

— Non, pas Alan, clarifia-t-elle. Son père. C'est ce que je pensais en disant *pendant longtemps*, mais plus maintenant, car son père est à la retraite.

— Wouah quand même. Ça aurait été utile. J'ai toutes sortes de choses dont je vais me débarrasser. Comme c'est pratique d'avoir un camion à ordures accessible !

— Absolument, dit Julie. Ma mère sortait sans cesse des meubles de pacotille, et il les emportait pour elle. Les règles ont toutes changé maintenant, et la ville est plus stricte sur ce genre de choses.

— A-t-il déjà ramené le camion à ordures à la maison ?

Julie gloussa.

— Il n'était pas censé le faire, mais bien sûr qu'il le faisait. Parfois, je pense qu'il le faisait pour aider le quartier, pour que les habitants puissent jeter des ordures supplémentaires. Il était très, très consciencieux. Même si la ville lui demandait de travailler quarante heures par semaine, je suis sûre qu'il en faisait bien quarante-huit.

— Il vit toujours dans le coin ?

— Oh, oui. Il est à la maison de retraite. Il vieillit. Je ne sais pas quel âge il a, mais il doit avoir près de 90 ans. Aux dernières nouvelles, il rentrerait bientôt en centre de soins palliatifs, ajouta Julie en fronçant les sourcils. Honnêtement, il est peut-être déjà décédé. Je n'en sais rien. Et ce serait un jour triste. C'était un homme bon.

— Vous avez pu faire un tour avec lui ? s'enquit Doreen.

— Eh bien, son fils le faisait souvent, déclara-t-elle avec un grand sourire. Et monsieur Hornby nous a emmenés faire un tour lors d'un Halloween. Nous faisions semblant d'être des éboueurs. Je pense que nous n'avions qu'une dizaine d'années. On pensait alors que notre copain Alan avait le meilleur papa du monde.

— Je n'en doute pas, dit Doreen en gloussant. Je suppose que vous ne vous souvenez pas s'il a ramené la benne chez lui l'été où Johnny a disparu, hein ?

— Johnny ne serait pas parti avec, si c'est ce que vous pensez. Johnny ne savait pas la conduire. Elle était grosse et grincheuse. Alan avait l'habitude d'actionner les leviers pour son père parfois. Mais ça n'a jamais été un modèle lisse et élégant. En fait, monsieur Hornby a protesté contre l'achat d'un de ces *nouveaux* camions, dit-elle en souriant tandis qu'elle repensait à ces souvenirs. Il préférait de loin les anciens modèles. Il disait que toutes ces nouvelles machines électronisées allaient tomber en panne.

— D'accord. C'était quand même pratique pour vous, renchérit Doreen avec envie, en pensant à sa maison bondée. Vous n'avez jamais couru mettre des ordures supplémentaires ?

Julie opina du chef.

— Ma mère, si. On pouvait remplir la poubelle à l'arrière, puis ça se trouvait écrasé la fois suivante où il mettait des trucs dedans. À l'époque, les camions n'étaient pas très sophistiqués.

— Exact. À l'époque, vous aviez un système de décharge différent de celui d'aujourd'hui.

Doreen n'était pas encore allée à la décharge de Glenmore qui desservait toute la région de Kelowna, mais elle avait entendu dire qu'elle était devenue beaucoup plus high-tech ces dernières années. La nouvelle décharge était également située à un endroit totalement différent. L'ancienne avait été récupérée et un nouveau lotissement avait été construit à la place. Le nouvel emplacement était plus grand et disposait d'un espace pour le recyclage.

— En effet, acquiesça Julie. À l'époque, nous n'avions presque rien comme aujourd'hui, ce qui est probablement vraiment dommage parce que beaucoup de choses que nous avons jetées auraient pu être recyclées.

— Donc il conduisait le camion, ramassait les ordures, les amenait à la décharge et les déposait dedans ?

— Habituellement, répondit Julie. Il y avait toujours de l'équipement lourd pour déplacer les ordures, et puis une partie des ordures était brûlée.

— C'est logique, déclara lentement Doreen.

Puis une idée horrible envahit son esprit.

— Merci beaucoup. Si vous voyez Penny revenir, vous pourrez lui dire de m'appeler, s'il vous plaît ? demanda Doreen en lui faisant un signe de la main.

Julie fit de même et rentra dans sa maison avant de fermer la porte.

Doreen se demanda ce que Julie penserait de sa théorie actuelle.

Elle se dirigea vers la maison de Hornby et frappa à la porte. Pas de réponse. Elle sortit son téléphone et appela Mack en se dirigeant vers le ruisseau.

— J'ai une théorie sur ce qui est arrivé à Johnny, annonça-t-elle. Le problème est que, vingt-neuf ans plus tard, il sera pratiquement impossible de la confirmer.

— Oh ? dit-il d'une voix paresseuse. J'ai hâte de l'entendre.

Doreen pouffa.

— Eh bien, je ne te le dirai pas alors. Peux-tu me dire qui vit dans la maison des Hornby maintenant ?

— Ta grand-mère peut répondre à une partie de cette question ou du moins obtenir la réponse, répondit le policier. Le vieux Hornby était notre éboueur local depuis toujours, depuis des lustres, et il réside à Rosemoor maintenant.

— Exact. Je viens d'apprendre ça, mais aussi qu'il entre en centre de soins palliatifs ou qu'il est peut-être décédé récemment, ajouta Doreen. Était-il marié ? A-t-il élevé son fils seul ? Est-ce que tu le sais ?

Mack poussa un long soupir d'indulgence.

Elle pouvait entendre le *clic* de son clavier.

— Oh, tu peux accéder à tes trucs de flics depuis chez

toi ? s'enquit Doreen, l'excitation illuminant sa voix.

— Non, cingla-t-il. *Hornby, Alan* est le fils unique. Sa mère est morte quand il avait 16 ans. Le vieux Hornby ne s'est jamais remarié.

— Pas d'autres frères et sœurs ?

— Non, juste Alan.

— Merci.

Elle accéléra la cadence en se dirigeant vers le ruisseau.

— Je rentre à la maison à nouveau.

— Où étais-tu ?

— Je voulais parler à Penny, dit-elle, mais il n'y a aucun signe d'elle, et un des voisins dit l'avoir vue partir avec une valise.

— Si on y réfléchit, ça ne semble pas très inquiétant, ricana Mack. Elle en a probablement assez de toutes tes questions.

Doreen fronça les sourcils face à son téléphone.

— Ce n'est pas très gentil.

— C'est vrai, admit-il.

— J'imagine qu'elle cherche encore des réponses, surtout pour George.

— Peut-être. Mais s'ils n'étaient pas ce couple marié et heureux, comme tu le pensais au départ ? Ou peut-être que George a tué son jeune frère dans un accès de rage.

— J'ai envisagé l'idée, dit Doreen, mais je l'ai rejetée. George a passé beaucoup trop d'années à essayer de découvrir la vérité… J'ai pensé à Penny, continua-t-elle après un moment. Mais je ne pense pas qu'elle aurait pu le faire seule. Elle aurait pu le tuer, tu sais, en le frappant à la tête alors qu'il était assis là, sans se douter de rien. Mais elle n'était certainement pas assez forte pour déplacer le corps toute seule.

— Alors quoi maintenant ? Tu penses à un amant ima-ginaire qui l'aide ? Un homme que personne n'a vu ou dont personne n'a entendu parler ? Quel mobile pourrait-il bien y avoir ?

— Je ne sais pas. C'est une des raisons pour lesquelles j'ai écarté cette idée.

— Hmm. Eh bien, je suis d'accord avec ça. Ça n'a pas non plus de sens que Penny te contacte après toutes ces années, en te demandant de t'en occuper si elle est la coupable.

— En effet. Ça n'a fait qu'empirer les choses.

— Je suis heureux de l'entendre.

Elle contourna l'extérieur de l'impasse et se dirigea vers le ruisseau, les trois animaux en file indienne derrière elle.

— J'ai une autre théorie cependant. Je raccroche, il faut que j'appelle Nan. Bye.

Elle raccrocha et composa le numéro de Nan en descen-dant le ruisseau vers sa maison. Nan ne répondit pas dans la foulée.

— Allez, Nan. Décroche. S'il te plaît, réponds.

Mais il n'y eut pas de réponse. Elle rangea son téléphone et rentra chez elle aussi vite qu'elle le put. Heureusement, les animaux suivaient son rythme.

Dès qu'elle revit le ruisseau, elle ressentit un énorme sou-lagement. Elle pouvait à peine contenir une nervosité soudaine. Elle composa le numéro de Mack quand elle comprit une partie de son malaise.

— Je sais que tu as dit qu'on lui a tiré dessus et qu'il a eu un accident de voiture par la suite, mais à quel point Hornby est-il blessé ?

— Je ne sais pas, répondit-il. Dois-je vérifier pour toi ?

— S'il te plaît, conclut-elle avant de lui raccrocher au

nez.

Son cœur se réchauffa à l'idée qu'il prenait ses préoccupations au sérieux.

Quand elle arriva à l'arrière de sa maison, elle fut heureuse de voir qu'elle avait parfaitement enclenché l'alarme. Elle la désactiva, entra à l'intérieur, puis vérifia la porte d'entrée, également soulagée de voir que son alarme était activée. Avec tous les animaux à l'intérieur, elle ferma la porte et réactiva le système d'alarme.

Elle ne pouvait pas l'expliquer, mais, tout d'un coup, elle eut cet horrible sentiment d'urgence. Elle scruta son intérieur, se demandant si elle était en sécurité. Ce n'était pas parce que les alarmes étaient réglées que sa maison était impénétrable. Mais c'était mieux que ce qu'elle avait avant.

Après avoir retiré ses chaussures, elle vérifia rapidement le rez-de-chaussée. Tout semblait être normal. Mugs n'était pas dérangé.

Elle jeta un coup d'œil à sa montre. Il était plus tard que prévu. Pourtant, son esprit bourdonnait d'inquiétude. Elle se faufila à l'étage, essayant d'éviter les marches grinçantes, et espérant toujours être en sécurité ici. Elle se glissa dans la chambre d'amis et écouta. Elle ne pouvait pas cacher la présence des animaux, et c'était un problème. Elle attendit un long moment, vérifiant la chambre d'amis, mais n'y trouva rien. Une salle de bain se trouvait de l'autre côté du couloir, mais Mugs y était entré et en était ressorti en remuant la queue.

Elle le regarda avec méfiance. La seule personne pour laquelle il remuerait la queue serait Mack. Mais Mugs se dirigeait vers elle, donc c'était bien aussi. Elle était probablement en train de devenir folle, mais la dernière chose qu'elle voulait faire était d'aller dans sa foutue chambre.

Goliath, cependant, n'avait pas de tels scrupules. La queue frétillante, il entra dans la chambre et disparut de sa vue. Mugs le suivit. N'entendant rien, elle soupira de soulagement. Elle entra elle aussi dans la chambre où se trouvait tout son chaos et n'y trouva personne.

Juste pour être sûre, elle vérifia la salle de bain attenante, puis, avec une profonde inspiration, plongea dans le grand placard pour s'assurer que personne ne s'y cachait. Il n'y avait personne. Se sentant stupide, elle sortit et son téléphone sonna au même moment. C'était Mack.

— Pourquoi m'as-tu raccroché au nez ?

— Parce que j'ai eu ce sentiment terrible une fois que je suis entrée dans la maison, expliqua Doreen. Je viens de finir de vérifier sous les lits et dans les placards, et il n'y a personne ici.

La voix du policier devint sombre.

— Je suis en route. Sors de cette maison.

Elle se figea.

— Pourquoi ?

— Parce que Hornby n'est plus à l'hôpital.

Chapitre 24

Dimanche en fin d'après-midi...

DOREEN IGNORAIT QUE ses jambes pouvaient la porter si loin et si vite. Mais poussés par elle, les animaux volaient à sa suite. Elle déverrouilla rapidement la porte d'entrée et sortit, dévalant les marches du porche jusqu'au bout de l'allée. Là, elle trépigna, attendant que Mack se montre. Elle détestait que Hornby soit en liberté.

Pourquoi Mack supposerait-il que Hornby s'en prendrait encore à elle ? Peut-être parce qu'il était déjà venu deux fois et que la dernière fois, il l'avait menacée. Alors quelles étaient les chances qu'il vienne une troisième fois ?

Probablement très fortes.

Elle se retourna pour scruter la rue, à la recherche du véhicule de Mack. Comme elle ne le voyait toujours pas, elle se dirigea vers le jardin de devant, puis vers l'arrière de la maison. Si quelqu'un était là, Mugs l'aurait sûrement remarqué.

Alors qu'elle passait devant la porte latérale du garage, celle-ci s'ouvrit, la surprenant. Un homme sauta et la prit dans ses bras, l'un d'eux entourant son cou pour l'étouffer. Elle ne pouvait même pas crier. Elle émit un léger gargouillis, le griffa durement avec ses ongles, essaya de lui écraser les orteils, puis donna un coup de pied en arrière, essayant de le frapper à l'aine.

Quand Mugs comprit qu'elle avait des problèmes, il sauta sur son agresseur. Thaddeus fonça en criant, avant d'atterrir lui aussi sur son agresseur, enfonçant ses serres et lui picorant le front. L'homme rugit derrière elle, relâcha sa prise, il jura. Bon sang, elle reconnut la voix de Hornby.

Doreen se retourna, le poing levé, et lui assena un coup dans la mâchoire. Il trébucha en arrière, la regarda, les yeux pleins de haine.

— Vous êtes tous fous, rugit-il, balayant Thaddeus de sa tête.

Il disparut en courant aussi vite que possible dans le jardin.

Doreen prit Thaddeus dans ses bras et le cajola, tout en essayant de contrôler Mugs.

Ce fut alors que le pick-up de Mack arriva dans l'allée. Il dut les apercevoir depuis l'entrée du cul-de-sac, car il sortit du véhicule et courut vers elle en un éclair. Il l'enveloppa dans ses bras.

— Tu es blessée ?

Doreen secoua la tête.

— Va le chercher. C'était Hornby.

Mack avait son téléphone dans sa main. Il courut derrière sa maison. Elle attrapa Mugs à nouveau, se battant pour le garder à ses côtés. Il n'y avait aucun signe de Goliath.

— À gauche, cria-t-elle à Mack. À gauche.

Il changea de direction et se dirigea vers le ruisseau.

Elle se leva, regardant la porte extérieure de garage qu'elle ne pouvait pas ouvrir complètement auparavant. Elle glissa une main sur le mur, à la recherche d'un interrupteur.

Quand elle le trouva, elle alluma la lumière, en gémissant parce que le garage était complètement rempli de vieux meubles et de boîtes. Mais, d'après ce qu'elle put voir, il n'y avait personne d'autre ici. Il n'y avait pas non plus de place pour que quelqu'un puisse manœuvrer dans ce désordre.

La porte avait été forcée et semblait avoir été rabotée sur le bord pour la rendre plus facile à ouvrir et à fermer. Donc il s'était caché, juste derrière la porte, en l'attendant. Soit en attendant qu'elle s'endorme et déclenche l'alarme, soit en espérant la surprendre dehors, comme il l'avait fait. Grâce à l'avertissement de Mack, elle était sortie directement, mais avait été victime du fou qui l'attendait.

Elle retourna dans la maison en tremblant et mit la bouilloire en marche. Elle ne voyait pas Mack et n'avait aucune idée s'il avait appelé des renforts ou non. Rien que la pensée de le savoir dehors avec ce fou la faisait frémir.

— Et si Hornby avait une arme ? demanda-t-elle à Mugs. Il pourrait se retourner et tirer sur Mack.

Ce qu'elle devait aussi envisager, c'était que ce connard allait peut-être revenir chez elle. Elle se prépara une tasse de thé, et, alors qu'elle se retournait, elle entendit un sifflement. Elle fit volte-face et vit Hornby debout dans l'entrée de la cuisine. Et, bien sûr, il avait une arme à la main.

Doreen le dévisagea, sachant que lorsqu'elle était entrée dans la maison, elle n'avait pas remis l'alarme en marche.

— Merde, Mack va vraiment m'en vouloir pour ça, tenta-t-elle avec humour, en vain.

Le regard de Hornby brillait simplement.

— Qu'est-ce que je vous ai fait ? s'enquit-elle.

— Tu as posé trop de questions, répondit Hornby. Je me demandais à quel point tu allais être un problème. Mais quand je t'ai vue parler continuellement à Penny, j'ai compris que tu serais un plus gros problème que je ne le pensais. Quand je t'ai vue sortir de la maison de Julie, j'ai su que tu serais une énorme emmerdeuse. Dont je devais me débarrasser.

— Intéressant, dit-elle en s'appuyant sur le comptoir derrière elle, sa tasse de thé chaude à la main.

Elle évalua la distance entre eux. L'eau bouillante était une piètre arme contre une arme à feu, mais c'était tout ce qu'elle avait.

— Alors, qu'est-ce que vous avez fait ? Tordu le cou de Johnny ?

Il se contenta de hausser les épaules, sans rien dire.

— Vous êtes sûr que vous ne voulez pas en parler à quelqu'un après tout ce temps ? demanda-t-elle. Ou est-ce qu'on doit embêter votre père pour avoir les vraies réponses ?

— Laisse mon père tranquille, gronda Hornby. C'est un homme bon.

— Oui, c'est certain. Est-ce qu'il sait ce que vous avez fait ? Est-ce qu'il vous a aidé à vous en sortir ?

Il lui lança un regard noir.

— Tu ne sais rien du tout.

— Si c'était vrai, si je ne savais vraiment rien, alors pourquoi vous inquiéteriez-vous de moi ?

Il fit deux pas en avant, et elle changea sa prise sur le thé chaud dans sa main, se préparant.

Puis elle entendit des pas. Mugs aboya plusieurs fois à ses pieds.

— *Tu* pourrais l'attaquer, dit-elle à Mugs.

Mugs aboya de nouveau plusieurs fois. Cette fois, les poils de son cou et de son dos se hérissèrent.

Doreen étudia le phénomène avec intérêt.

— Il ne vous aime vraiment pas, n'est-ce pas ?

— Je m'en fous, cingla Hornby. Après t'avoir descendue, je m'assurerai de tuer ces trois foutus animaux.

Il porta une main à sa tête. Quand il retira ses doigts, elle put voir du sang dessus.

— *Oh*, oui. C'est Thaddeus. Son bec est dur. Et quand il est en colère, il ne faut surtout pas se mettre en travers de son chemin, dit-elle en gloussant.

— Qu'est-ce qui te fait rire ? rugit-il. Tu devrais plaider pour ta vie. Tu es une femme complètement folle.

À ce moment-là, Mugs se précipita vers lui.

Il baissa l'arme pour tirer sur le chien, et Doreen fit un pas en avant.

— Non ! cria-t-elle.

Hornby leva l'arme vers elle, mais c'était trop tard. Le thé chaud lui vola au visage. Elle se pencha et se jeta sur lui alors qu'il levait le bras pour s'essuyer le visage. Elle le frappa dans le ventre et il tomba, ce qui déclencha son arme et une balle fut tirée dans le plafond.

Elle entendit un rugissement derrière elle et vit que Mack était arrivé. Mais c'était trop chaotique pour garder un œil sur lui. Mugs s'affairait à mordre le bras de Hornby. Celui-ci criait à l'aide, et Mack piétina le bras armé de Hornby, repoussant l'arme d'un coup de pied.

Doreen, en revanche, s'était assise sur la poitrine de l'agresseur et lui enfonça son poing dans le visage.

— Tu allais tirer sur mon chien.

Puis la douleur arriva, et elle cria, en fixant sa main palpitante.

Goliath, assis sur la cinquième marche, traversa la balustrade et sauta sur le visage de Hornby. Puis il se dégagea, laissant d'énormes marques de griffes sur son visage.

Hornby hurla quand les griffes déchirèrent sa peau. Et il

se mit à sangloter.

— Elle est folle. Quelqu'un doit l'enfermer, et quelqu'un *doit* abattre ces animaux.

Doreen ne put s'en empêcher. Elle le gifla avec sa main blessée.

— Je ne suis pas folle, et personne ne fait de mal à mes animaux.

Mack se baissa pour l'attraper par l'épaule.

— On se calme, dit-il. Il ne va aller nulle part. Je le tiens. Peux-tu s'il te plaît le lâcher et me laisser le retourner pour lui mettre les menottes ?

Elle fixa Mack, satisfaite de l'expression inquiète sur son visage alors qu'il la fixait. Elle sourit.

— Je vais bien, tu sais ?

Il hocha la tête.

— Je sais, mais tu devrais peut-être te regarder à nouveau.

En fronçant les sourcils, elle vit qu'elle était maintenant couverte du sang de Hornby provenant des griffes de Goliath. Elle s'étira pour se tapoter les joues et soupira.

— Maintenant, je suis vraiment bouleversée. La dernière chose que je veux est d'être couverte du sang de ce fou.

— Qui traites-tu de fou ? rugit Hornby. C'est toi la folle.

— Vraiment ? cingla Doreen. C'est toi qui as brisé le cou de ton ami et qui l'as mis dans le camion à ordures de ton père, puis qui as utilisé le camion pour écraser son corps avec les ordures, afin que personne ne le voie. Quand ton père est sorti le lendemain pour ramasser les ordures, sans savoir que le corps de Johnny avait fait le voyage, Johnny a été emmené à la décharge à la fin de la journée. C'est dire à quel point tu es fou. Pourquoi as-tu fait ça ?

— Parce qu'il allait partir avec ma copine, répondit

Hornby. Il n'avait pas le droit. Julie était à moi.

— Julie et Johnny, dit Doreen avec beaucoup d'insistance, étaient ensemble. Julie ne voulait rien avoir à faire avec toi. Même à l'époque, elle a vu à quel point tu étais fou.

Ses poings se serrèrent tout seuls, et elle voulut le frapper à nouveau.

Mack attrapa son bras et l'arrêta à quelques centimètres du visage de Hornby.

Doreen jeta un regard furieux au policier.

— Quelqu'un doit assommer ce type.

— Personne ne le frappera, du moins pas à nouveau, dit Mack avec un soupir.

Il la tira en avant et l'éloigna de son prisonnier.

— En plus, tu t'es fait mal à la main.

Elle regarda Hornby, son poing palpitant toujours retenu par Mack.

— Et tes amis qui sont morts dans l'accident de voiture ? Tu les as tués aussi ?

— Je devais les tuer, déclara-t-il simplement. Ils m'avaient vu.

Doreen en eut le souffle coupé.

— Donc, non seulement tu as tué Johnny mais tu l'as fait devant les autres ?

Elle secoua la tête d'un air incrédule.

— À quel point es-tu stupide ?

— Espèce de déjantée, gronda Hornby. Je ne suis pas stupide. Je ne voulais pas qu'ils me voient. J'étais dans le jardin et je l'ai assommé. Il a dû perdre le médaillon à ce moment-là. J'ai ramené Johnny chez lui en le traînant dans le parc. J'ai décidé de le mettre dans le camion à ordures, pour que personne ne le sache. Et il se trouve qu'ils passaient par là.

— Quel était le prix de leur silence ? demanda-t-elle, mais elle le sut immédiatement. La voiture de Johnny, n'est-ce pas ?

Il hocha la tête d'un air sombre.

— Ouais, c'est vrai. Mais je savais que ça ne suffirait pas, alors, quand je les ai vus sur la route, je les ai dégagés. À l'époque, je savais que ça ressemblerait à un accident, ou du moins que Susan croirait que c'était un accident parce qu'elle avait dormi. Elle était sortie faire la fête la nuit précédente et était encore défoncée et ivre. Elle était la passagère de ma voiture et s'était évanouie. Seulement, elle s'est réveillée par la suite, et je lui ai donné l'explication qu'elle a fini par donner aux flics. Donc elle n'a jamais vraiment rien su.

— Et la voiture multicolore qu'elle a identifiée ?

Il haussa les épaules.

— Elle s'est accrochée à l'image d'un véhicule multicolore parce que c'est celui dans lequel elle était. Elle était tellement défoncée et encore ivre qu'elle n'en avait aucune idée. Pour le reste, elle a juste imité ce que je disais pour essayer de cacher son état mental. Après coup, elle ne se souvenait plus de grand-chose. Nous avons été *témoins* de la mort de nos amis, dit-il avec sarcasme. Et il n'y avait pas de sang ou d'éraflures sur mon véhicule, pas évidentes, donc la police n'a rien pu faire.

— Tu l'as tuée ? demanda-t-elle brusquement.

— Non, gloussa Hornby. J'y ai pensé, mais elle a été inutile toute sa vie. La seule bonne chose qu'elle ait faite, c'est de mourir jeune.

Mack remit Hornby debout, lui passa le bras dans le dos et le menotta.

— Attends, s'exclama Doreen. Tu t'es introduit chez

moi pour voler des antiquités ? Travaillais-tu avec Dark ?

— Pas question que je travaille avec lui. J'étais dans la mine d'or avant lui. Ou j'y aurais été si tu ne m'avais pas interrompu.

Doreen regarda vers le seuil de la porte et vit deux flics en uniforme. Elle les reconnut et haussa les épaules.

— Salut, les gars.

Chester, le plus jeune, se gratta la tête.

— Salut. Donc vous avez accès à nos affaires classées ou quelque chose comme ça ?

— Ou est-ce que Mack vous donne juste l'accès, plaisanta Arnold avec un large sourire.

Elle pointa un doigt vers lui, grimaça à cause de la douleur, puis fronça les sourcils.

— Ni l'un ni l'autre. Penny Jordan, la belle-sœur de Johnny, m'a demandé de me pencher sur l'affaire. Qu'est-ce que j'étais censée faire, dire non ?

À cet instant, elle comprit une autre petite chose. Elle se retourna pour regarder Alan Hornby.

— Tu l'as menacée, n'est-ce pas ?

Hornby la fusilla du regard.

— De qui parles-tu maintenant ?

— Penny. Tu l'as menacée. C'est pour ça qu'elle est partie. Mon interrogatoire t'a fait peur. Tu as compris que tout venait d'elle, alors tu l'as menacée.

— Bon sang, elle allait mettre sa maison en vente de toute façon, rétorqua-t-il. J'ai juste suggéré qu'elle devrait le faire plus tôt que prévu, avant qu'elle n'ait pas la chance de le faire du tout.

Il arborait un grand sourire.

— En outre, tu sais comment tout le monde parle de leur *grand* mariage ? Ils se disputaient *tout le temps*.

— Il ne t'est jamais venu à l'esprit, dit Doreen tranquillement, que parfois les disputes sont une façon pour les gens d'exprimer leurs griefs. Mais après, tout va bien à nouveau.

— Peu importe. Personnellement, je pense qu'elle a probablement joué un rôle dans la mort de George.

— Pourquoi dis-tu ça ? s'enquit Doreen.

Les deux flics fixaient Hornby avec une fascination avide.

Celui-ci haussa les épaules.

— Parce que le gars est mort comme ça. Tout le monde disait qu'il avait un problème cardiaque. Mais je l'ai vu à l'époque, et de la mousse blanche sortait de sa bouche. D'ailleurs, pourquoi n'avez-vous pas trouvé qui m'a tiré dessus ? Comme si ça ne vous intéressait pas.

— Peut-être que personne ne se soucie de toi. Mais je suis sûre que quelqu'un a autopsié George, dit Doreen. Et la mousse ne signifie pas nécessairement qu'il a été assassiné.

— Non, mais Penny ayant un amant au moment où George est mort pourrait le prouver.

Il ricana.

— Donc ta gentille et parfaite Penny n'était pas si gentille et parfaite, conclut Hornby.

Doreen lui lança un petit sourire fade.

— Les gens comme toi ne supportent pas de voir quelqu'un heureux. Il y a de la pourriture dans ton cœur. Tu ne peux pas résister à l'envie de la répandre autour de toi. Eh bien maintenant tu seras avec ta propre espèce. Le genre pourri. Tu devrais enfin te sentir chez toi.

Sur ce, Mack fit sortir Hornby par la porte d'entrée pour le remettre aux deux flics qui les suivaient.

Ils secouèrent leurs têtes.

— Mon Dieu, dit Chester. Depuis qu'elle est arrivée en

ville, on ne fait que des heures supplémentaires.

— Je vous en prie, salua Doreen. J'ai aussi rendu les rues beaucoup plus sûres. Et, quand tu fais des heures supplémentaires, tu es payé en plus, et je ne suis pas payé du tout pour mon aide. Alors arrête de te plaindre.

Les deux hommes n'entendirent probablement même pas ce qu'elle venait de dire. Ils avaient descendu les marches et se dirigeaient vers la voiture de police. Elle posa sa main indemne sur ses yeux pendant un long moment, son esprit tournant sans cesse alors qu'elle pensait à la fin du pauvre Johnny.

Quand elle sentit les bras de Mack l'entourer et la serrer contre elle, elle s'appuya davantage. Il la tint pendant un long moment. Finalement, elle poussa un fort soupir et sentit une partie de la tension se relâcher dans son dos. Elle leva les yeux vers lui.

— Merci pour l'avertissement. Je suis sortie dès que j'ai pu.

Il hocha la tête de manière sinistre.

— En effet, et tu es tombée sur Hornby.

— Oui. Ce n'était pas ta faute, le rassura-t-elle. C'est moi qui ai dit que personne ne pouvait entrer ou sortir du garage par la porte extérieure, et j'avais tellement tort, parce qu'il se cachait là-dedans.

Mack lui fit relever la tête.

— Tu veux dire qu'il y a de la place là-dedans pour se cacher ?

Elle fronça le nez.

— À peine. Mais il semble que je doive me procurer une de ces grandes poubelles et y mettre quatre-vingt-dix pour cent de ce qui se trouve dans le garage. C'est plutôt mauvais. Et je pense que Hornby a dû faire quelque chose à la porte parce qu'elle s'ouvre et se ferme maintenant. Avant, quand j'essayais, je n'arrivais qu'à l'ouvrir un peu. Et en plus, elle grinçait terriblement.

— Ce qui veut dire que son attaque contre toi était préméditée, déclara Mack. Bon à savoir.

Il la secoua légèrement.

— Tu lui as jeté ton thé à la figure ?

Elle recula, baissa les yeux sur son chemisier taché de sang et couvert de thé.

— Oui. Et maintenant, il m'en faut un autre.

Elle se dégagea de ses bras, retourna dans la cuisine et mit la bouilloire en marche. Elle regarda le jardin, rassemblant ses pensées. Mais son esprit était en désordre total. Elle se retourna pour regarder Mack.

— Tu sais quoi ? Si j'avais de l'argent, je pense que je m'inscrirais à un de ces cours d'autodéfense.

Il croisa les bras et la regarda d'un air mécontent.

— Ce serait bien que tu arrêtes de te mettre dans des situations où tu as besoin de te défendre.

Doreen acquiesça.

— Mais je n'essaie pas de m'attirer des ennuis. Une fois que j'ai compris, j'allais te le dire. Mais je voulais vérifier les cartes de la vieille décharge de Kelowna pour voir s'il y avait un espoir de retrouver le corps de Johnny.

Mack secoua la tête.

— J'en doute fortement. Nous pouvons voir s'il y a des registres, mais cela fait vingt-neuf ans, et l'ancienne décharge a été complètement recouverte et assainie. Non, il n'y aura pas beaucoup de chances de retrouver ses os, surtout avec le nouveau lotissement construit sur l'ancienne décharge.

Doreen acquiesça de nouveau.

— Donc, d'une certaine manière, c'était le crime parfait,

dit-elle.

— En effet, sauf pour toi.

Elle lui fit un grand sourire.

— Je n'ai rien fait de particulier, déclara-t-elle. J'ai juste posé un tas de questions, poussé un tas de gens, et attendu de voir ce qui allait surgir. Les secrets comme ça sont vraiment de gros boutons. Quand on les presse assez fort, ils explosent et toutes sortes de choses méchantes en sortent.

— C'est une sacrée analogie. Je ne la mentionnerai pas aux flics du commissariat.

La bouilloire se mit à siffler. Doreen l'éteignit et se versa une autre tasse de thé.

— Tu veux une tasse ?

— Bon sang, je veux quelque chose de beaucoup plus fort.

Il se dirigea vers le placard de l'entrée, et en sortit une bouteille de whisky de l'étagère du haut.

Elle le fixa.

— Je ne savais pas que c'était là-haut.

Mécontente, elle ajouta :

— J'aurais moi-même bu une demi-douzaine de verres au cours des dernières semaines.

Mack leur versa un verre chacun.

Elle nota qu'il s'agissait de bonnes doses.

Il lui en tendit un et dit :

— Bois.

— Je ne suis pas en état de choc.

— Toi, non, mais moi, si, rétorqua-t-il. Et je ne bois pas seul. Alors bois.

Il leva son verre, le fit s'entrechoquer avec celui de Doreen, puis le but d'un trait.

Doreen haussa les épaules, fit de même, et toussa alors

que le feu liquide se déversait dans sa gorge. Elle s'étouffa et haleta, ayant du mal à reprendre son souffle.

— Tu essaies de me tuer ? croassa-t-elle.

Il lui servit un verre d'eau, pour l'aider.

Elle finit par s'asseoir à la table et se détendre.

— Y aura-t-il une fin à cette journée ?

— Ça va venir, dit Mack.

Elle leva les yeux et lui sourit.

— Alors que dirais-tu de passer quelques heures à la fin de cette très longue journée avec une amie ? Nous boirons une tasse de thé, nous nous assiérons dans le jardin, et nous oublierons les meurtres et les assassins.

Le policier sourit, se versa une tasse de thé et tendit une main.

— Viens. Allons dehors quelques minutes pour nous détendre. Ensuite, nous allons cuisiner quelque chose avec les restes de pâtes et profiter d'un bon repas. Après cela, nous pourrons nous arrêter là.

— C'est d'accord, acquiesça Doreen alors qu'ils se dirigeaient ensemble vers son jardin.

Épilogue

Mission, Kelowna, Colombie-Britannique
Dimanche après-midi... le même jour où elle clôtura sa
dernière affaire.

MACK JOIGNIT PENNY par téléphone pour lui donner le compte rendu officiel, et elle rentra chez elle après avoir rendu visite à une amie à Vernon. Dès qu'elle fut arrivée en ville, elle marcha jusqu'à la maison de Doreen. Quand celle-ci ouvrit sa porte, Penny se jeta à son cou.

— Merci beaucoup, s'écria-t-elle en la serrant à nouveau dans ses bras.

Après un moment, elle recula et dit :

— Je suis vraiment désolée. Je ne voulais pas vous laisser tomber. Mais je ne savais pas ce que cet homme horrible avait en tête. Je ne pouvais pas rester plus longtemps pour le découvrir.

— C'est bon, dit Doreen. Il ne peut plus vous faire de mal.

Ayant besoin de marcher et de parler, toutes les deux encore trop excitées pour rester assises à l'intérieur, Doreen et Penny marchèrent le long du jardin de la première pendant que celle-ci donnait tous les détails à la seconde. Lorsqu'elles arrivèrent à court de questions et de réponses, Penny remarqua les grands parterres le long de la clôture latérale.

— Ça va être charmant, complimenta-t-elle en désignant

une longue partie du jardin envahie par la végétation de Doreen.

— J'ai beaucoup de travail pour que tout redevienne comme avant, déclara Doreen.

— Je vous comprends. C'est la même chose chez moi, dit Penny. Et je ne suis pas sûre de vouloir le faire maintenant. Avant la disparition de Johnny, j'adorais jardiner. Puis c'est devenu un moyen d'évacuer les soucis et les tensions des années passées, mais après la mort de George…

— Je le laisserais tel quel, proposa Doreen. Vous vendez, et votre jardin n'a pas l'air trop mal en point.

— Et pourtant, vendre la maison ressemble à une trahison envers George.

Doreen scruta Penny.

— George et vous étiez heureux ?

Penny s'illumina.

— Très heureuse avec lui. C'était un vrai soutien, un homme bon.

Doreen ne savait pas si elle devait poser des questions sur la mort de George. C'est un sujet qui aurait pu la mettre mal à l'aise. Ce n'était pas parce que Hornby avait porté des accusations que ce n'était pas la vérité, mais cela pouvait signifier également qu'il voulait simplement semer la pagaille.

— Comment George est-il mort, déjà ?

— Une crise cardiaque, répondit Penny, le visage sans expression.

Elle posa une main sur son cœur.

— Il est parti très vite.

Penny se dirigea vers l'arrière de la propriété, où un grand bouquet d'échinacées se dressait. Les fleurs ne s'étaient pas encore ouvertes, mais il semblait qu'elles allaient bientôt le faire.

— Mes condoléances, s'excusa Doreen. Cela a dû être très difficile.

— Oh, en effet.

Doreen regarda la petite parcelle d'échinacées dans son jardin et sourit.

— Si ma mémoire est bonne, vos plantes sont beaucoup plus grandes que les miennes, déclara-t-elle en faisant un geste en direction de sa pauvre échinacée, avant d'ajouter : J'ai toutes sortes d'autres plantes qui encombrent les miennes, ainsi que d'autres plantes que je dois déplacer comme la digitale, la belladone, la morelle...

Elle glissa son regard sur le côté, pour vérifier la réaction de Penny devant sa liste de plantes toxiques, mais ne vit absolument rien. Satisfaite, Doreen lia son bras à celui de Penny et fit face à sa nouvelle amie jardinière.

— Je voulais vous donner plus de nouvelles personnellement, avant que vous ne les entendiez ailleurs.

— Merci. Je devrais rentrer chez moi maintenant.

Penny regarda le jardin de Doreen alors qu'elles marchaient vers le ruisseau.

— Vous savez quoi ? Vu qu'on a trouvé la dague dans les dahlias chez moi et le médaillon dans mon jardin avant, je ne regarderai plus jamais une gerbe de plantes comme ça sans me demander si d'autres preuves ne s'y cachent pas.

L'esprit de Doreen se mit en marche, répétant « *des preuves dans les échinacées, des preuves dans les échinacées* ». Mais ce n'était pas à l'ordre du jour, cela devrait attendre.

— Oubliez tout cela pour l'instant, lança Doreen en souriant. Nous pourrons jardiner un autre jour.

Penny gloussa.

— Ça me semble bien. Au moins, on a quelque chose en

commun.

Doreen opina du chef.

— En effet. Nous plantons des choses, toutes sortes de graines, même des idées que nous n'étions pas conscientes de planter…

Son ton était énigmatique.

Penny la regarda de travers, mais Doreen se contenta de sourire.

— Peut-être que vous devriez créer un jardin commémoratif pour Johnny maintenant, suggéra-t-elle.

Face au regard surpris de Penny, Doreen s'expliqua.

— Je sais que ça tombe comme un couperet. Mais je me disais, en regardant cette échinacée, que vous aviez perdu Johnny et George, et qu'ils aimaient tous deux votre maison.

— Mais je la vends, rétorqua Penny. Vous vous en souvenez ?

Doreen hocha la tête.

— Peut-être que c'est une bonne façon de la laisser, telle la maison que vous avez partagée ensemble, dit-elle. Créer un jardin commémoratif avant de déménager serait une très belle chose à faire pour eux. Si les nouveaux propriétaires l'arrachent, tout est bien qui finit bien. Vous n'aurez pas à faire grand-chose. Il suffit d'installer deux anneaux de pierres et une petite pierre de repérage au centre de chaque anneau et de dire quelques mots gentils. Vous récupérerez le médaillon de Johnny et son couteau à un moment donné par la police. Il y a aussi cette petite croix.

Penny avait l'air pensif en regardant le ruisseau.

— Vous pensez que je vais tourner la page, n'est-ce pas ?

— C'est le cas, répondit Doreen, mais elle pensait aussi à quelque chose d'autre qui ne voulait pas la laisser tranquille. Pour votre propre bien. En plus, vous ne savez pas combien de temps il faudra pour vendre votre maison. Mais, si vous y réfléchissez, ça peut être quelques mois ou même un an. Vous ne l'avez pas encore mise sur le marché, n'est-ce pas ?

Penny secoua la tête.

— Je ne pouvais pas pendant que vous enquêtiez, déclara-t-elle sans ambages. Ça me semblait mal. Maintenant que vous avez terminé, et que nous savons ce qui s'est passé… George a passé la plus grande partie de sa vie d'adulte à chercher son frère, et à penser au fait qu'il ne l'a jamais découvert… Mais, en quelques jours, regardez ce que vous avez accompli !

— Je suis vraiment désolée de cette longue période sans réponses, s'excusa Doreen, d'une voix compatissante. Je pense que l'une des choses les plus difficiles pour les gens est de ne jamais découvrir la vérité.

— Et vous l'avez découverte si vite, s'exclama Penny. C'est ce qui me sidère vraiment. Je ne vous ai parlé que, quoi, mardi ou mercredi dernier ? Et puis, tout d'un coup, c'est dimanche, et vous êtes déjà là, avec le problème résolu.

Doreen ne savait pas quoi dire. Alors qu'elle formulait une réponse, Penny renchérit :

— Pourquoi la police n'aurait-elle pas pu faire ça, il y a des années ?

— Parce qu'il y a des années, les gens restaient muets pour des tas de raisons différentes. Les choses étaient différentes à l'époque. Les gens gardaient des secrets, probablement par peur, expliqua lentement Doreen, en pensant à ce qu'il avait fallu pour que les réponses remontent à la surface. Et je pense que Hornby est resté discret et a évité les problèmes, jusqu'à ce qu'il quitte la ville dès qu'il a pu. Maintenant que tant de temps avait passé, il pensait être en sécurité.

— Ça n'a aucun sens. Il a tué ces trois garçons, pour rien.

— Oui, acquiesça doucement Doreen. Cela a aussi aidé Hornby à garder son secret quand Susan ne se souvenait plus de rien après l'accident de voiture. Elle était sous l'emprise de la drogue et avait encore la gueule de bois, il n'est pas étonnant que les policiers ne l'aient pas prise au sérieux. Pourtant, c'est elle qui n'a cessé de dire qu'un véhicule multicolore était impliqué, alors qu'Alan a dit que ça s'était passé si vite qu'il ne se souvenait de rien, à part une petite voiture. Noire, a-t-il pensé, mais il n'en était même pas sûr. Elle aurait pu être vert foncé ou bleu foncé. Apparemment, il s'était battu avec Susan.

— Et bien sûr, tout ça n'était que du vent de toute façon, chuchota Penny. C'est juste trop incroyable.

— C'est vrai, mais, honnêtement, souvent la vérité est la réponse la plus simple de toutes.

— Ils n'avaient pas trouvé d'ADN à l'époque qui aurait pu mener à un quelconque suspect. Ils n'avaient rien de numérique à l'époque, dit Penny, comme voir si Johnny apparaissait dans un autre comté ou autre.

Doreen hocha la tête.

— Et, bien sûr, le père d'Alan l'a défendu et lui a donné un alibi. M. Hornby croyait que son fils était à la maison et il n'avait pas vu le corps dans le compacteur du camion à ordures. La famille de Julie n'était pas mieux. Personne ne voulait pointer du doigt Alan Hornby, même si personne ne l'aimait. Même Julie n'avait aucun moyen de savoir qu'une dispute ou le fait de choisir un homme plutôt qu'un autre provoquerait ce genre de réaction.

— Imaginer un triangle amoureux qui a mal tourné, dit Penny, déconcertée. Et pour que tout cela reste un secret pendant toutes ces années… Nous ne savions même pas pour Julie.

— Mais la terre-mère a fini par livrer ses secrets, conclut Doreen. Pensez à la dague. Pensez au médaillon. Pensez à la croix.

— Il n'y a aucune chance que le corps de Johnny soit retrouvé, n'est-ce pas ?

— Non, j'en doute, dit Doreen doucement mais fermement. J'ai bien peur que cette idée doive être mise de côté. Il a été placé dans l'ancienne décharge. Tout ce qui s'y trouvait a été paillé et récupéré, la ville a fait son travail, et maintenant un tout nouveau lotissement a été construit là-haut. Je pense que la communauté de Wilden se trouve là maintenant.

Penny la zieuta.

— Toutes ces nouvelles grandes maisons luxueuses à Glenmore ?

— Je crois que oui. Si ce n'est pas cette zone, c'est une autre à proximité.

Elle regarda son amie, qui essayait encore de tout assimiler, de faire la paix avec tout ça.

— Allez. Vous êtes un peu secouée. J'ai besoin de marcher de toute façon. On va vous ramener chez vous.

— Il va bientôt faire nuit. Vous êtes sûre ? s'enquit Penny, mais elle avait quand même l'air reconnaissante. Je dois admettre que je me sens assez secouée. Savoir que c'est fini, que tout ce qui nous a hantés – qui a hanté presque tout mon mariage – est fini… Si seulement vous aviez déménagé à Kelowna il y a des années, dit-elle en plaisantant, alors George aurait su ce qui s'est passé avant de mourir.

— Le fait est qu'à l'époque, je n'aurais probablement pas fait ce que je fais maintenant de toute façon.

— Pourquoi ça ?

— Parce que je suis une personne différente de celle que j'étais il y a encore quelques années, déclara Doreen avec un demi-sourire. Mugs, tu veux aller faire un tour ?

Immédiatement, son basset, qui avait perdu depuis long-temps son pedigree et ses bonnes manières, apparut, sauta et virevolta sur ses pattes arrière. Doreen gloussa.

— Si seulement nous pouvions gagner de l'argent avec un numéro de cirque, dit-elle.

Elle se pencha, le prit rapidement dans ses bras, puis sor-tit sa laisse de sa poche arrière pour l'attacher.

— Vous n'avez pas l'habitude de le mettre en laisse, n'est-ce pas ? demanda Penny.

— Non, répondit Doreen. Pas depuis que j'ai emménagé ici, mais il est entraîné à la marche avec laisse. Je me suis dit que, de temps en temps, je devrais le faire pour qu'il garde l'habitude.

À ce moment-là, ils sortirent sur le sentier du ruisseau, et une traînée orange se précipita vers eux.

— Goliath, tu veux faire une promenade ?

De la véranda à l'arrière de sa maison, Doreen put en-tendre Thaddeus crier :

— Attends-moi, attends-moi.

Doreen gloussa.

— Je suppose que Thaddeus veut venir aussi.

Penny était fascinée par le fait que Doreen s'accroupissait, attendant que l'oiseau se dandine vers elle. Elle tendit un bras, et Thaddeus sauta sur le dos de sa main avant de faire un pas de côté jusqu'à son épaule. Une fois là, il frotta son bec contre sa joue. Elle tendit une main et caressa doucement son dos.

— Je ne partirais pas sans toi, mon grand.

Comme s'il avait compris, il frotta encore un peu son bec contre Doreen, puis s'installa. Juste au moment où elle s'apprêtait à faire un pas, il dit :

— Hue, hue.

Instantanément, elle se figea, tourna la tête pour le regarder et s'exclama :

— Pas question de suivre tes ordres.

Il tourna lui aussi la tête, la regarda, cligna de ses énormes yeux et dit :

— Thaddeus, vas-y.

— D'accord, céda-t-elle avec exaspération. Tu peux dire que tu vas aller quelque part. Tu es déjà sur mon épaule, et nous sommes déjà sortis de la maison.

Il sembla ensuite se calmer sans plus d'arguments. En jetant un coup d'œil à Penny, sa nouvelle amie essaya de retenir ses gloussements. Doreen leva les yeux au ciel face à Penny.

— C'est plutôt mauvais quand l'oiseau me traite comme une sorte de vieille jument grise, grommela-t-elle. Oh, attendez.

Elle retourna chez elle, réinitialisa les alarmes des portes avant et arrière, puis rejoignit ses animaux et Penny.

— Maintenant, allons nous promener.

— J'ai entendu les bips, dit Penny en se retournant vers la maison. Vous mettez toujours une alarme quand vous allez vous promener ? Vous n'avez pas l'air d'être ce genre de personne.

— En temps normal, non, dit Doreen joyeusement. Mais j'ai un antiquaire qui vient demain pour voir quelques pièces, poursuivit-elle en esquivant soigneusement la vérité. Je ne voudrais pas que quelqu'un entre et se serve.

Penny hocha la tête.

— Oh, mon Dieu, non, s'exclama-t-elle. Quand je pense à toutes les heures que George et Nan ont passées à se disputer sur ses antiquités…

— Pourquoi se disputer ? demanda Doreen.

— Parce que George pensait qu'elle devait les vendre, et Nan disait qu'elle avait un autre plan en tête.

Le cœur de Doreen se réchauffa quand elle pensa à l'*autre* plan de Nan.

— Oui, Nan les gardait pour moi, dit Doreen avec un sourire mélancolique. Ma grand-mère est assez spéciale.

— Oh, elle est vraiment spéciale, acquiesça Penny en riant. George avait l'habitude de rentrer d'une de ses visites, et, bien qu'il soit plus vif et plein de rires, il disait que Nan était particulièrement folle.

— Beaucoup de gens m'ont dit qu'elle était tombée dans la marmite de la folie, dit Doreen. J'ai peur qu'elle perde un peu la mémoire à présent.

— Elle ne prend probablement pas tous ces compléments que George lui a dit de prendre. Ils ont marché comme un charme pour elle.

— Quel genre de suppléments ?

Penny haussa les épaules.

— Il faut que je vérifie, répondit-elle. J'ai les notes à la maison quelque part. George a toujours été fasciné par les remèdes naturels. Nan avait déjà des problèmes à l'époque.

— Et ils l'ont aidée ?

Penny hocha la tête avec insistance.

— Oh, oui. George en parlait tout le temps.

— Eh bien, si vous pouviez me fournir cette liste, ce serait génial, déclara Doreen. Je n'y connais absolument rien aux compléments alimentaires. Et je n'aime vraiment pas les médecins.

— Non, une fois qu'on a affaire à quelque chose comme le problème cardiaque de George, dit Penny, on doit se demander ce que le corps médical sait vraiment. Il est évident qu'ils sont utiles la plupart du temps, mais parfois, on se demande s'ils ne font pas que vendre des médicaments.

— Exactement, acquiesça Doreen. Mais si vous aviez des compléments qui fonctionnent à la place, ce serait énorme.

— Je pense que c'est la même liste qu'il m'a donnée, donc je pourrais certainement le découvrir quand j'aurai un moment. Vous pensez que Nan les prendrait ?

Doreen hocha la tête.

— Surtout si je lui dis que c'est le même produit que George lui donnait.

— Ça pourrait aussi marcher, dit Penny. Ces deux-là s'entendaient vraiment comme larrons en foire. Nan était assez bouleversée à l'enterrement de George.

— Je n'en doute pas. Je pense que l'une des choses les plus difficiles quand on vieillit, c'est de voir tous ses amis mourir avant soi.

— Très vrai, concéda Penny.

Alors qu'ils marchaient vers la maison de celle-ci, une bonne demi-heure plus tard, Penny leur fit signe et dit :

— Si vous voulez entrer quelques minutes, je peux chercher cette liste.

Doreen s'illumina. Elle cherchait une excuse pour entrer et voir comment vivait Penny. Jusqu'à présent, elle n'avait été invitée que dans quelques maisons : celle de Nan, celle de Julie et celle de la voisine meurtrière de Doreen, Ella.

— Avec plaisir. Merci beaucoup.

Ils rentrèrent tous les cinq dans la maison de Penny, et Doreen examina l'intérieur.

La maison était remplie de jolis canapés à motifs floraux,

de grands tableaux floraux, et, oui… De tapis à fleurs. Elle était aussi impeccable.

— Vous n'avez pas commencé à faire vos bagages, si ?

— Eh bien, ce n'est pas comme si j'avais déjà vendu ma maison, rétorqua Penny.

En regardant le grand salon de Penny, Doreen constata qu'il n'était pas vraiment encombré, mais qu'il était surchargé de souvenirs.

— Si une équipe de home-staging ou un agent immobilier entrait ici, commença-t-elle, je suis sûre qu'ils insisteraient pour que toutes les photos soient retirées des murs, que toutes les affaires soient enlevées des plans de travail, que vous sortiez les grands vaisseliers que vous avez. Les agents immobiliers peuvent être assez cruels.

La mâchoire de Penny se décrocha.

— Vous savez quoi ? Je pensais faire appel à un home-stager pour voir ce qu'il me facturerait. Mais on dirait que vous en savez beaucoup sur le sujet.

— Pas nécessairement, dit-elle, mais j'ai regardé beaucoup d'émissions à la télévision. Et mon mari faisait beaucoup d'achats et de ventes.

— D'accord.

Doreen pouvait presque voir que, dans l'esprit de Penny, ces défauts ne faisaient qu'élever le statut de Doreen de plusieurs crans. Elle ne comprenait pas comment cela fonctionnait car, bien sûr, les gens devraient faire leurs propres enquêtes et recherches sur ce genre de choses avant de se décider. De plus, dans l'esprit de Doreen, elle devrait être rétrogradée et non promue pour les activités de son mari.

— Avez-vous choisi un agent immobilier ?

— Absolument. J'allais demander à Simi Jeron, répondit Penny. Je connais cette famille depuis trente ans, voire plus.

— Oh, bien, dit Doreen, ça devrait faciliter les choses. Demandez-lui comment arranger et désencombrer quand elle sera là.

— Eh bien, elle est déjà venue une fois, mais nous n'avons encore signé aucun papier.

— C'est à ce moment-là que le prix sera baissé, plaisanta Doreen en gloussant.

— J'espère que non, dit Penny, en se dirigeant vers sa cuisine, s'approchant d'un grand placard, avant de l'ouvrir.

Elle sortit un petit carnet posé sur la boîte de vitamines, l'apporta sur la table de la cuisine et s'assit, en feuilletant les pages.

— Ah, la voilà, s'exclama-t-elle, une page juste pour Nan.

Elle la montra et la lut à haute voix.

— Vitamine D, ginkgo, B12, et je ne suis pas sûre de réussir à lire le reste.

— Ça vous dérange si je jette un coup d'œil ? demanda Doreen, en tendant une main.

Penny lui passa le carnet.

— Moi non plus, dit Doreen en essayant de lire. Puis-je en avoir une copie ?

— Nous allons photocopier les deux côtés.

Doreen lui rendit le carnet, et Penny fit des copies des deux côtés puis lui redonna les deux feuilles.

— Merci.

Penny hocha la tête en souriant, et les deux femmes retournèrent à la cuisine, où Penny rangea le carnet dans un coin rempli de vitamines.

— Ça a dû être positif que George s'intéresse autant à la santé, déclara Doreen.

— Ça lui a fait du bien, dit Penny avec amertume, et elle

grimaça. Je suis désolée. Je n'aurais pas dû dire ça.

— Je suppose que vous êtes en colère qu'il soit mort, hein ?

— N'est-ce pas la chose la plus stupide ? s'enquit Penny. Même après un an, je regarde toujours notre maison et je suis furieuse contre lui. Nous avions tous ces plans pour la retraite, toutes ces choses que nous ferions maintenant qu'il ne travaillait plus, et voilà qu'il se lève et meurt sur moi.

— Eh bien, vous ne pouvez pas faire ces choses toute seule ?

— Je pourrais, répondit Penny, mais je n'en ai pas vraiment envie. C'étaient des choses qu'on aurait dû faire *ensemble*. C'étaient *nos* projets.

— Par rapport à *vos* projets ?

Penny se figea un instant et hocha lentement la tête.

— Très perspicace.

Elle jeta un coup d'œil à sa montre et dit :

— Oh, mon Dieu. Je dois filer. J'ai rendez-vous avec quelqu'un.

— Oh, bien sûr, aucun problème, s'exclama Doreen. Nous allons vous laisser vaquer à vos occupations.

Elle et ses animaux furent conduits à la porte d'entrée. Goliath s'était posé au milieu du grand fauteuil de George. Doreen le prit dans ses bras, Thaddeus toujours sur son épaule, et Mugs trotta derrière eux.

— C'était une visite agréable, dit-elle, et je suis heureuse d'avoir eu de bonnes nouvelles pour vous.

— Et encore une fois, merci, ajouta Penny tandis que Doreen descendait les marches. Je dormirai mieux maintenant.

Avec un demi-salut, Doreen regarda Penny monter dans son véhicule, sortir de son allée en marche arrière et se diriger vers la rue. Mais Doreen s'était arrêtée dans l'allée de Penny. Elle ne devrait *vraiment* pas faire ce qu'elle pensait faire. Mais c'était sacrément difficile de s'en dissuader. Avec un haussement d'épaules, elle décida qu'elle devait se débarrasser de ses tracas.

Elle posa Goliath, et Thaddeus en profita pour descendre également, et se dirigea rapidement vers le jardin de Penny, où Johnny adorait s'asseoir. Doreen ne savait même pas pourquoi le lit d'échinacées de Penny la dérangeait, mais elle pensait avoir lu quelque part que l'échinacée était utilisée dans toutes sortes de médicaments. Ce n'était certainement pas – pour autant qu'elle le sache – une plante meurtrière, mais tout l'était si vous en preniez en trop grande quantité.

Doreen fit un tour rapide dans le jardin de Penny, notant mentalement ce qui s'y trouvait : des soucis, des lys, des lys calla, des rudbéckies hérissées. Aucune n'était encore en fleur. Les marguerites étaient sur le point de fleurir… Ce serait un jardin bien vivant quand l'été arriverait. Elle appréciait vraiment la grande variété, même quelques tulipes qui s'égaraient. Doreen s'arrêta, les fixa et secoua la tête.

— Qu'est-ce que vous faites toutes tombantes comme ça ?

Elle s'arrêta pour étudier les tiges qui s'élevaient vers le ciel. Elles ne fleuriraient pas avant un mois ou deux, et cette plate-bande était bien trop encombrée pour qu'elles se portent bien. Et puis il y avait la belladone et la digitale qui se mêlaient aussi à la parcelle. *Mince.* Alors, leur présence était-elle si mauvaise ? Elle n'en savait rien. Mais comme les mêmes plantes toxiques vivaient dans le jardin de Nan… Peut-être que Nan et George avaient partagé un amour des plantes toxiques ainsi que des antiquités ?

Jetant un coup d'œil autour d'elle, Doreen remarqua le

peu d'ombre que l'échinacée aurait probablement pendant la journée, adossée à la clôture comme elle l'était, ce qui ne faciliterait pas sa croissance. Doreen se laissa tomber devant l'énorme bande verte – au moins un mètre de large, avec des douzaines de plantes – et fronça les sourcils, comprenant que leurs racines seraient complètement emmêlées. Les échinacées aimaient la compagnie, en particulier leur propre famille, mais, à un moment donné, elles se battaient et se détestaient – comme toutes les autres familles.

Les confins créaient des discordes.

Elle vérifia le sol autour des racines, ne pouvant s'en empêcher, et se rendit compte qu'elles étaient également très sèches. Le sol était pauvre ici, avec de nombreuses pierres visibles dans le sol. L'échinacée pouvait survivre dans un sol pourri. Beaucoup de plantes pouvaient survivre. Mais le but d'un jardin n'était pas de faire survivre, mais de faire prospérer les fleurs. Et encore une fois, en jetant un coup d'œil dans le jardin, ce qui avait été la fierté et la joie de Penny à ce moment-là était probablement juste une source constante de travail et de mauvais souvenirs. Alors que Doreen passait devant l'échinacée, elle crut voir quelque chose d'autre creusé au centre d'une des plantes. Mais juste à ce moment-là, un homme l'interrogea de l'autre côté de la clôture.

— Hé, qu'est-ce que vous faites là ?

Elle franchit la porte du jardin arrière de Penny d'un air coupable, et laissa passer ses animaux, avant d'afficher un sourire éclatant sur son visage.

— Je suis rentrée avec Penny, dit-elle, mais elle a dû partir. Je voulais juste jeter un coup d'œil à son jardin. Il est tellement beau.

L'homme la regarda de façon suspecte.

Elle fit de même, partant du haut de son mètre quatre-vingt jusqu'à ses baskets sales, et lui tendit une main.

— Je suis Doreen Montgomery, et qui êtes-vous ?

À contrecœur, il lui serra la main.

— Je m'appelle Steve.

— Steve ?

— Juste Steve, répéta-t-il en fronçant les sourcils.

Doreen hocha la tête, sourit et ajouta :

— Si vous voyez Penny et que vous souhaitez lui raconter pourquoi j'étais dans son jardin, ça me va. Elle sait que je suis une folle de jardinage moi aussi. Je regardais son échinacée.

— Échinacée ? demanda-t-il dubitatif, en regardant la tache verte contre la clôture.

— Échinacée, accentua-t-elle. On parlait de la mienne chez moi tout à l'heure.

À ce moment-là, son expression sembla s'apaiser, et ses épaules s'affaissèrent, comme de soulagement.

— Ne vous inquiétez pas. Je ne suis pas une voleuse. Je suis celle qui a aidé à résoudre l'affaire sur la disparition de Johnny.

Steve eut l'air de comprendre. Bien sûr, l'approche lente de Mugs, tête baissée et bougeant d'un côté à l'autre comme un taureau en colère, attira l'attention de Doreen. Tout comme la traînée orange qui apparut entre les jambes de Steve, et celui-ci sourit.

— Maintenant je sais qui vous êtes.

Thaddeus, pour ne pas être en reste, s'écria :

— C'est pas vrai. C'est pas vrai.

— Désolée, s'excusa Doreen. Et maintenant je vais rentrer chez moi avant que mes créatures décident qu'elles préfèrent le jardin de Penny au mien, dit-elle en plaisantant.

Steve l'observa alors qu'elle et ses animaux se dirigeaient vers le ruisseau.

— Pourquoi marchez-vous le long du ruisseau ? demanda-t-il, derrière elle.

— Parce que j'aime ça, répondit-elle. C'est mon endroit préféré pour me promener.

— Rien que de l'eau sale là-bas, dit-il en haussant les épaules. C'est plein de canards et de toutes sortes de gibiers d'eau.

— J'espère en voir aujourd'hui.

— Vous ne me surprendrez jamais à marcher dans cette eau, ce sont leurs toilettes.

Sur ce, il s'éloigna.

Doreen fit quelques pas de plus et se retourna pour regarder derrière elle. Il n'avait pas expliqué sa présence sur la propriété de Penny. Elle fronça les sourcils et réfléchit, puis envoya un texto rapide à Penny. **Je me suis arrêtée pour jeter un coup d'œil à votre échinacée. Un étranger nommé Steve s'est approché et n'avait pas l'air très amical. Je n'étais pas sûre de ce qu'il faisait dans le parc derrière chez vous. Juste pour vous prévenir.** Et elle en resta là.

— Allez, Goliath, Mugs…

Thaddeus se mit à crier en se dandinant vers elle, mais ce fut alors que Mugs se précipita vers elle, avec Goliath sur ses talons, et, dans un mouvement étonnamment rapide, Thaddeus sauta sur le dos du chien en criant à tue-tête :

— Hue, Mugs. Hue, Mugs.

Au moment où Doreen traversait le pont et se dirigeait vers son jardin, Thaddeus avait depuis longtemps renoncé à monter Mugs, se décidant à marcher. Il était maintenant blotti dans le creux de son cou, se balançant à chacun de ses pas. Son téléphone sonna pour lui annoncer l'arrivée d'un message. **C'est un voisin adorable, mais il n'aime pas les étrangers. Cette échinacée se porte très mal. Tout comme certaines de mes plantes plus spéciales. Des suggestions ?**

Doreen sourit. Une entrée parfaite pour en savoir plus. **Absolument. Peut-être que nous prendrons un thé un autre jour et que nous irons voir ça.**

Parfait.

C'est la fin du tome 4 de *Jolis Jardins Maudits, Une dague dans les dahlias.*

Découvrez *Des preuves dans les échinacées : Jolis Jardins Maudits, tome 5*

Jolis Jardins Maudits :
Des preuves dans les échinacées, tome 5

Un nouveau polar « cozy mystery », par Dale Mayer, auteure de best-sellers au classement du USA Today. Suivez les aventures de Doreen Montgomery, jardinière et détective en herbe, et de ses adorables assistants (un chat, un chien et un perroquet) dans leurs enquêtes criminelles dans la jolie ville de Kelowna au Canada.

Du luxe à la misère… Du contrôle au chaos… Quant au meurtre… eh bien, peut-être…

Le succès de Doreen dans sa résolution de meurtres s'est ébruité dans tout le pays, mais elle n'a qu'une envie, rester toute seule. Elle a des antiquités à présenter à une vente aux enchères et une relation avec le brigadier Mack Moreau à démêler, sans parler de sa nouvelle amitié avec Penny, sa première amie à Kelowna. Doreen ne veut pas tout gâcher.

Mais lorsqu'une accusation surprise est portée (au sujet de George, le mari décédé de Penny, et lancée par l'un des hommes que Doreen l'a aidée à évincer), elle se dit que ça ne peut pas faire de mal d'enquêter sur le passé de sa nouvelle amie.

Avant d'en prendre conscience, Doreen se retrouve avec une nouvelle affaire sur les bras, une affaire classée et un probable meurtre par compassion… qu'elle doit creuser tout en entretenant ses relations avec Penny, Mack et ses animaux de compagnie : Mugs, le basset, Goliath, le chat Maine coon et Thaddeus, le perroquet gris bien trop bavard. Depuis le temps, Mack devrait être habitué au manège de Doreen, mais quand elle se jette à corps perdu dans une autre de ses affaires, il a de plus en plus de mal à le supporter…

Le tome 5 est disponible !

Pour en savoir plus, visitez le site web de Dale Mayer.

https://geni.us/DMFREvidenceUni

Note de l'auteure

Merci d'avoir lu *Une dague dans les dahlias : Jolis Jardins Maudits, tome 4* ! Si vous avez apprécié le livre, merci de prendre un moment pour laisser votre avis.

Chers lecteurs,

J'aime avoir de vos nouvelles, alors n'hésitez pas à me contacter sur mon site web : www.dalemayer.com ou sur ma page d'auteure Facebook. Pour être informés des nouvelles parutions et des offres spéciales, inscrivez-vous à ma newsletter ou suivez-moi sur BookBub. Si vous souhaitez rejoindre mon groupe de lecteurs, voici la page d'inscription sur Facebook.

À bientôt,
Dale Mayer

À propos de l'auteure

Dale Mayer est une auteure de best-sellers au classement de *USA Today*, connue pour ses romances militaires sur les forces spéciales, sa série *Psychic Visions* et sa série *Jolis Jardins Maudits*, dans le genre cozy mystery. Ses romances contemporaines sont vibrantes d'émotion et de passion (série *Broken But… Mending, Hathaway House*). Ses thrillers vous laisseront à bout de souffle (séries *By Death* et *Kate Morgan*) et ses comédies romantiques vous feront rire aux éclats (*It's a Dog's Life*, une novella hors-série, et la série *Broken Protocols* avec Charming Marvin, le chat).

Elle laisse libre cours aux séries qui lui viennent… dont certaines sont carrément folles, enfreignant toutes les règles et croisant différents genres !

En plus de ses romans de fiction, elle écrit également des textes documentaires dans de nombreux domaines, dont la rédaction de CV, le jardinage de loisir et le système de crédit immobilier américain. Elle a récemment publié la série professionnelle *Career Essentials*. Tous ses livres sont disponibles aux formats papier et ebook.

Contactez Dale Mayer en ligne

Site web de Dale — www.dalemayer.com
Twitter — @DaleMayer
Facebook Page — geni.us/DaleMayerFBFanPage
Facebook Group — geni.us/DaleMayerFBGroup
BookBub — geni.us/DaleMayerBookbub
Instagram — geni.us/DaleMayerInstagram
Goodreads — geni.us/DaleMayerGoodreads
Newsletter — geni.us/DaleNews